KB138692

피처럼 붉다

THE SNOW WHITE TRILOGY 1

피처럼 붉다

살라 시무카 장편소설 | 최필원 옮김

비채

천국에서 뿌린 깃털처럼 눈송이가 날리던 겨울날,
왕비는 검은 흑단 창문 앞에 앉아 바느질을 하고 있었습니다.
왕비는 창 밖에 내리는 눈송이를 바라보다
그만 바늘에 손가락을 찔리고 말았습니다.
눈 위로 피 세 방울이 떨어졌습니다.
흰 바탕에 떨어진 붉은 피를 보며 왕비는 생각했습니다.

"내게
눈처럼 희고,
피처럼 붉고,
이 흑단 창틀처럼 검은 아이가
있었으면."

차
례

As Red As Blood

2월 28일
일요일

1

눈부신 흰 눈이 사방을 뒤덮었다. 15분 전, 묵은 눈 위로 깨끗하고 부드러운 눈송이들이 쏟아졌다. 15분 전에는 아직 모든 것이 가능했다. 세상은 아름답고 그 아득한 곳 어딘가에는 약하지만 밝고, 자유롭고, 평화롭게 빛나는 미래가 있었다. 모든 것을 걸고 탈주를 시도할 만한 가치 있는 미래가.

15분 전, 가볍게 뿌려진 보송보송한 눈송이들이 얇은 깃털 이불처럼 묵은 눈을 덮었다. 그러다 갑자기 뚝 멎었고, 구름 사이로 눈부신 햇살이 쏟아졌다. 겨우내 이토록 아름다운 날은 누리지 못했다.

그리고 지금, 빨강이 하양을 빠르게 잠식하고 있다. 고운 결정체들을 차례로 물들이면서. 멀리 떨어진 몇 방울이 흰 눈을 진홍색으로 바꾸어놓는다.

나탈리아 스미르노바의 갈색 눈은 붉게 물든 땅을 향해 열려 있지만, 그 눈에는 어떤 풍경도 들어오지 않는다. 아무 생각도, 기대도 없다. 두려울 것도 없다.

10분 전, 나탈리아는 한껏 기대에 차 있었고, 동시에 그 어느 때보다도 겁에 질려 있었다. 그녀는 떨리는 손으로 진품 루이비통 핸드백에 돈을 집어넣었다. 밖에서 들리는 바스락거림에 초조하게 귀 기울이면서. 모든 게 잘 해결될 거라 확신하며 바짝 곤두선 신경을 누그러뜨렸다. 계획이 있었지만, 세상에 완벽한 계획이란 없다는 게 문제였다. 수개월간 공들여 지은 집도 가벼운 충격에 무너져 내릴 수 있는 법이다.

핸드백에는 여권과 모스크바행 항공권이 들어 있었다. 다른 것은 챙기지 않았다. 나탈리아의 오빠가 렌터카를 구해 모스크바 공항에서 기다리기로 했다. 그들은 그곳에서 만나 수백 킬로미터 떨어진 다차*로 향할 것이다. 그곳에 그녀의 어머니와 일 년 이상 보지 못한 세 살배기 딸, 올가가 기다리고 있었다. 엄마를 알아봐 줄까? 아무래도 상관없었다. 어차피 시골에서 한두 달 함께 지내다 보면 금세 서로 잘 알게 될 테니까. 안전하다고 여겨질 때까지. 세상이 나탈리아 스미르노바를 잊을 때까지.

* 러시아의 시골 저택

나탈리아는 아무도 그녀를 잊지 않을 거라고, 누구도 그녀가 유유히 사라지도록 지켜보지는 않을 거라고 떠들어대는 머릿속 목소리를 간신히 억눌렀다. 그들이 중요 인물도 아닌 자신을 대체할 인물을 어렵지 않게 찾을 거라고 나탈리아는 확신했다. 자신처럼 하찮은 존재를 찾으려는 수고 또한 절대 하지 않을 거라 믿었다.

이 바닥에서 사람이 사라지는 건 드문 일이 아니다. 대부분은 돈을 훔쳐 달아나고, 그것은 기꺼이 떠안아야 하는 여러 위험부담들 중 하나였다. 막을 수 없는 손실. 식료품 가게에서 버려지는 썩은 과일 같은 것.

나탈리아는 돈을 세지 않았다. 그저 핸드백에 최대한 많이 집어넣으려고 노력했다. 지폐 몇 장이 구겨졌지만 상관없었다. 구겨진 5백 유로짜리 지폐나 빳빳한 지폐나 가치는 같다. 5백 유로면 서너 달치의 식량을 구입할 수 있고, 수다쟁이의 입도 막아버릴 수 있다. 많은 이들에게 5백 유로는 비밀 보장의 대가로 충분하다.

지금, 스무 살의 나탈리아 스미르노바는 차가운 눈에 볼을 묻은 채 엎드려 있다. 얼음이 피부를 간질였지만 그녀는 알지 못한다. 그녀의 귓불 또한 영하 25도의 냉기를 느낄 수 없다.

남자는 걸걸한 목소리로 나탈리아라는 이름의 여자에 대한 노래를 부르곤 했다. 가사 속 나탈리아는 우크라이나 출신이었지만 그녀는 러시아 출신이었다. 나탈리아는 그 노래가 싫었지만 자신의 머리를 쓰다듬으며 노래를 부르던 남자는 좋았다. 거슬리는 가사는 그냥 한 귀로 흘려버렸다. 다행히도, 그건 어려운 일이 아니었다. 나탈리아는 핀란드어를 조금 할 줄 알았다. 말은 어눌해도 알아듣는 건 어느 정도 가능했다. 그래서 그녀는 노래가 흐를 때마다 일부러 집중력을 흩뜨렸다. 생소한 외국어가 그 의미를 완전히 잃도록. 그러자 남자가 나탈리아의 목에 대고 잔잔하게 흥얼거리는 노랫소리는 그저 입에서 쏟아져 나오는 소리들의 조합에 불과했다.

5분 전, 나탈리아는 그 남자와 그 서툰 손길에 대해 생각했다. 날 그리워할까? 조금은 보고 싶겠지? 아주 조금이라도. 하지만 그 이상을 기대할 수는 없었다. 그는 그녀를 사랑하지 않았으니까. 사랑했다면, 진정으로 사랑했다면, 그는 나탈리아의 문제를 깔끔하게 해결해주었을 것이다. 그동안의 숱한 약속들처럼. 하지만 이제는 나탈리아 자신이 직접 문제를 해결해야만 했다.

2분 전, 나탈리아는 돈으로 부풀어 오른 핸드백을 닫았다. 신속하게 옷매무새를 가다듬고 현관홀의 거울을 들여다보았다. 표백한 금발, 갈색 눈, 가느다란 눈썹, 그리고 번들거리는 빨간 입술. 그녀는 창백했다. 수면 부족으로 눈 밑에는 다크서클이 생겼다.

그렇게 떠날 준비는 끝났고 입 안에서는 자유와 두려움의 맛이 느껴졌다. 싸한 금속 맛.

2분 전, 그녀는 거울 속 자신의 눈을 빤히 보며 턱을 치켜들었다. 도망칠 기회를 놓치고 싶지 않았다.

바로 그때, 자물쇠에 열쇠가 꽂히는 소리가 들렸다. 그녀는 바짝 얼어붙어 귀를 쫑긋 세웠다. 한 사람의 발소리, 다른 한 사람, 그리고 또 한 사람. 삼인조였다. 삼인조가 문을 열고 들어서고 있었다.

그녀가 할 수 있는 일이라고는 도망치는 것뿐이었다.

1분 전, 나탈리아는 주방을 가로질러 파티오* 쪽으로 달렸다. 자물쇠를 푸는 건 쉽지 않았다. 손이 심하게 떨려 빗장을 제대로 끄르지 못했다. 하지만 기적적으로 문이 열렸고, 나탈리아는 눈 덮인 테라스를 지나 뒤뜰로 내려갔다. 가죽 부츠가 새 눈에 푹푹 빠졌지만 돌아보지 않고 계속 내달렸다. 뒤에서는 아무 소리도 들려오지 않았다. 왠지 해낼 수 있을 것 같았다. 탈출에 성공할 수 있을 것 같았다. 이길 수 있을 것 같았다.

30초 전, 소음기가 붙은 권총이 발사되었다. 총알은 나탈리아 스미르노바의 코트와 피부를 파고들었다. 다행히 척추는 아슬아

* 정원이나 발코니로 통하는 미닫이로 된 큰 유리문

슬하게 비껴갔지만 장기 손상까지 막지는 못했다. 몸을 통과한 총알은 그녀가 가슴에 품고 있던 루이비통 핸드백의 손잡이를 훑고 지나갔다. 누구의 손길도 닿지 않은 순수한 눈 위에 그녀의 몸이 픽 고꾸라졌다.

지금, 나탈리아의 몸 아래에는 빨간 웅덩이가 빠른 속도로 커져 간다. 어느덧 조금씩 식어가는 게걸스럽고 따뜻한 빨강. 누군가의 느리고 묵직한 발소리가 눈밭에 엎드린 나탈리아 스미르노바 쪽으로 다가왔다. 하지만 그 소리는 그녀의 귀에 들리지 않았다.

2월 29일
월요일, 이른 아침

2

세 사람은 서로 먼저 들어가겠다며 커다란 이중문 앞에서 욱적
거렸다.

"야, 밀지 좀 마. 열쇠를 못 넣겠잖아."

"넌 원래 구멍에 뭘 넣는 걸 못하잖아."

웃고, 서로 진정시키고, 또 웃고.

"잠깐. 좋아. 됐어. 이제 천천히 돌려봐. 아주 천천히. 우와. 대
단한데. 열쇠를 넣고 돌렸을 뿐인데 문이 열리다니, 정말 놀랍지
않아? 대체 이런 시스템은 누가 고안해낸 걸까? 너흰 모르겠지
만 내게는 세계의 열세 번째 불가사의라고."

"닥치고 문이나 열어."

세 사람은 문을 열고 경쟁하듯 안으로 들어갔다. 그들 중 하나
는 발을 헛디뎌 고꾸라질 뻔했다. 또 한 명은 꽥꽥 비명을 질러대

며 웃음을 터뜨렸다. 그 요란한 소리가 텅 빈 공간에 쩌렁쩌렁 울렸다. 나머지 한 명은 머리를 긁적이며 경보장치에 암호를 입력했다.

"1…7…3…2… 헐! 됐어! 열네 번째 불가사의. 숫자 몇 개만 입력하면 꺼져버리는 경보장치! 방금 장래 희망이 바뀌었어. 난 보안 전문가가 될 거야. 그것도 죽여주겠지? 자물쇠를 다루는 일이라니. 아니면 보안요원은 어떨까."

둘은 이미 어둠에 묻힌 건물의 길고 텅 빈 복도를 내달리고 있었다. 소리를 빽빽 지르고 낄낄대면서. 나머지 세 번째 침입자도 그들을 따라 달렸다. 웃음소리가 벽과 계단을 타고 울려 퍼졌다.

"위 아 더 챔피언스!"

앰피언스. 음피언스. 피언스. 이언스. 언스. 은스. 스.

"그리고 엄청난 부자이기도 하지!"

그들은 서로 엉겨 붙은 채 바닥에 픽 쓰러졌다. 그리고 데굴데굴 굴러다니며 까르르 웃었다. 넓은 타일 바닥에 누워 법석을 떨던 그들 중 하나가 문득 떠오른 생각에 입을 열었다.

"우린 부자야. 하지만 그건 더러운 돈이잖아."

"그래. 하지만 더러운 돈도 돈이라고."

"이봐, 암실에 가려고 온 거 아니었어?"

그들의 기억은 엷은 안개로 덮여 있었고 머릿속에서는 개별적인 사건들이 일정치 않은 간격을 두고 깜빡거렸다. 토하는 사람. 수영장에서 알몸으로 헤엄치던 사람. 잠겨 있으면 안 되지만 잠긴 문. 깨진 크리스털 꽃병 조각에 발을 베인 사람. 피. 고막을 찢을 듯 요란한 음악. Oops! I Did It Again. 어떤 이유에서인지 누군가가 반복해서 틀어대던 유행 지난 히트곡. 자긴 도움이 필요 없다며 펑펑 울던 사람. 누군가가 쏟은, 톡 쏘면서 향긋한 럼주로 미끈거리던 바닥.

기억들은 논리적 순서에 따라 정리되기를 거부했다. 비닐봉지는 누가 가져왔는지. 그게 언제였는지. 누가 그 안에 손을 잽싸게 집어넣었다가 빼고는 손가락을 쪽쪽 빨아댔는지. 그들에게 충격적인 깨달음이 언제 찾아들었는지.

뭐라도 챙겨야 해. 빨리. 지금.

"누구 약 남은 거 없어? 하나만 줘."

"여기."

알약 세 알. 한 사람에 하나씩. 그들은 혀에 약을 올려놓고 서서히 녹였다.

"좀 센가? 좋았어. 짜릿하고 좋은데."

암실. 어둠. 그들 중 하나가 스위치를 올렸다.

"빛이 있으라 하시니 빛이 있더라."

테이블에 활짝 열린 채 놓인 비닐봉지.

"젠장. 냄새가 너무 지독해."

"돈 냄새는 아니야. 돈 냄새가 지독할 리 없잖아."

"엄청난 액수야."

"똑같이 삼등분해야지."

"믿어지지가 않아! 태어나서 지금처럼 기뻤던 적이 없었어. 사랑해, 애들아. 이 빌어먹을 세상 전부를 사랑한다고."

"그래도 키스는 하면 안 돼. 흥분하면 집중력이 흐트러지니까."

"여기 바닥에서 해보는 건 어때?"

"하긴 뭘 해? 빨리 씻기나 하자고."

인화 작업용 트레이. 물. 현금.

물로 씻어낸 후에는 지폐 하나하나를 일일이 널어야 했다.

"이거야말로 진정한 돈세탁 아니겠어?"

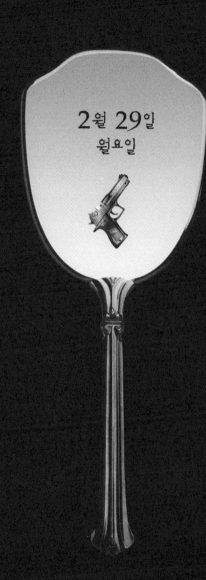

3

"일어나! 빨리 안 일어나고 뭐해, 잠꾸러기. 돌아누울 생각일랑
마!"

고함 소리가 루미키 안데르손의 귀를 울려댔다. 귀에 익은 짜
증나는 목소리는 불행히도 자기 자신의 것이었다. 그녀는 알람으
로 쓰기 위해 자신의 목소리를 휴대폰에 녹음해놓았다. 아침마다
그녀를 따뜻한 침대에서 끌어낼 수 있는 건 그 소리뿐이었다. 휴
대폰에서 고함이 터져 나오면 돌아누울 생각이 싹 가셨다.

루미키는 침대 가장자리에 앉아 게슴츠레한 눈으로 벽에 걸린
무민 달력을 올려다보았다. 2월 29일, 월요일. 윤일閏日. 세상에서
가장 무의미한 날. 이런 날을 세계적인 축제일로 지정하면 얼마
나 좋을까. 왜 오늘처럼 쓰다 남은 날에도 쓸모 있거나 생산적인
일을 하라는 거지?

루미키는 털 덮인 파란 슬리퍼에 발을 쑤셔 넣고 작은 주방으로 터덕터덕 걸어 들어갔다. 물과 커피를 계량해 모카 포트에 넣은 후 스토브에 올려놓았다. 오늘 같은 아침에 진한 커피 없이 세상으로 나가는 건 상상도 할 수 없다. 밖은 아직 어두웠다. 깨어 있는 것 자체가 무리일 정도로. 빛을 받지 못한 눈더미들은 그저 시커먼 형체로 보일 뿐이었다. 이 숨 막히는 어둠은 3월까지 핀란드 전역에서 걷히지 않을 것이다.

　그녀는 겨울 이맘때가 가장 싫었다. 눈과 추위. 그 둘의 정도가 너무 심했다. 한없이 이어지는 겨울은 사람들에게서 봄에 대한 기대를 매몰차게 빼앗았고, 살인적인 따분함으로 세상을 얼려버렸다. 집 안에서도 춥고, 밖에 나가도 추웠다. 학교는 말할 것도 없었다. 하지만 신기하게도 얼어붙은 호수에 뚫어놓은 구멍에 들어가 헤엄을 칠 때면 추위가 느껴지지 않았다. 그렇다고 하루 종일 거기서 헤엄만 칠 수는 없는 노릇이었다. 루미키는 헐렁한 회색 스웨터를 걸친 채 커피를 한 컵 따랐다. 그런 다음, 17제곱미터짜리 원룸 아파트의 유일한 방으로 돌아가 낡아빠진 안락의자에 풀썩 주저앉았다. 가을에 문틈을 막은 창문에시 언신 찬바람이 스며들었다.

　커피는 그녀가 딱 기대한 만큼의 맛이었다. 요상한 커피나 지나치게 달콤한 초콜릿 헤이즐넛 카다멈 바닐라 어쩌고 하는 것들에는 손이 가지 않았다. 커피는 커피답게 검고 진해야 했다. 사실이 사실답고, 아파트가 아파트다우면 되는 것처럼. 루미키는 인생을 그렇게 살고 싶었다.

마지막으로 아파트를 찾았을 때 엄마는 깜짝 놀란 것 같았다. "좀 꾸미고 살지그러니? 전혀 집 같은 느낌이 안 드는구나."

하지만 그녀는 그러고 싶지 않았다. 루미키는 일 년 반째 이 아파트에 살고 있었다. 아파트에는 바닥에 놓인 두꺼운 매트리스와 책상, 노트북 컴퓨터, 그리고 낡았지만 편안한 의자뿐이었다. 처음 몇 달 동안 그녀의 어머니는 침대 틀과 책장을 사주고 싶어 안달했지만 루미키는 완강하게 거절했다. 그녀의 책들은 바닥에 수북이 쌓여 있었다. 아파트에서 찾아볼 수 있는 유일한 '장식적 요소'는 흑백으로 인쇄된 무민 달력뿐이었다. 집을 왜 꾸며야 하지? 이건 리얼리티 TV 프로그램이 아니잖아. 그냥 고등학교를 마칠 때까지만 살 곳인데. 원룸 아파트는 그녀가 안심하고 뿌리를 내릴 만한 집이 아니었다. 고등학교만 졸업하면 루미키는 미련 없이 어디로든 떠날 수 있는 자유의 몸이 될 것이다.

부모님이 살고 있는, 남쪽으로 110킬로미터쯤 떨어진 리히매키 역시 그녀의 집으로 볼 수 없었다. 요즘은 그곳을 찾을 때마다 이방인이 된 기분이었다. 그곳의 가구와 장식품들은 그녀가 잊고 싶어 하는 것들을 상기시켰다. 꿈과 악몽에서 자꾸만 떠오르려

하는 것들.

그녀가 독립을 선언했을 때 부모님의 반응은 모순투성이였다. 두 사람은 루미키가 부재하리라는 사실에 가끔 안도하는 듯 보이기도 했고, 그러면서도 집에는 전에 없던 긴장감이 감돌았다. 아니, 루미키의 기억으로는 항상 그런 분위기였다. 그녀는 그 불편한 긴장감의 출처가 궁금했다. 부모님은 서로 다투거나 언성을 높이는 경우가 거의 없었다. 이삿날이 다가오자 엄마와 아빠는 틈만 나면 그녀를 끌어안았다. 매우 이상하고도 거슬렸다. 원래 그런 사람들이 아니었기 때문이다.

포옹을 마치면 엄마는 두 손으로 루미키의 얼굴을 감싸 쥐고 어색한 기분이 들 때까지 빤히 응시했다.

"우리에겐 너뿐이야. 오직 너 하나뿐이라고."

엄마는 당장이라도 눈물을 쏟을 것 같은 얼굴로 그 말을 몇 번이고 반복했다. 그럴 때마다 놀림받는 기분이 들었다. 전 재산을 탐페레로 옮기고 부모님을 배웅한 후 현관문을 닫자, 기다렸다는 듯 후련한 기분이 찾아들었다. 오랫동안 어깨를 짓누르던 묵직한 짐을 내려놓기라도 한 것처럼.

"정말 여기서 괜찮겠니?"

엄마는 항상 그렇게 물었다. 하지만 아빠는 실제적인 접근법을 썼다.

"플리칸 블리르 스나르트 뮌디그. 혼 모스테 유 클라라 시그." 핀란드어가 아닌, 스웨덴어였다. '소녀는 자라서 어른이 되고, 보란 듯이 자립에 성공할 것이다.' 아빠의 '플리카'* 역시 그럴 생각이었다. 그것도 매우 순조롭게.

오늘 아침, 화장실 거울 속에서 만난 소녀는 무척 피곤해 보인다. 카페인의 효과는 기대 이하였다. 루미키는 찬물로 세수를 하고 갈색 머리를 뒤로 묶었다. 그녀의 부모는 현실과 동떨어진 이름을 딸에게 붙여주었다. 그녀의 머리는 검은색이 아니었고, 피부는 갓 내린 눈처럼 빛나지 않았으며, 입술도 도드라지게 빨갛지 않았다. 세상에 어떤 부모가 딸에게 백설공주란 이름을 붙여준단 말인가? 핀란드어로는 그리 나쁘지 않은 이름, '루미키'이지만 설령 그녀가 그림 동화 속 캐릭터라 해도 이건 옳지 않았다. 그냥 친가 쪽의 이름을 따서 스웨덴식으로 붙였으면 얼마나 좋았을까? 물론 이름에 걸맞은 외모를 갖추는 건 어려운 일도 아니었다. 염색약과 화장품만 있으면 가능하니까. 하지만 굳이 그래야 할 이유가 없었다. 그녀는 거울 속 자신의 모습에 충분히 만족했다. 남들의 의견 따윈 상관없었다.

루미키는 학교에 무엇을 걸치고 갈지 정확히 3초 동안 고민했

---

* 스웨덴어로 소녀라는 의미

다. 오늘도 회색 스웨터와 청바지다. 군화 스타일의 컴뱃부츠, 검은 모직 재킷, 초록색 목도리, 벙어리장갑, 그리고 회색 니트 모자. 피엘래벤 배낭. 끝.

뱃속에서 꼬르륵 소리가 났다. 텅 빈 냉장고는 불조차 들어오지 않았다. 전구가 고장난 지 보름이 넘었지만 그녀는 굳이 새것으로 갈아 끼우지 않았다. 아무래도 학교 매점에서 샌드위치를 사 먹어야 할 것 같았다. 두 개 먹어야지. 그리고 커피도.

집을 나온 그녀는 어수선한 분위기에 휩쓸려 학교로 향했다. 거리로 쏟아져 나온 아이들은 자신들이 쫓기듯 걷는 이유를 서로에게 떠들어대느라 바빴다. 고등학생들의 자기표현 방식은 늘 노골적이고, 창의적이었다. 루미키는 가끔 그들의 화려한 옷차림과 과장된 몸짓이 거슬리곤 했다. 모두가 암묵적 합의에 따라 남들과 다르고, 특별해지려 애쓰는 것 같았다.

겉으로는 짜증이 났지만 루미키는 사실 감사한 마음을 갖고 있었다. 학교에 다닌다는 건 특권이었다. 더 이상 리히매키에 갇혀 살지 않아도 된다는 뜻이었다. 그녀가 이곳에 지원한 이유도 순전히 그곳을 벗어나기 위함이었다. 부모님은 멀리 떨어진 도시로 딸을 보내고 싶어 하지 않았다. 하지만 그녀가 엘리트들이 모인 명문 예술학교를 선택하자 못 이기는 척 허락했다. 처음 몇 학기 동안은 천국에 온 느낌이었다. 하지만 분위기에 적응되면서 그런 기분은 조금씩 사그라졌다. 다른 사람의 행복해 보이는 미소 뒤에 감춰진 질투심과 가식, 이기심, 불안정함을 엿보고 난 후로.

학교는 조용했고, 또 따뜻했다. 뻣뻣했던 루미키의 팔다리가 서서히 잠에서 깨어났다. 피가 돌면서 손가락과 발가락이 따끔거렸다. 부츠만 믿고 순모 양말을 덧신지 않은 게 후회되었다. 루미키는 코트를 벗어 걸어놓기가 무섭게 카페테리아로 내려갔다.

"채소? 아니면 플레인?" 루미키를 본 조리사가 물었다.

"각각 하나씩 주세요." 그녀가 말했다. "그리고 커피도요."

"우유는 안 넣을 거죠?" 조리사가 웃음을 터뜨리며 종이컵을 가득 채워주었다.

루미키는 테이블에 앉아 커피를 마시며 언 몸을 녹였다. 젠장! 수십억 개의 작은 바늘들이 쿡쿡 찔러대는 것 같았다. 추운 날 예외 없이 겪게 되는 통증이었다. 한동안 두 손으로 커피 컵을 감싸 쥐고 있다가 마침내 샌드위치를 한입 베어 물었다. 빵은 크고 맛있었다. 토마토는 잘 익었고, 피망은 아삭아삭했다. 루미키는 형편상 채식주의자가 될 수밖에 없었다. 그녀는 절대 자신의 돈으로 고기를 사 먹지 않았다. 남이 사는 건 기꺼이 먹어주었지만.

공짜 고기를 위해서라면 얼마든지 위선자가 될 수도 있었다.

옆 테이블에서는 여학생 세 명이 요란하게 수다를 떨고 있었다. 금발머리는 끔찍한 숙취에 시달리는듯 했다. 짧은 검정머리는 여전히 취해 있었다. 빨강머리는 갈라진 모발 끝을 살피고 있었다. 이브 생 로랑 베이비돌, 브리트니 스피어스 판타지, 그리고 미스 디올 셰리 향기가 한 데 섞여 풍겨왔다.

"오늘도 날 투명인간 취급하면 정말 폭발해버릴지도 몰라. 파티에선 신나게 노닥거리더니 학교에선 모른 척해? 날 뭘로 보고. 걔가 벌써 열여덟이라니, 믿어지지가 않아."

"너보다 내 머리가 먼저 폭발해버릴 거야. 마지막 몇 잔은 그냥 패스했어야 하는데. 그 안에 뭘 탔는지 누가 알겠어?"

"그래도 우린 술만 마시다 왔잖아."

누가 봐도 과장된, 충격받은 표정. 휘둥그레진 눈.

"헐, 대박. 설마?"

"엘리사 눈 풀린 거 못 봤어? 계속 불안해 보였잖아."

"원래 그런 애 아니었어?"

"평소보다 백 배는 더 그랬다고."

은밀한 눈빛. 세 여학생은 머리를 맞대고 연신 속닥거렸다. 루미키는 커피를 마저 들이켠 후 시계를 올려다보았다. 1교시가 시작되려면 10분을 더 기다려야 했다. 그녀는 플레인 롤을 챙겨 들고 일어나 카페테리아를 나왔다. 더는 앉아 있을 수가 없었다. 옆 테이블에서 풍겨오는 향수 냄새에 욕지기가 올라왔다.

학교의 사회 구조는 무척이나 단순하다.

외모에 집착하고 로스쿨이나 경영 대학원 입학을 목표로 삼은 얄팍한 소녀들. 그들은 자신들의 높은 학부 성적과 '탁월한 창의력'만 믿고 이 예술학교를 선택했다.

학교를 과시의 수단으로 삼는 위대한 예술가와 지식인들.

어딘가 조금 멍해 보이는 수학 천재들.

복도와 계단과 카페테리아를 가득 채운, 같은 외모와 말투, 냄새를 가진 평범한 아이들. 몇 년 후면 아무도 그들의 이름을 기억하지 못할 것이다. 어쩌면 이미 잊혔는지도 모르고.

똑똑하면서 다정다감한 아이들도 여럿 있었다. 루미키는 상대를 깔보지 않았다. 그녀는 그들이 내보이는 얼굴이 그저 가면에 불과하다는 걸 잘 알고 있었다. 그들은 무리 안에서 자신들의 자리를 쉽게 찾을 수 있도록 매일 아침 가면을 챙겨 썼다. 그들을 탓할 문제는 아니었다. 하지만 그녀는 학교 첫날, 그 어떤 범주에도 속하지 않겠노라고 다짐했다. 특정 집단에 속해 있으면 사람들에게 불필요한 오해를 불러 일으킬 수 있기 때문이었다.

루미키는 눈앞에서 여러 그룹과 파벌들이 자연스레 형성되는 과정을 흥미롭게 지켜보았다. 항상 방관적 입장을 유지했지만 그렇다고 해서 머리부터 발끝까지 검정으로 꽁꽁 감싼 외톨이 괴짜는 아니었다. 사람들은 그녀의 이름을 똑똑히 기억하고 있었다.

루미키 안데르손. 리히매키에서 온 스웨덴계 핀란드인. 모든 문제에 대해 신중히 고찰하는 소녀. 물리학과 철학에서 우수한 성적을 받은 소녀.

오필리아를 완벽히 연기해 두 명의 교사를 화나게 만들고, 나머지 교사들을 감동시켰던 소녀.

급우들의 장난에도 가담하지 않고, 학교 파티에도 참석하지 않는 소녀.

늘 혼자 식사를 하면서도 전혀 외로워 보이지 않는 소녀.

당장 끼워 넣을 자리는 없지만 필요에 따라 그 어떤 자리에도 완벽하게 어울릴 수 있는 퍼즐 조각.

그녀는 남들과 확실히 달랐다.

남들과 완전히 똑같기도 했고.

루미키는 암실 덧문으로 다가가며 좌우를 살폈다. 복도에는 아무도 없었다. 잽싸게 안으로 들어가 문을 닫았다. 어둠. 그녀는 허둥대지 않고 앞으로 손을 뻗어 안쪽 문을 열었다. 손은 문까지의 거리를 정확히 기억하고 있었다. 칠흑 같은 어둠. 정적. 평화. 1교시가 시작되기 전 그녀에게 짧게 허락되는 혼자만의 시간이었다. 명상. 재충전. 아무도 모르는 혼자만의 의식. 과거의 반복이자 현재의 필수적인 부분이기도 한 습관. 루미키는 오랫동안 이런 은신처를 필요로 했다. 처음에는 두려움 때문이었다. 은밀한 구석과 안전한 피난처들은 그녀의 생명줄이나 다름없었다. 하지만 요즘 들어서는 두려움보다 모두가 함께 쓰는 곳에서 자신만의 공간을 찾고 싶은 갈망이 훨씬 커졌다. 암실은 수다와 소음과 의견과 감정의 홍수 속으로 빠져들기 전 단 몇 초 동안이나마 마음을 가라앉힐 수 있는 고마운 은신처였다.

루미키는 벽에 몸을 기댄 채 눈을 감고 머릿속을 깨끗이 비워 나갔다. 가장 쉬운 일은 예정된 하찮은 일정을 하나씩 지우는 것이었다. 수학 시간과 방과 후의 식료품 쇼핑, 그리고 바디컴뱃* 수업. 하지만 어쩐 일인지 오늘은 표면 잡음조차도 넘어서지 못했다. 무언가가 자꾸 되밀어졌다. 무언가가 자꾸 그녀의 공간을 침범하려 했다.

냄새.

암실에서는 평소와는 다른 냄새가 풍겼다. 하지만 그것이 무엇

* 권투를 기초로 한 유산소 운동

인지 감을 잡을 수 없었다. 그녀는 앞으로 한 걸음 내디뎌보았다. 무언가가 볼을 살짝 스쳐 흠칫 놀라며 빨간 안전등을 켰다.

5백 유로 지폐.

암실 천장에 무수히 많은 5백 유로 지폐가 걸려 있었다. 진짜 돈일까? 루미키는 가장 가까운 곳에 걸린 지폐를 손으로 만져보았다. 적어도 종이의 촉감은 진짜 같았다. 그녀는 작업용 트레이에서 현상 중인 사진이 없음을 확인하고 나서 일반 조명을 켰다.

그녀는 눈을 가늘게 뜨고 지폐들을 유심히 살폈다. 투명무늬, 속이 비치는 숫자들, 위조방지용 은선, 그리고 홀로그램. 모든 게 정상이었다. 만약 위조지폐라면 대단히 잘 만들어진 것들이었다.

트레이에는 주황색이 감도는 갈색 액체가 담겨 있었다. 루미키는 손가락으로 그것을 찍어보았다. 물.

암실 바닥은 불그스름한 갈색 얼룩들로 뒤덮여 있었다. 그녀는 어리둥절한 얼굴로 지폐 모서리에 묻어 있는 적갈색 얼룩을 응시했다. 순간, 어둠 속에서 유난히 거슬리던 것의 정체를 깨달았다.

말라붙은 피 냄새.

4

　루미키는 교실 창밖으로 눈 덮인 나무들과 작은 묘비들을 내다
보았다. 하지만 그림엽서 같은 하얀 풍경은 그녀의 관심을 끌지
못했다. 그래도 칠판에 빽빽이 적힌 적분 문제들을 응시하는 것
보다는 훨씬 나았다. 지금은 한가하게 수학에 정신이 팔려 있을
때가 아니었다.

　그녀는 암실의 돈에 손대지 않았다. 그대로 문을 닫고 나와 교
실로 향했을 뿐이다. 누구에게도 돈 얘기를 하지 않았다. 그걸 어
떻게 처리할 것인지 곰곰이 생각해야 했다.

　무난하게 살고 싶으면 참견하지 마라.

　루미키의 오랜 좌우명이었다. 간섭하지 않기. 남의 일에 쓸데
없이 참견하지 않기. 숙고해서 내놓는 말이 아니라면 할 필요가
없다. 조용히 있으면 평화롭게 살 수 있다. 모든 걸 잊고 싶었다.

피를 씻어낸 지폐들까지 모두. 하지만 불행하게도 그건 불가능했다. 지폐들과 그것들이 풍기는 냄새는 이미 머릿속에 뚜렷이 각인된 후였다. 돈에 대한 미스터리가 풀리기 전까지 평화는 꿈도 꿀 수 없다는 걸 잘 알고 있었다.

교장에게 알리는 것도 한 방법이겠지. 그렇게 해서라도 정체 모를 돈에서 신경을 끊고 싶었다. 어쩌면 그 돈은 누군가의 미술 프로젝트인지도 몰랐다. 그렇다면 진짜 돈이 아닐 것이다. 하지만 누군가가 단순히 프로젝트를 위해 그토록 정교한 위조지폐를 만들었다는 건 이해하기 힘들었다. 그럴듯한 가짜 돈을 만드는 것은 엄연히 위조죄에 해당되었다.

어쩌면 위조지폐가 아닐지도 몰라.

대체 누가 고등학교 암실에 그런 엄청난 액수의 돈을 걸어놓았을까? 어떤 이유로? 루미키는 궁금했다. 더 이상한 건 암실의 문이 제대로 걸려 있지 않았다는 사실이었다. 생각할수록 머릿속이 혼란스러웠다. 아무리 머리를 굴려도 논리적으로 설명이 되지 않았다. 눈을 감고 줄에 걸린 지폐들을 떠올려보았다. 그러나 그 이미지에는 진실을 밝혀줄 중요하고 결정적인 디테일이 빠져 있었다. 학교 암실에 걸린 수많은 지폐들을 흘끔 보고 난해한 일련의 사건들을 완벽히 재구성하는 건 셜록 홈스나 가능한 일이었다.

교장에게 알려야 해. 암실에서 돈을 챙겨와 교장실로 가져가야

한다고. 하지만 돈에 함부로 손댔다가 나중에 곤란한 문제라도
생기면 어쩌지?

나뭇가지에 떨어지는 화사한 햇살이 눈을 시리게 했다. 교실은
따뜻했지만 루미키는 추위의 비명을 똑똑히 들을 수 있었다. 몸
이 바르르 떨렸다. 침체된 실내 공기가 그녀의 정신을 멍하게 만
들었다. 질척대는 머릿속에서는 수많은 생각들이 뚜벅뚜벅 걸어
나가고 있었다.

마침내 그녀는 결정을 내렸다.

루미키는 다시 암실로 향했다. 자신이 헛것을 본 게 아니라는
걸 확인하고 싶었기 때문이다. 어쩌면 그 터무니없는 이미지는
그녀가 상상해낸 것이었는지도 몰랐다. 혹은 오해를 했거나. 만
약 한 장만 빼고 전부 위조지폐라면?

속단하지 마라.

루미키의 두 번째 좌우명이었다.

그것들을 좌우명이라 부르는 건 허세일 수도 있었다. 원칙이나
유용하고 유익한 생각들에 더 가까우니까.

복도 끝에서 한 소년이 불쑥 튀어나오자 루미키의 가슴이 철렁

내려앉았다. 투카. 열여덟 살. 교장의 아들. 제의만 들어오면 신의 대역도 거뜬히 소화할 수 있다고 믿는 배우 지망생. 신기하게도 교사들은 투카의 허세와 오만함과 만성적인 지각을 봐주는 데에 굉장히 능했다. 투카는 어딘가 급하게 가는 길이었다. 루미키는 그의 팔꿈치나 배낭에 떠밀리지 않으려 잽싸게 몸을 피했다.

그녀는 주변 사람들의 눈에 띄지 않게 슬그머니 물러서는 방법을 알고 있었다. 완벽한 타이밍에 최대한 자연스럽게 움직이는 게 중요했다. 상대에 반응한다는 인상을 주면 안 되었다. 루미키는 상대를 자극하지도, 상대 앞에서 비굴해지지도 않았다.

투카는 계속해서 빠른 걸음을 옮겼다. 걷는 건지 뛰는 건지 구분이 안 될 정도였다. 그는 루미키를 본체만체했다. 그녀는 그가 시야에서 완전히 사라질 때까지 기다렸다가 암실로 향했다. 덧문을 열고 들어가 빨간 안전등을 켰다.

그리고 눈을 두 번 깜빡였다.

현장은 그대로였지만 돈은 보이지 않았다.

루미키는 속으로 욕을 퍼부었다. 즉시 행동하지 않은 결과였다. 이젠 어쩌지? 교장에게 가서 암실에 수천 유로가 널려 있었다고 말해볼까? 아무런 증거도 없이? 누군가가 돈에 대해 물어볼 때까지 기다렸다가 내가 본 걸 들려줘야 하나? 수면 부족과 과도한 카페인 섭취로 인한 환각이었다고 그냥 넘겨버려?

그녀는 암실 벽에 몸을 기대고 눈을 감았다. 뭔가 거슬렸다. 평소와는 다른 무엇. 그녀의 뇌는 방금 전 기록해놓은 그 무엇을 꼼꼼하게 분석하는 중이었다. 깨달음이 찾아들자 루미키가 눈을 번쩍 떴다.

배낭.

보통 투카는 배낭을 메고 다니지 않았다. 그의 가방은 검은 마리메코 가죽 숄더백이었다. 가방이 작아 필요한 책도 집에 놓고 다니기가 일쑤였다. 여학생들 사이에서 화려한 색의 마리메코 천 가방은 인기가 높았지만 가죽 마리메코를 메고 다니는 건 투카가 유일했다. 유행과 개성 사이의 애매한 선택. 딴에는 신중하게 고민한 결정이었을 것이다. 하지만 방금 전 복도에서 맞닥뜨린 투카는 닳아 해진 얼룩투성이 회색 배낭을 한쪽 어깨에 걸치고 있었다. 그가 공들여 유지해온 반신반인의 이미지와는 전혀 어울리지 않는 가방이었다. 배낭은 가득 차 있었지만 이상하게도 묵직해 보이지는 않았다.

루미키는 대번에 그 문제를 풀어냈다.

탐페레의 중심에 위치한 케스쿠스토린 커피하우스는 여느 때처럼 오전 손님들로 북적이고 있었다. 아이들을 데리고 나와 수면 스케줄에 대해 수다를 떠는 엄마들. 월 예산을 빠르게 갉아먹는 카페라테를 홀짝이며 시험공부에 몰두하는 척하는 여대생들. 그리고 노트북 컴퓨터로 파워포인트 작업 대신 앵그리 버드 게임을 하거나 페이스북을 체크하는 양복 차림의 남자들. 커피 기계들은 쉴 새 없이 윙윙거렸다. 카푸치노와 헤이즐넛 시럽 향기는 기분 좋게 후각을 자극했다. 페이스트리는 무척 먹음직스러워 보였다. 실제로 먹어보면 그 맛에 실망하겠지만. 겨울 외투 차림으로 들어서면 금세 땀으로 젖어버릴 만큼 실내는 후텁지근했다.

루미키는 나머지 손님들을 등진 채 구석 테이블에 앉아 있었다. 그녀는 차를 홀짝이며 잡지를 훑는 중이었다. 가까운 테이블에 투카, 엘리사, 그리고 카스페르가 앉아 있었다.

투카의 배낭에 돈이 담겨 있음을 깨달은 루미키는 곧장 그를 찾아 나섰다. 그녀는 옷걸이대에서 코트와 벙어리장갑, 목도리, 니트 모자를 황급히 낚아채 들고 학교를 뛰쳐나왔다. 흡연 구역을 지나 교회 경내에 멈춰선 그녀는 소년을 찾아 주위를 살폈고, 해메 가와 인접한 공원길 끝에서 회색 배낭을 멘 그를 찾아내는 데 성공했다. 찬 공기를 잔뜩 머금은 폐가 따끔거렸지만 루미키는 멈추지 않고 그를 미행했다. 빠르게 걸음을 옮기며 그와 적당한 거리를 유지하려 애썼다. 들키지 않고 표적을 쫓아야 한다.

할딱거리며 내뿜은 그녀의 입김이 속눈썹과 모자 밑으로 삐져나온 머리카락에 얼어붙어 반짝거렸다. 이렇게 추운 날에는 모두의 머리가 희끗희끗해진다.

투카는 커피하우스로 들어가버렸고, 루미키는 밖에서 몇 분 기다렸다가 안으로 들어갔다. 소년은 두 친구, 즉 엘리사와 카스페르와 심각한 대화를 나누고 있었다.

루미키는 그들 눈에 띄지 않으려 최대한 애쓰는 중이었다. 다행히 그녀는 다른 사람인 척하는 데 남다른 재능이 있었다. 루미키는 안으로 들어서자마자 화장실로 향했다. 겉옷과 스웨터를 벗고 머리를 풀어내려 옆으로 땋았다. 평소에는 절대 하지 않는 스타일이었다. 그녀는 커피 대신 차를 주문했다. 또한 평소 즐겨 읽는 신문의 스포츠 면이나 〈이미지〉 잡지 대신 여성지를 골라 들었고, 익숙지 않은 자세로 앉아 고개를 한쪽으로 살짝 기울이기까지 했다.

사람들은 옷차림이나 머리 스타일을 통해 멀리서도 지인을 알아볼 수 있다고 믿었다. 충분히 가능한 일이었다. 하지만 루미키는 현실 속에서 누군가를 알아보는 게 얼마나 힘든 일인지 알고 있었다. 순간적 판단에 영향을 미치는 수백, 아니, 수천 가지 요인들 때문이었다. 키, 자세, 걸음걸이, 태도, 신체와 얼굴 비율, 표정의 미세한 부분까지. 다른 사람인 척하는 것은 그래서 힘든 일이다. 대대적인 성형수술과 오랜 연습 없이는 불가능하다는 이들도 있었다.

하지만 루미키는 조그만 변화만으로 가장 눈에 띄는 특징을 상당 부분 덮어버리는 데 성공했다. 누군가가 눈에 불을 켜고 찾았다면 진작 들키고 말았을 테지만 별 생각 없이 슥 둘러보는 이들의 눈에 루미키는 그저 카모마일 차를 홀짝이는 히피 스타일의 소녀 시인으로 보일 뿐이었다. 전혀 눈에 익지 않은 소녀.

투카, 엘리사, 그리고 카스페르는 바로 옆 테이블에 앉아 있으면서도 루미키를 알아보지 못했다. 그것만 봐도 그들이 의논하는 문제가 얼마나 심각한지 짐작할 수 있었다.

"이젠 어떻게 하지?" 엘리사가 두 소년에게 물었다.

카페에 들어서자마자 가장 먼저 눈에 들어온 것이 엘리사의 끔찍한 몰골이었다. 그녀의 하얀 피부는 거의 회색으로 변해 있었다. 거무죽죽한 눈가에 지우다 만 듯한 화장. 탈색한 금발에서는 기름기가 흘렀다. 아무거나 걸치고 나온 듯한 옷차림은 유행에 많이 뒤떨어져 보였다. 학교에서는 절대 볼 수 없는 엘리사의 또 다른 모습이었다. 그녀가 이런 꼴로 카페를 찾았다는 사실만으로도 깜짝 놀랄 일이었다.

엘리사는 학교에서 예쁘기로 소문난 학생이었다. 또 그런 평판을 유지하기 위해 무던히 애쓰는 소녀였다. 하지만 지치고 겁에 질린 그녀의 모습은 평소의 아름다움이 조심스레 구축된 가면이라는 걸 깨닫게 해주었다. 중요한 건 립글로스의 색이나 아이새도를 바르는 데 들인 공이 아니었다. 넘치는 자신감과 적당한 경박함. 엘리사의 미소는 늘 남학생들의 가슴을 두근거리게 했고, 그들의 손바닥을 축축하게 만들었다.

아직까지도 루미키는 엘리사와 투카의 관계의 실체를 이해하지 못했다. 한때 진지하게 사귄 적이 있었지만 지금은 그냥 친구로만 지내는 것 같았다. 가끔 함께 침대에서 뒹구는 친구 사이. 예술 고등학교의 몇 안 되는 남학생들을 신나게 농락해온 엘리사와 배경이 좋아 여학생들의 인기를 독차지하는 투카 사이에는 특별한 끈끈이가 발려 있는 듯했다. 학교의 '알파'들인 그들은 수준이 맞지 않는 상대들과는 사귀지 않았다. 그들이 서로 붙어 다닐 수밖에 없는 이유였다.

"어떻게 하면 좋겠냐고? 그걸 몰라서 물어? 당연히 우리가 챙겨야지. 그리고 끝까지 모른 척하면 되는 거야." 카스페르였다.

카스페르가 어떻게 이 학교에 들어올 수 있었는지는 아직 수수께끼로 남아 있었다. 그는 숙제보다 땡땡이에 더 집중하는 것 같았다. 조만간 눈에 띄는 변화가 없으면 퇴학 조치가 내려질 거라는 소문이 파다했다. 카스페르는 검은 옷에 금으로 된 화려한 액세서리를 걸치고 있었다. 엄청난 양의 젤을 발라 뒤로 빗어 넘긴 머리는 번드르르했다. 그는 자신을 뛰어난 랩 아티스트로 여기는 모양이었지만 실제는 그 반대였다. 그의 랩을 들어보면 흥분은커녕 측은한 마음만 들 뿐이었다. 카스페르는 괴짜였다. 그가 얼간이인지 삼류 깡패인지 구분하는 건 쉬운 일이 아니었다. 루미키는 엘리사와 투카가 그런 카스페르와 친하게 지내는 이유를 오랫동안 궁금해해왔다. 엘리사가 주위를 살피며 목소리를 낮추었다.

"우리가 가질 순 없어."

그녀의 목소리에서 공포가 묻어나왔다.

"그럼 대체 어쩌겠다는 거지?" 투카가 물었다. "경찰에 신고라도 하게?"

카스페르가 낄낄 웃었다. 엘리사의 아버지는 경찰이었고, 그사실 때문에 가끔 악의 없는 농담에 시달리곤 했다.

"이건 우리 돈이 아니잖아. 어쩌다 보니 우리 손에 들어오게 됐을 뿐이야. 보나마나 누군가가 이걸 찾아 헤매고 있을 거라고. 그들에게 덜미를 잡히면 우린 끝장이야."

엘리사는 두 소년을 설득하기 위해 안간힘을 다하고 있었다.

"엘리사, 머리를 좀 굴려봐. 우리가 이 상황에서 뭘 할 수 있겠어? 모든 걸 솔직히 털어놓으면 우리도 무사하지 못할 거라고. 뭔가 옳은 일을 하고 싶었으면 그날 밤에 했어야지." 투카가 말했다.

"뭔가 하긴 했잖아." 카스페르가 웃으며 말했다.

엘리사가 한숨을 내쉬었다. "그래. 어리석게도 천재인 척했었지."

"그땐 그게 현명한 결정이라고 믿었잖아." 투카가 말했다. "내 말 잘 들어. 경찰에 신고한다면 이 돈에 얽힌 다른 얘기까지 죄다 털어놓아야 한다고. 넌 모르겠지만 난 그러고 싶지 않아."

"나도 마찬가지야." 카스페르가 말했다.

초조해진 엘리사는 손톱으로 테이블을 톡톡 두드렸다.

"기억이 불분명하니 신고를 결심해도 문제야. 언제 무슨 일이 있었는지 알 길이 없으니까. 분명히 알고 있는 건 아침에 일어나 보니 우리 집 꼴이 말이 아니었다는 사실뿐이야. 집 안 구석구석 토한 게 널려 있더라고."

"그거 치우느라 고생깨나 하겠는데. 너희 아버지는 딸이 주말 내내 집에 틀어박혀 물리학 공부만 했다고 믿으실 거 아니야."

카스페르가 재미있다는 표정을 지으며 의자 등받이에 몸을 기댔다.

"내가 미쳤어? 오늘은 가정부가 오는 날이야. 지금쯤 그걸 다 치우느라 진땀을 빼고 있겠지. 최대한 빨리 치워놓고 끝까지 비밀을 지켜주면 돈을 두 배로 주겠다고 했어. 이제 기억만 좀 돌아오면……."

"우리 모두가 난처해지겠지. 그게 네 계획이야?"

투카가 날선 목소리로 말했다.

엘리사는 잠시 침묵을 지켰다. 옆 테이블에서 앵그리 버드 게임에 열중하던 남자가 만족에 찬 목소리로 말했다. "깼다!"

"좋아. 알았어." 엘리사가 말했다. "당분간 입 닫고 지내는 걸로 하자. 기다려보면 좋은 방법이 떠오르겠지 뭐. 하지만 예감이 좋지 않다는 것만 알아둬."

"1만 유로가 그 나쁜 예감을 날려줄 거야." 투카가 말했다.

"뭐? 됐어. 난 한 푼도 원치 않아."

"왜 마음에도 없는 얘길 해? 가방을 세 개 준비했어. 각자 1만 유로씩 담아 챙기게 될 거야. 우리가 한 배를 탔다는 거 잊지 마."

투카가 테이블 밑에 놓아둔 배낭의 지퍼를 열었다. 루미키는 고개를 살짝 돌리고 곁눈질로 그를 지켜보았다. 투카는 배낭에서 꺼낸 불투명한 비닐봉지 두 개를 엘리사와 카스페르의 가방에 하나씩 넣었다.

엘리사가 두 손으로 얼굴을 감싸 쥐고 고뇌에 찬 한숨을 내쉬었다.

"젠장. 오늘 아침에 눈을 떴을 때 이 모든 게 악몽이기를 바랐는데."

"널 본 사람은 없지?" 카스페르가 투카에게 물었다.

"없어."

"암실에 들어온 사람도 없고?"

"돈이 그대로 있었잖아. 누가 들어왔다면 이 돈이 고스란히 남아 있겠어?"

하지만 투카의 웃음소리에서는 불안감이 묻어나왔다. 갑자기 그가 벌떡 일어났다.

"미팅은 이걸로 끝내자고. 이젠 가도 돼."

"나 아직 마시고 있잖아." 엘리사가 말했다.

"내가 너라면 그런 꼴로 돌아다니지 않을 거야." 투카가 말했다. "널 정말 생각해서 하는 얘기라고, 베이비."

"물론 그러시겠지." 엘리사가 받아치고 나서 자리에서 일어났다.

루미키는 세 사람이 카페를 나설 때까지 기다렸다. 그리고 남은 차를 마저 들이켰다. 맙소사. 이런 걸 돈 주고 사서 마시는 사람들이 정말 있단 말이지? 터무니없이 비싼 구정물의 앙금이 컵에 남았다. 충분한 시간이 흘렀다고 생각되자 외투를 챙겨 입고 매서운 추위 속으로 걸어 나왔다. 그녀는 천천히 집으로 향하면서 계속 머리를 굴려보기로 했다.

5

매서운 찬바람이 도심을 가로지르는 급류 위 석조 다리를 훑고 지나갔다. 루미키는 빠르게 걸음을 옮기며 카페에서 엿들은 내용을 곱씹어보았다. 어젯밤, 투카, 엘리사, 그리고 카스페르는 문제의 돈을 손에 넣게 되었다. 어떻게? 그건 알 수 없다. 그게 누구 돈인지 그들은 알고 있을까? 아마 모를 거야. 보나마나. 그들은 전날 밤 사건에 대해 무척 혼란스러워 하는 것 같았다.

그들은 수중에 들어온 피 묻은 돈을 학교 암실에서 세탁했다. 루미키는 바로 그 점이 이해가 되지 않았다. 한밤중에 부정한 돈을 씻기 위해 선택한 곳이 학교라니.

그래도 우린 술민 마시다 왔잖아.

순간 '향수 마피아'들이 했던 말이 루미키의 뇌리를 스쳤다. 그건 어젯밤 파티에서 음주 이상의 일들이 벌어졌다는 뜻이다. 적어도 몇몇은 그러고 놀았다는 뜻. 엘리사와 투카와 카스페르가? 그래서 그런 황당한 해결책을 떠올리게 된 건가? 그래서 그날 밤의 일들을 철저히 비밀에 부치려 하는 거야?

형사의 딸. 교장의 아들. 뻔한 시나리오가 루미키로 하여금 고개를 젓게 만들었다. 좋은 집안 출신 아이들이 반항심에 사로잡혀 벌인 일인가? 짜릿한 자극에 목말라 있던 그들이 마약과 술에 놀아난 거라고? 제대로 한번 망가지고 싶어서?

기차역 앞 교차로는 빙판으로 변해 있었다. 시정부 소속 인부들이 인도의 마찰력을 높이려고 쉴 새 없이 자갈을 뿌려댔지만 역부족이었다. 루미키는 부츠로 미끄러운 땅을 힘껏 찍으며 걸음을 옮겼다.

상황이 점점 복잡해지고 있었다. 아직은 교장을 찾아갈 때가 아니었다. 경찰에 신고할 타이밍도 아니었고. 그녀는 친구도 아닌 그들 일에 휘말려들고 싶지 않았다. 괜히 일러바쳤다가 자신만 곤란해질 수도 있었다.

경찰에 익명으로 제보를 할까? 그럴듯한 생각이었다. 그들이 내 제보를 진지하게 받아들일까? 아마도. 누군가가 3만 유로를 도난당했다고 신고를 했다면. 진지하게 받아들이지 않는다 해도 상관없었다. 더 이상 그녀가 신경 쓸 문제가 아니었다. 루미키의 의무는 딱 거기까지였다.

탐멜라에 다다른 루미키는 묘한 감정에 휩싸였다. 그녀의 아파트는 진정한 의미의 집이 아니지만 이 동네에 정이 많이 들었다. 그 흥미로운 사실이 그녀를 미소 짓게 했다. 탐멜라 광장의 검은 소시지와 우유. 탐멜라 스타디움에서 터져 나오는 축구팬들의 응원 소리. 모든 동네 주민이 하고 있는 기본적인 일들. 이제 탐멜라에 몇 채 남지 않은 목조 건축물과 한때 알토넨 제화 공장이었던 빨간 벽돌 건물들. 루미키 안데르손은 감상적인 모든 걸 싫어하지만, 이곳에만 들어서면 마음이 편하고 따뜻해졌다. 자신이 사는 곳을 좋아하는 게 뭐가 나쁜가? 세상에 그보다 한심한 일들이 얼마나 많은데. 어쩌면 이 동네, 이 거리를 진짜 집으로 여기는 날이 오게 될지도 모른다. 어쩌면 이미 그렇게 되어버렸는지도. 한 곳에 눌러앉기를 원치 않는 루미키이지만 말이다.

탐멜라 학교 운동장에서 아이들의 고함과 웃고 우는 소리가 터져 나왔다. 루미키는 신나게 뛰노는 아이들을 빤히 지켜보았다. 그들의 입은 하얀 입김을 뿜었고, 볼은 추위로 벌게져 있었다. 두꺼운 외투 차림의 아이들은 꼭 땅딸막하고 화려한 눈사람 같았다. 그녀의 시선이 운동장 가장자리를 찬찬히 훑었다. 친구들에게 따돌림당한 아이는 없는지 확인하기 위해서였다. 귀도 쫑긋 세워보았다. 즐거움 가득한 외침들 속에서 겁에 질린 울음을 찾기 위해서. 어떤 아이들에게는 겨울 태양 아래서 눈부시게 빛나는 운동장이 악몽의 왕국으로 여겨질지도 몰랐다. 특히 낮이 밤처럼 길고 새까매지는 계절에는.

어린 소녀 하나가 담황색 아르누보* 양식의 학교 건물 주위를 돌고 있었다. 소녀는 고개를 떨어뜨린 채 천천히 걷는 중이었다. 루미키는 잠시 그 소녀를 빤히 지켜보았다. 모퉁이를 돌 때마다 뒤를 살필까? 때때로 주춤하는 모습을 보일까? 내리깐 눈에 고뇌가 살짝 비치지는 않을까? 전부 아니었다. 마침내 루미키의 눈에 똑똑히 들어온 소녀의 얼굴에는 미소가 머금어져 있었다. 소녀의 입술이 씰룩거렸다. 보나마나 머릿속으로 신나는 이야기를 그려보고 있는 거겠지.

어릴 적 나랑은 다르네. 루미키는 생각했다. 다행스럽게도.

순간 그녀는 무언가가 이상하다고 느꼈다. 왠지 살짝 불편해진 기분. 누군가가 너무 가까이 붙어있는 듯한 기분이 들었다.

너무 늦게 깨달았다.

갑자기 나타난 억센 손이 그녀를 가까운 출입구의 어둠 속으로 우악스럽게 잡아끌었다. 그녀는 돌벽에 거칠게 떠밀렸다. 루미키의 볼은 차가운 표면에 짓이겨졌다. 습격자는 루미키의 두 팔을 등 뒤로 힘껏 꺾었다. 극도의 공포에 사로잡힌 루미키의 입에서

---

* 유럽 및 미국에서 19세기 말부터 20세기 초에 유행한 건축 및 장식 예술의 한 양식

는 비명조차 터져 나오지 않았다.

그녀는 냄새만으로 습격자의 정체를 알아낼 수 있었다. 그가 입을 열기도 전에.

투카.

"너만 미행에 재능이 있는 게 아니야."

그녀의 볼에 투카의 기분 나쁜, 뜨거운 입김이 뿌려졌다. 그에게서는 방금 마신 커피와 방금 피운 담배 냄새가 풍겼다. 루미키는 자신에게 무척 화가 났다. 이토록 어리석은 실수를 저지르다니. 카페를 나온 후 뒤를 살피지 않았던 게 화근이었다.

자신의 영리함을 과대평가하지 마라. 자신이 절대적으로 안전하다는 생각은 버려라. 이 기본적인 규칙을 어긴 것이었다. 매일 긴장하며 살 필요가 없는 탐페레에 온 후로 그녀의 기량은 녹슬어버렸다.

"카페에서 널 알아봤어. 아니, 네가 아니라 네 배낭을 알아봤지. 순간 암실 밖에서 너랑 충돌할 뻔한 일이 떠오르더라고. 우연으로 보기엔 좀 이상하지 않아?" 투카가 루미키의 팔을 쥐어짜듯 움켜쥔 채 말했다.

루미키는 황급히 상황 파악에 들어갔다.

민첩하게 움직이면 투카로부터 벗어날 수도 있을 것 같았다. 문제는 투카가 호락호락한 상대가 아니라는 사실이었다. 운 좋게 벗어난다 해도 다시 덜미를 잡히는 건 시간문제일 것이다. 당분간은 고분고분 복종하며 불필요한 기운 낭비를 막아야 했다. 그가 무슨 말을 늘어놓을지 궁금하기도 했고.

"뭘 봤지? 뭘 알고 있어?" 투카가 물었다.

"암실에 한번 들어가봤어. 너희가 카페에서 하는 얘기도 들었고. 그게 다야." 루미키가 차분하게 말했다.

이런 상황에서 그를 자극하는 건 현명한 일이 아니었다.

"젠장." 투카가 말했다. "누구도 알면 안 된단 말이야."

루미키는 대꾸하지 않았다. 거칠고 차가운 돌벽에 그녀의 볼이 살짝 쓸렸다. 그녀는 움직임을 최소화하려 애썼다.

"입 꼭 닫고 있어. 누구에게도 말하면 안 돼. 넌 아무것도 모르는 거야 . 아무도 널 믿어주지 않을 거라고."

투카의 위협적인 톤에서 불안감이 묻어나왔다. 루미키는 이번에도 대꾸하지 않았다.

"내 말 듣고 있어?"

투카의 언성이 높아지면서 감지되는 불안감도 커져갔다. 그는 두려워하고 있었다. 루미키보다 훨씬 더.

"그래." 루미키가 말했다.

투카는 잠시 생각에 잠겼다.

"좋아. 얼마를 원하는지 얘기해." 그가 말했다.

그의 목소리는 어느새 애원하는 톤으로 바뀌어져 있었다. 이 일로 자신의 이미지에 흠집이 날까 걱정하는 게 분명했다.

"한 푼도 필요 없어." 루미키가 말했다. "이젠 날 놔주는 게 좋을 것 같은데."

그것은 요청도, 명령도 아니었다. 그저 사실 그대로를 담은 성명일 뿐이었다. 상대에게 선택지를 주지 마라. 간단한 지시만 할 것. 애원하거나 요구하지 말고 상황을 있는 그대로 알려줄 것. 루미키의 단호한 태도에 투카의 손이 떨어졌다. 그녀는 돌아서서 시큰거리는 손목을 살살 문질렀다.

"내 말 잘 들어." 그녀가 소년의 눈을 똑바로 보며 말했다. "난 이 문제에 휘말리고 싶지 않아. 난 아무것도 보지 못했고, 아무것도 듣지 못했어. 내가 먼저 일러바치진 않겠지만 누군가가 물어온다면 거짓말하진 않을 거야. 네가 이번 일로 크게 곤란해지더라도 난 널 도울 생각이 없어."

투카가 망설이는 표정으로 그녀를 보았다. 그의 귀는 추위에 빨개져 있었다. 그는 모자를 쓰고 있지 않았다. 실용성이 허영심에 짓눌려버린 결과였다. 그는 루미키의 말을 곱씹고 있었다. 자신에게 어떤 위험이 있을지, 또 어떤 옵션이 주어졌는지.

"좋아. 그렇게 하자고." 그가 손을 내밀며 말했다.

루미키는 악수에 응하지 않았다. 투카는 무안해진 손으로 머리를 쓸어 넘기며 웃음을 터뜨렸다.

"생각보다 터프한 구석이 있네. 널 과소평가했어."

너만 그런 게 아니야. 루미키는 생각했다.

투카가 루미키의 얼굴에 붙은 머리카락을 떼어주었다. 다시 상황의 주도권을 잡아보려는 어설픈 시도였다.

"그거 알아? 그 끔찍한 머리 스타일만 바꿔도 꽤 봐줄 만할걸. 그린피스 시위대 같은 그 옷도 좀 갖다버리고. 화장을 해보는 건 어때?" 그가 한쪽 입꼬리를 살짝 올리며 말했다.

루미키가 미소를 지었다.

"그거 알아?" 그녀가 말했다. "그 끔찍한 성격만 좀 바꾸면 너도 꽤 똑똑하고 괜찮은 놈이 될 수 있을 거야."

그녀는 투카가 받아치기 전에 돌아섰다. 뒤는 돌아보지 않았다. 그가 따라오지 않는다는 걸 알고 있었으니까.

아파트로 돌아온 루미키는 거울부터 들여다보았다. 볼은 붉었고 상처는 따끔거렸다. 그 정도로 끝난 것을 다행으로 생각해야 했다. 그녀는 수도꼭지에 입을 대고 찬물을 들이켰다. 다음 날 수업은 빠지기로 했다. 집에서 하루 푹 쉬면 모든 게 정상으로 돌아올 것 같았다. 그런 다음 평소처럼 학교로 향할 것이다. 돈은 까맣게 잊을 것이고, 골치 아픈 문제는 더 이상 마음에 두지 않을 것이다.

6

새벽 3시 45분.

보리스 소콜로프는 커다란 바퀴벌레 보듯 자신의 휴대폰을 응시하고 있었다. 벽에 냅다 던져버리고 싶은 충동이 강하게 일었다. 전화는 꿈속을 허우적거리던 그를 깨워놓았다. 그는 뒤통수를 맞아본 적이 있다. 협박도 당해보았다. 이렇게 잠에서 깬 것은 참을 수 있었지만 거짓말을 듣는 건 역겨운 기분이 들었다. 보리스 소콜로프가 가장 혐오하는 건 상대에게 협박당하는 것이었다. 그것도 그를 협박할 위치에 있지 않은 상대에게.

보리스 소콜로프는 휴대폰의 SIM카드를 교체한 후 번호를 눌렀다.

세 번의 신호음이 흐르고 난 후 에스토니아인이 받았다. 상대도 자신의 전화 때문에 잠에서 깬 모양이었다. 에스토니아인의 목소리는 끈적끈적하고 아득했다. 실제로는 달랑 몇 킬로미터 떨어져있을 뿐이었지만.

"뭡니까?"

보리스는 러시아어로 말했다.

"그 자식에게 연락이 왔어. 돈을 못 받았다는군."

"헛소리 말라고 해요." 에스토니아인이 말했다. "집까지 배달해줬잖아요."

보리스는 침대를 내려와 침실 창가로 다가갔다. 파케트* 바닥은 차가웠다. 카펫을 깔걸 그랬어. 좀 지저분해지면 어때? 몇 년에 한 번씩 새것으로 갈면 되잖아. 달빛은 거슬릴 정도로 밝았고, 뜰에는 토끼 발자국이 남아 있었다. 에스토니아인은 뜰에서 또 다른 흔적을 지우는 걸 도와주었다. 그는 하얗지 않은 눈을 조심스레 걷어낸 후 공을 들여 뒤뜰 반대편까지 자연스러워 보이는 발자국을 찍어놓았다.

"밤새도록 기다렸대. 오늘밤에 말이야."

"대체 어떻게 된 일이죠? 장소는 다르지만 평소와 같은 시간에 전달될 거라고 분명히 얘기해뒀는데."

에스토니아인은 잠에서 완전히 깬 목소리였다.

* 쪽모이 세공을 한 마루

보리스가 끙 앓는 소리를 냈다. "오해 어쩌고 하던데. 어제가 윤일이었다며? 2월의 마지막 날?"

그가 손가락으로 창턱을 두드렸다. 토끼들이 사과나무를 갉아 먹었나? 아무래도 나무에 울타리를 쳐놓아야 할 것 같았다. 아니면 기다렸다가 놈들을 잡아버리든지. 이번 고기는 꼭 자신의 냉동고에 넣어두고 싶었다.

"그래요. 하지만 윤년이라고 28일이 29일이 돼버리진 않잖아요. 그것도 그렇고, 왜 오늘밤까지 기다린 거죠? 어제 이미 돈을 전달했는데."

"그게 문제라니까. 그놈은 우리가 돈을 가져오지 않았다는 거야. 자긴 받은 적이 없다는 거지."

에스토니아인은 잠시 침묵을 지켰다. 보리스는 부하가 자신과 같은 결론에 도달하게 될지 궁금했다.

"헛소리를 하고 있는 겁니다. 돈을 받았으면서 오리발을 내밀고 있는 거라고요. 일이 어떻게 됐는지 깨닫고 나서 세게 나오려는 게 틀림없습니다."

역시. 나와 같은 결론.

"그 자식이 날 협박했어. 모든 걸 폭로하겠다는군."

보리스는 또다시 분노가 끓어오르는 걸 느꼈다. 휴대폰을 쥔 그의 손에 힘이 잔뜩 들어갔다. 손 안에서 으스러지는 바퀴벌레의 외골격이 그의 머릿속에 떠올랐다.

"무슨 이런 개 같은 경우가!"

에스토니아인도 격분하고 있었다. 그들은 같은 처지에 놓여 있었다. 38시간 동안 두 명의 배신자로 충분했다. 아니, 너무 많았다. 하나도 많은데 둘이라니. 기계에서 너무 많은 부품이 한꺼번에 빠져버린 셈이었다.

"그 자식이 입을 함부로 놀리지 않도록 만들어야겠어."

보리스는 이를 갈았다. 겁도 없이 협박을 하다니. 그의 뒤통수를 치고 무사하기를 바라는 건 어리석은 일이었다.

피 묻은 돈이 가득 담긴 비닐봉지가 충분한 경고가 되어줄 거라 생각했었는데.

그렇지 않은 모양이었다.

마찬가지로 세게 나가야 한다. 물론, 이기는 건 그일 것이다.

테르호 배이새넨은 다시 잠에 빠져들 것 같지 않았다. 그는 퀸 사이즈 침대 한쪽에 모로 누워 있었다. 매트리스는 충분히 컸지만 그는 일부러 불편한 자세를 고집했다. 누군가가 밑에서 침대 틀을 조금씩 깎아나가고 있는 것 같았다. 당장이라도 침대가 내려앉을지 모른다는 걱정에 그는 마음을 놓지 못했다. 무언가가 바스라지고 있었다. 절대 바스라지지 않을 거라 굳게 믿었던 무언가가.

테르호 배이새넨은 스스로를 자랑스럽게 여기지 않았다. 가끔 아침에 일어나 거울 속 자신의 눈을 보는 게 힘들 때가 있었다. 그럴 때마다 그는 지난 10년간 자신이 얼마나 선하게 살아왔는지를 떠올리며 일터로 향했다. 자신 덕분에 얼마나 많은 사건이 해결되었는지. 그런 성공에는 대가가 따랐지만 뭐 어쩌겠는가.

그는 향긋한 냄새가 풍기는 이불을 목까지 끌어올렸다. 그에게는 와락 끌어안을 따뜻한 사람이 필요했다.

테르호는 한 번 더 전화를 걸어보기로 했다. 신호음만 흘러나올 뿐 응답은 없었다. 명치 주변에 뿌리 내린 막연한 공포가 똑똑히 느껴졌다. 밤이 지나면 모든 게 달라질 것만 같았다.

7

옛날 옛날에, 한없이 이어지는 밤이 있었다. 그것의 어둠은 태양을 삼켜버렸고, 세상의 모든 빛을 옭죄었다. 세상은 그것의 차갑고 검은 손에 빠르게 물들어갔다. 밤은 인류의 눈을 영원히 닫아놓았다. 꿈은 점점 깊어지고, 또 요상해졌다. 주제를 잃은 사람들은 상상 속 생명체들과 팔짱을 끼고 미끄러져 나갔다. 그들의 기억은 빠르게 삭제되어갔다. 밤은 건물들의 벽마다 소름끼치는 그림을 그려놓았고, 모든 색은 그것으로부터 도망쳐버렸다. 밤은 잠든 사람들의 얼굴에 대고 차갑고 숨 막히는 공기를 내뿜었다. 그 공기는 폐 속 깊이 파고들어 그들의 속을 새까맣게 만들어버렸다.

루미키는 헐떡거리며 눈을 떴다. 그녀의 온몸은 땀으로 범벅이 되어 있었고, 목은 죄책감의 무게에 짓눌려진 상태였다. 그녀는 힘겹게 몸을 일으키고 슬리퍼를 신었다. 창가로 다가가 공원을 바라보니 친숙한 광경이 눈에 들어왔다. 차돌처럼 단단했던 악몽의 불안이 서서히 녹아내리면서 공허한 감정으로 변해버렸다. 회색을 띤 달빛이 눈더미들, 놀이터의 그네와 정글짐, 그리고 건물들의 지붕 위로 쏟아져 내렸다. 그림자들은 마치 눈 위에 뿌려놓은 검은 물감 같았다.

다른 창문 두 개에도 불이 켜져 있었다. 새벽 3시 45분에 깨어 있는 사람이 또 있는 모양이었다. 악몽의 이미지들이 활개치는 이런 시간에 깨어있는 건 사람의 본성을 거스르는 일이었다. 창문 아랫부분에는 얼음꽃이 수놓여 있었다. 루미키는 본능적으로 차가운 유리창에 손을 댔다. 얼음 결정이 반대편에 붙어 있다는 걸 알면서도. 손의 온기가 그걸 녹일 수 없다는 걸 알면서도. 창틀의 미세한 틈으로 찬 공기가 새어 들어오고 있었다. 루미키는 손을 거둬들이고 몸을 바르르 떨었다.

언젠가 밤이 영원이 지속되고, 아침이 영영 오지 않던 때가 있었다. 당시 그녀가 꾸었던 영원한 밤의 꿈은 희망으로 가득 차 있었다. 하지만 이제는 악몽이 되어버렸다. 그간 많은 변화가 있었다. 그때만 해도 루미키는 매일 무기력하게 맞는 아침이 무척 싫었다. 그녀는 세상에 헤아릴 수 없는 많은 악惡이 도사리고 있음을 알고 있었다. 하지만 그녀는 꿋꿋이 견뎌냈다. 어쩌면 그녀는 사람들이 주장하는 것처럼 비정상인인지도 몰랐다.

　루미키는 따뜻한 침대로 돌아가 누웠다. 피로는 그녀의 눈꺼풀을 닫아주었고, 그녀는 더이상 악몽에 시달리지 않았다. 혹은 꾸고도 기억하지 못하는 것이거나.

　루미키는 눈부신 햇살을 맞으며 잠에서 깼다. 시간은 10시를 훌쩍 넘어 있었다. 숙면을 취한 덕분인지 몸이 개운했다. 아침마다 당연히 누려야 하는 기분이었다. 죽음에서 깨어난 좀비 같은 기분 말고. 그녀는 학교를 빼먹는 걸 죽기보다 싫어했지만 오늘만큼은 집에서 쉬는 게 좋을 것 같았다. 당분간 의기양양한 투카의 얼굴은 보고 싶지 않았다.

　루미키는 팔다리를 쭉 뻗어 기지개를 켰다. 오늘은 뭘 하고 보내지? 체육관에 운동이나 하러 갈까? 카이사 이모가 크리스마스 선물로 사준 헬스클럽 회원권이 있었다. 루미키는 생기 넘치는 여자들 틈에서 에어로빅을 하고 싶지 않았지민 가서 땀을 흘리면 몸과 마음이 한결 가뿐해질 것 같았다. 근육을 조금 키울 필요도 있었다. 투카는 그녀를 놀라게 하고 순간적으로나마 주도권을 쥐는 데 성공했다. 만약 루미키가 평소에 조금이라도 체력을 키워

놓았더라면 단숨에 형세를 역전시켜 차가운 돌벽에 얼굴이 짓이기는 쪽은 그였을 것이다.

복수를 위해 힘을 키우지 마라. 복수가 필요해지는 상황을 모면할 수 있는 힘을 길러라. 고결하게 들리는 말이었다. 하지만 루미키는 두 번 다시 불리한 입장에 놓이고 싶지 않을 뿐이었다.

어제 일을 떠올리고 싶지 않았다. 오늘 일만을 생각하고 싶었다. 자신의 하루만을.

엄마와 이모는 여자들이 좀 더 호사를 부리는 데 공을 들여야 한다고 늘 강조했다. 그들에게 '호사'는 쇼핑, 초콜릿, 거품 목욕, 여성 잡지, 그리고 매니큐어와 동의어였다. 루미키는 몸서리를 쳤다. 그녀에게 그런 것들은 전혀 호사가 아니었다. 그저 어색한 가식일 뿐이었다.

그녀에게 호사는 만화책, 검은 감초사탕, 진지한 운동, 채식주의자를 위한 카레, 그리고 고독, 그런 것들이었다. 엄마는 혼자만의 시간에 병적으로 집착하는 딸을 이해하지 못했다. 삶이 너무 지루할 것 같다며 늘 걱정이었다. 하지만 루미키에게는 남들 틈에서 끼어 무의미한 잡담을 나누는 게 훨씬 더 지루했다. 나쁜 사람과 어울리는 것보다 혼자 있는 게 낫다는 속담도 있지 않은가. 혼자 있으면 그녀는 완전한 자신의 모습을 찾을 수 있었다. 짜증 나는 요구도, 고요를 깨는 사람도, 진저리나는 손길도 없는 완전한 자유 속에서.

루미키는 미술관 관람도 즐겼다. 그녀는 종종 매시브 어택의 곡들로 가득 찬 휴대폰만 챙겨 미술관을 찾곤 했다. 화가가 누구인지, 전시 테마는 무엇인지는 관람 전에 미리 알려고 하지 않았다. 입장료를 내고 미술관에 들어서서 가장 먼저 하는 일은 고개를 숙인 채 헤드폰을 쓰고 눈을 감는 것이었다. 머릿속을 깨끗이 비우고 그 자리를 음악으로 채웠다. 호흡과 심박수는 최대한 늦추었다. 그렇게 주위 세상을 없애버린 후에야 비로소 다시 눈을 뜨고 첫 번째 전시 작품을 맞을 수 있었다.

가끔은 시간 감각을 완전히 잃어버리기도 했다. 그림, 색채, 분위기, 캔버스나 종이, 사진이 담아낸 생동감과 깊이감, 불규칙성, 그리고 표면의 질감이 그녀를 완전히 알 수도, 이해할 수도 없는 세상으로 이끌어주었다. 호수와 숲에 집착하는 보통 핀란드 사람들과는 달리 루미키의 영혼은 바로 이런 것들에 사로잡혀 있었다. 미술은 음악과 혼합된 언어로 그녀에게 말을 걸었다. 그리고 어둠이나 빛으로 통하는 오솔길을 만들어주었다. 그녀에게 소재는 중요하지 않았다. 작품들이 무엇을 묘사하는지에는 더 관심 없었다. 중요한 건 오로지 감정뿐이었다.

루미키는 무언가를 얻기 전에는 좀처럼 갤러리를 떠나지 않았다. 배고픔이나 피로나 스트레스 같은 외부적 요인이 없다면. 가끔 음악으로 도저히 덮을 수 없는 큰 소음을 내며 관람에 지장을 주는 사람들도 있었다. 그럴 때는 전시가 아니라 꼭 토네이도 속에 갇혀버린 기분이 들었다. 그런 상황에서는 무조건 밖으로 뛰쳐나와 숨을 고르고 마음의 평정을 되찾아야 했다. 관람 후, 가슴속에서 불덩이 같은 열기가 느껴지는 날도 있었다. 한동안 머릿속이 울려대던 때도 있었고, 망막에 남겨진 색채의 흔적이 그녀의 꿈속 이미지들을 화려하게 칠해놓기도 했다. 관람 후의 루미키는 관람 전의 루미키와 완전히 다른 사람이었다.

하지만 오늘은 관람할 전시가 없었다. 루미키는 이미 탐페레 미술관과 사라 힐덴 미술관, 그리고 TR1 미술관의 모든 순회 전시회를 관람한 상태였다. 그곳들이 자랑하는 영구 소장품들은 따분함만 유발할 뿐이었다. 그녀는 항상 일찍 찾아가 관람하는 편이었지만 가급적 전시 첫 주는 피했다. 극성스러운 그루피들이 물러간 후, 그리고 열성적인 예술가 지망생들이 집에서 머뭇거리고 있을 때가 관람의 적기였다.

얼음꽃이 햇살을 받아 반짝이고 있었다. 루미키는 아침을 먹기 전에 조깅을 하겠다는 계획을 전면 수정했다. 온도계를 보니 영하 25도였다. 이런 추위 속에서 숨을 헐떡이는 건 폐에 좋을 게 하나 없었다.

갑자기 전화벨이 울렸다. 루미키는 잽싸게 휴대폰을 집어 들었다. 그녀가 모르는 번호였다.

모르는 번호에는 응답하지 마라. 절대로. 그것 역시 그녀의 좌우명이었다. 하지만 이제는 아니었다. 혼자 살며 모든 일을 직접 챙겨야 하는 지금은 이런 전화에 응답할 수 있는 용기가 필요했다.

"루미키 안데르손입니다." 그녀가 정중한 어조로 말했다.

"안녕, 나 엘리사야."

엘리사? 엘리사가 내게 왜 전화를 했지?

"투카에게 들었어. 너도 알고 있다며?" 상대는 빠르게 말을 이었다.

루미키의 입에서 한숨이 터져 나왔다. 절대 밀고할 마음이 없다는 걸 엘리사에게까지 약속해야 하나?

"누구에게라도 얘기하고 싶었어. 남자애들은 입을 꼭 다물고 있고. 정말 미치겠어. 미안한데 지금 좀 와줄래? 혼자 있고 싶지 않아. 나 너무 무서워. 제발 도와줘."

엘리사의 목소리가 카랑카랑해졌다. 공황상태에 빠진 게 분명했다.

"글쎄, 그게 좀……." 루미키의 입이 열리기가 누섭게 엘리사의 흐느낌이 들려왔다.

루미키는 얼음꽃을 빤히 응시했다. 그냥 빨간 '종료' 버튼을 눌러버릴까? 휴대폰도 꺼놓고? **휘말리지 마라. 참견하지 마라. 자기 일**

만 걱정하면 된다. 좌우명대로 사는 게 왜 이리 힘들어진 거지? 엘리사가 울고 있어서? 누군가로부터 도움 요청을 받아본 게 이번이 처음이라서?

"알았어. 갈게." 그녀가 휴대폰에 대고 말했다. 모처럼의 자유는 그렇게 날아가버리고 말았다.

엘리사는 가장 비싼 동네로 알려진 퓌니키에 살고 있었다. 탐페레와 주변 호수들에 면해 있는 크고 긴 언덕 밑 강 건너였다. 다 해진 겨울 외투 차림으로 정문 앞에 선 루미키는 어색한 기분을 느꼈다. 넓은 앞뜰과 도로 사이에는 돌담이 세워져 있었다. 저택 뒤편에는 숲속 산책로로 유명한 언덕이 자리하고 있었다. 하얀 저택은 위풍당당해 보였다. 두 가족 이상이 함께 살아도 충분할 정도의 규모였다. 문패는 보이지 않았고, 이름 적힌 우편함도 없었다. 그 정도 개인정보도 노출하기 싫다는 건가?

그녀는 다시 문자 메시지를 확인했다. 그래. 이 집이 맞아.

돌로 된 문기둥 위에 청동 사자 두 마리가 앉아 있었다. 놈들의 앞발 밑에는 청동으로 된 공이 깔려 있었다. **사자들을 조심하라.**

루미키는 초인종을 눌렀다. 몇 초 후, 스르르 문이 열리면서 분홍색 플리스* 운동복 차림의 엘리사가 달려 나왔다. 루미키는 올이 다 드러난 자신의 허름한 옷이 부끄럽지 않았다. 오히려 정신병원에서 탈출한 환자처럼 입고 나온 엘리사가 안쓰러웠다. 엘리사는 무방비 상태의 루미키를 와락 끌어안았다.

"와줘서 고마워! 네가 어떻게 반응할지 걱정했는데. 우리 아주 친한 사이도 아니잖아." 엘리사가 엉엉 울며 말했다.

그녀에게서는 장미와 풍요의 향기가 풍겼다. 루미키는 향수를 쓰지 않았다. 하지만 상대의 향수 브랜드는 기가 막히게 알아맞혔다. 한때 향수 냄새만으로 먼발치 사람들의 신원을 척척 알아맞힌 적도 있었다.

"장 파투의 조이." 친구에게서 떨어져나온 루미키가 말했다.

그녀에게 누군가를 끌어안는 최근의 문화적 혁신은 즉시 치료해야 하는 감기와 다르지 않았다.

엘리사가 깜짝 놀라며 루미키를 보았다.

"네가 향수에 관심이 있는지 몰랐어. 이건 지난 크리스마스에 아빠가 선물해주신 거야. 세계에서 가장 비싼 향기라나."

"그래."

루미키는 향수와 크리스마스 선물에 대한 무의미한 대화에 휘

* 양털같이 부드러운 직물

말리고 싶은 마음이 없었다. 그녀는 잡담이나 나누자고 온 게 아니었다. 공황상태에 빠진 엘리사의 간곡한 요청 때문에 온 것이었다. 만약 여기서 애완용 개 취급을 받게 된다면 미련 없이 집으로 돌아갈 생각이었다. 서두르면 바디 컴뱃 클래스에 늦지 않게 도착할 수 있을 것이다.

엘리사는 지나치게 흥분한 분홍색 토끼 같아 보였다. 뒤늦게 심상치 않은 냉기를 감지한 그녀가 몸을 바르르 떨었다.

"자, 들어가자." 그녀가 말했다.

루미키는 고개를 끄덕였다.

실내는 외관보다 훨씬 아름다웠다. 높은 천장, 퇴창, 블론드 목재, 루미키의 1년치 집세보다 비싼 가구들, 그리고 바닥과 다른 표면들에 쏟아지는 겨울 햇빛. 어디서도 먼지 하나 찾아볼 수 없었다. 카페에서 엘리사가 언급했던 가정부가 굉장히 공들여 청소해놓은 듯했다. 두 배의 급료를 받았으니 당연한 일이겠지만.

"아래층에 사우나와 수영장이 있어." 엘리사가 말했다. 루미키는 듣는 둥 마는 둥 검은 부츠와 외투를 벗었다. 벙어리장갑과 목도리와 스타킹 캡*은 코트걸이 위 선반에 놓아두었다.

"난 수영이나 하러 온 게 아니야." 루미키가 퉁명스럽게 말했다.

---

* 겨울 스포츠용으로 쓰는 술 달린 원뿔꼴 털실 모자

그 말에 엘리사가 겸연쩍어했다.

"그렇지. 미안. 뭐 줄까? 카푸치노, 모카치노, 라테?"

"그냥 커피면 돼. 블랙으로."

"알았어. 가져올게. 내 방에 올라가서 기다려줘."

루미키는 계단을 천천히 오르기 시작했다. 층계참에는 거울이 걸려 있었고, 그 안에서는 저택과 어울리지 않는 소녀가 루미키를 빤히 보고 있었다. 내가 여기서 뭘 하고 있는 거지? 이곳에 온 건 실수였어. 그녀는 자신도 모르는 새 악취가 진동하는 늪 속으로 점점 빠져들고 있었다.

엘리사의 방은 분홍색과 검은색이 폭발한 듯한 분위기였다. 모든 게 그 두 가지 색을 띠고 있었다. 양탄자, 벽, 커튼, 그리고 노트북 컴퓨터까지. 요즘 애들 사이에선 이런 스타일이 유행인 모양이지? 펑크록을 좋아하는 공주. 침실은 루미키가 사는 원룸 아파트의 두 배 크기였다. 한쪽에는 작은 발코니로 통하는 문이 나 있었다.

엘리사는 많은 보석과 화장품을 갖고 있었다. 책꽂이에는 공포 영화와 로맨틱 코미디 영화들이 빼빽이 꽂혀 있었다.

루미키는 작은 흠이라도 찾아보려 눈에 불을 켰다. 누구의 방이든 흠은 있기 마련이니까. 잘 찾아보면 방 분위기와 미묘하게 어울리지 않는 무언가가 분명 있을 것이다.

두 가지 흠이 있었다.

책장 맨 아래 칸에는 천문학 책들이 꽂혀 있었다. 엘리사가 일부러 잘 보이지 않는 공간을 찾아 꽂아놓은 모양이었지만 그 수가 너무 많아 눈에 띌 수밖에 없었다. 루미키는 엘리사가 유독 수학과 물리학을 좋아한다는 사실을 떠올렸다.

두 번째 흠은 통통한 털실 뭉치와 뜨개질 바늘이었다. 바늘에는 막 뜨기 시작한 스웨터의 일부가 붙어 있었다. 엘리사에게는 의외로 털털한 구석이 있는 것 같았다. 모든 게 완벽하지 않으면 못 견딜 줄 알았는데.

흥미로웠다. 하지만 루미키에게 엘리사를 더 깊이 알고 싶은 마음은 없었다. 그저 눈으로 속속 들어오는 거슬리는 이미지들을 머릿속에 꾹꾹 눌러 담을 뿐이었다.

"커피, 블랙!" 엘리사가 방으로 들어와 루미키에게 머그를 건넸다.

머그는 검은색이었다. 엘리사의 것은 분홍색이었고. 루미키는 그 사실에 큰 흥미를 느꼈지만 사회학적 현장 연구를 더 이어가고 싶지는 않았다.

"왜 날 부른 거지?" 그녀가 물었다.

엘리사가 침대에 풀썩 주저앉아 한숨을 내쉬었다.

"너무 두려워. 뭘 어떻게 해야 할지 모르겠어."

"파티에서 무슨 일이 있었는지 기억해?"

"전부 조각난 기억들이야. 도무지 연결이 되지 않아."

"처음부터 들려줘봐. 최대한 상세하게. 파티에서 무슨 일이 있었는지. 어쩌다 그 돈을 손에 넣게 됐는지." 루미키가 말했다. "그걸 알아야 최선의 행동 방침을 결정할 수 있어."

그녀는 가르치려 드는 자신의 목소리 톤이 마음에 들지 않았지만 지금은 엘리사를 어린아이 대하듯 할 때였다. 머그를 꼭 쥔 소녀의 두 손이 가볍게 떨리고 있었다.

엘리사가 늘어놓는 이야기는 잔가지가 너무 많았고, 앞뒤가 맞지 않았다. 부모님이 일요일 밤에 집을 비울 거라는 사실을 알게 된 그녀는 파티를 열기로 했다. 그녀 어머니는 토요일에 일주일짜리 출장을 떠났고, 그녀 아버지 역시 일 때문에 집을 비워야 했다. 엘리사는 누구를 초대할지, 어떤 음식과 술을 준비해야 할지를 놓고 오랫동안 고민에 빠졌다고 했다. 제발 본론만 말해. 루미키는 속으로 외쳤다. 그런 부분까지 상세하게 늘어놓을 필요는 없다고. 수다를 원하면 다른 친구를 부르든가.

"파티에 생기를 불어넣고 싶어서 카스페르에게 약을 좀 가져오라고 했어. 투카랑 같이 먹으려고. 예전에도 가끔 나눠 먹곤 했거든. 술은 많이 마시면 속이 뒤집히지만 약은 그렇지 않아."

루미키는 엘리사의 침울한 표정을 흥미롭게 관찰했다. 원래 속을 뒤집으려고 술을 마시는 거 아니었나? 당연한 걸 갖고 그래.

"카스페르는 어디서 약을 구해왔지?" 그녀가 물었다.

"모르겠어. 알고 싶지도 않고. 가끔 질 나쁜 놈들이랑 어울리는 것 같더라고."

엘리사의 목소리가 갑자기 고결하게 바뀌었다. 자신이 형사의 딸이라는 사실이 문득 떠오른 모양이었다.

"다른 사람은 안 먹고?"

"아마 그럴걸. 카스페르가 그 부분에 대해서만큼은 병적으로 신중하거든. 약을 잘못 나눠줬다간 자기 덜미가 잡힐 수 있으니까."

향수 마피아조차 파티에서 무슨 일이 있었는지 대충 알고 있었는데. 하지만 루미키는 그 사실을 엘리사에게 굳이 털어놓지 않았다.

"대부분 자정쯤 돌아갔어." 엘리사가 갑자기 웃음을 터뜨렸다. "다음 날 학교에서 숙취로 고생하고 싶지 않았겠지. 정말 순진한 애들이야."

루미키가 따라 웃지 않자 엘리사는 다시 진지한 표정으로 돌아갔다.

"나도 그때 끝냈어야 했어. 남은 애들 모두 몸도 가누지 못할 만큼 취해 있었거든. 내 기억도 그때부터 가물가물해. 몇몇은 여기저기에 토를 해놓았고, 또 어떤 애는 깨진 크리스털 꽃병에 베이기도 했어. 집구석 꼴이 말이 아니었다니까. 투카에게 얼간이 두어 명을 쫓아내라고 했던 것 같기도 하고."

엘리사가 머그를 책상에 내려놓고 손톱을 만지작거리기 시작했다. 손톱에 바른 밝은 분홍색 매니큐어가 끝부분부터 조금씩 벗겨지는 중이었다. 두 손은 여전히 떨리고 있었다. 루미키는 아무 말도 하지 않았다. 유도신문으로 진술을 뽑아내고 싶지 않았기 때문이다. 자연스럽게 떠오른 기억이 더 믿을 만하기도 했고.

"2시쯤엔 투카와 카스페르만 남게 됐어. 우린 내 방에서 놀았고. 더 이상 술만 마시는 척할 필요가 없게 된 거지. 그리고…… 3시쯤 됐을 때……."

엘리사의 입이 꼭 다물어졌다. 그녀는 침을 삼키고 미간을 찌푸렸다.

"난 담배를 피우러 발코니로 나갔어." 그녀가 계속 이어나갔다. "그래. 그랬던 것 같아. 발코니에서 뜰 한복판에 덩그러니 놓인 요상한 쓰레기봉지를 봤지. 모르긴 해도 삼십 분 이상 그렇게 놓여 있었을 거야. 담배를 피우러 발코니를 들락거리면서 계속 봤거든. 원래 담배는 잘 안 피우는데 파티에선 분위기 탓에 몇 개비씩 피우기도 하거든."

다시 고결한 목소리. 그리고 역할극 가면. 훌륭한 연기였지만 루미키에게는 짜증만 일으킬 뿐이었다.

"그런 다음엔?" 루미키가 더 참지 못하고 물었다.

엘리사는 분홍색 운동복의 지퍼에 달린, 금으로 된 하트 장식을 만지작거리기 시작했다. 몇 센티미터 내렸다가, 또다시 올렸다가. 열었다가 닫았다가. 열었다가 닫았다가. 루미키는 커피를 한 모금 넘겼다. 커피는 심각할 정도로 흐렸다.

"눈밭에 덩그러니 놓인 봉지를 보니까 나도 모르게 웃음이 터져 나오더라고. 그때 내 상태가 정상이 아니었던 모양이야. 난 애들을 방에 남겨두고 혼자 내려갔어. 그리고 봉지를 가지고 들어와 열어봤지."

엘리사가 다시 마른침을 삼켰다.

"처음엔 그게 뭔지 몰랐어. 그냥 쓰레기인 줄 알았지. 손을 넣어 종이 한 장을 꺼내봤는데 돈이었어. 그것도 피에 젖은 돈. 피로 범벅된 5백 유로 지폐들로 봉지가 가득 차 있었어. 몇 번 뒤적거리니 내 손까지 피로 물들었어. 그 생각을 하니 또 속이 울렁거려. 그땐 왜 그랬는지 미친듯이 웃기만 했는데."

엘리사는 검은 바닥에 깔린 분홍색 양탄자를 물끄러미 내려다보았다. 그녀 얼굴에 떠오른 혐오의 표정이 금세 수치와 공포의 표정으로 바뀌었다.

"돈이 왜…… 그런 상태로 담겨 있는지 이해가 되지 않았어. 난 애들에게 잠깐 내려와보라고 소리쳤지. 걔들도 봉지 속 내용물을 확인하고 나처럼 웃음을 터뜨렸어. 그리고 연신 이렇게 주절거렸어. '우린 이제 부자야.' 나중에 세어보니 3만 유로가 담겨 있더라. 그때만 해도 우린 그저 돈에서 피를 씻어내야 한다는 생각뿐이었어."

그들은 집에서 세탁할 엄두를 내지 못했다. 들키지 않고 돈을 건조시키는 건 불가능한 일이었으니까. 사진을 찍는 투카가 암실에서의 작업을 제안했다. 그에게는 학교 열쇠가 있었다. 오래전에 교장인 아버지의 열쇠를 몰래 복사해놓은 것이었다. 또한 그는 경보 시스템의 비밀번호를 알고 있었다.

"그때만 해도 기발한 아이디어라고 생각했었어." 엘리사가 애원하는 듯한 눈빛으로 루미키를 보며 말했다. "너도 이해할 수 있겠지?"

아니. 루미키는 속으로 대답했다.

"날이 밝자마자 투카는 돈을 가지러 학교로 갔겠지?" 그녀가 말했다.

"그냥 거기 놔뒀어야 했는데. 난 그 돈을 두 번 다시 만지고 싶지 않아. 대체 누가 그 많은 피를 쏟았을까? 사람의 피가 맞긴 할까? 왜 하필 우리 집 뜰에 놓아두고 갔을까? 대체 누가? 난 그 빌어먹을 약을 끊기로 했어. 그때 약에 취해 있지만 않았어도 누가 그 봉지를 가져왔는지 똑똑히 기억하고 있었을 텐데."

엘리사가 일어나 초조한 얼굴로 방 안을 빙빙 맴돌았다.

따라 일어난 루미키는 발코니로 다가가 문을 열었다. 기다렸다는 듯 찬바람이 뿜어져 들어왔다. 하지만 그녀는 개의치 않고 발코니로 나가 뜰을 내려다보았다.

"그날 밤 저쪽 문은 잠겨 있었어?" 그녀가 물었다.

"응." 엘리사가 대답했다. "2시쯤 체크했었어."

루미키는 바깥 도로와 뜰의 거리를 대충 가늠해보았다. 건장한 청년이라면 돌담 너머로 돈 봉지를 거뜬히 던져 넣을 수 있을 것 같았다.

"밖에 보안용 카메라 있어?"

엘리사가 고개를 저었다.

"정문과 현관문에 하나씩 달려 있는데 밖엔 없어."

루미키는 잠시 골똘한 생각에 잠겼다. 손가락을 빠르게 얼리는 찬 공기가 그녀의 정신을 기민하게 유지시켜주었다.

누군가가 묵직한 쓰레기봉지를 엘리사의 뜰에 던져 놓았다. 그리고 그 안에는 피에 젖은 돈이 가득 담겨 있었다. 돈은 무언가에 대한 지불금이었을 것이다. 피는 경고의 의미였을 것이고. 돈은 협박용이었을까, 아니면 고마움의 표시였을까? 누구를 위한 것이었을까? 그들이 엉뚱한 집에 잘못 던져 넣었던 건 아닐까?

오른쪽 이웃집은 생김새부터가 완전히 달랐다. 게다가 뜰도 훨씬 넓었다. 엘리사의 집은 갈림길이 시작되는 모퉁이 안쪽에 자리하고 있었다.

"저긴 누가 살지?" 루미키가 옆집을 가리키며 물었다.

"애들 많은 두 가족이 살아. 엄마들이 변호사라나? 아빠 하나는 예술을 하는 사람이고, 또 하나는 시 공무원이래. 애들은 아직 학교에 다니지 않고."

루미키가 두 세대용 건물과 뜰을 유심히 바라보았다. 그들이 엘리사의 집과 혼동했을 가능성은 없어 보였다. 하지만 왼쪽 이웃집은 크기와 모양과 색, 거의 모든 부분이 닮아 있었다. 차이가 있다면 지어진 지 얼마 되지 않았다는 것뿐이었다. 두 집의 전면 담장은 하나로 이어져 있었다. 잘 모르는 사람이라면 한밤중에 착각할 만도 했다.

"저 집은?"

어느새 발코니로 다가온 엘리사는 몸을 바르르 떨었다.

"오, 저 집? 저긴 괴짜가 살고 있어. 마흔 살쯤 된 남자인데 젊어 보이려고 무던히 애를 쓰더라고. 자기가 무슨 〈트와일라잇〉 주인공인 줄 알더라고. 뱀파이어 왕자 말이야. 긴 가죽 코트만 걸치고 다니는 걸 보면. 한심함을 넘어 불쌍해 보이기까지 한다니까. 직업이 뭔지는 모르겠어. 직장에 다니나? 매일 아침 집을 나서서 밤늦게 돌아오는 걸 보면. 저 큰 집에 혼자 사는데 아무도 찾아오지 않더라고. 길에서 마주쳐도 인사하는 걸 못 봤어."

루미키는 엘리사를 돌아보았다. 엘리사의 눈은 휘둥그레져 있었다.

"저 집 주인에게 배달하려고 했던 거야! 그러다가 실수한 거였다고! 범죄자들과 미심쩍은 거래를 하고도 남을 타입이야. 동물을 죽여 제물로 바친다 해도 전혀 이상할 거 없는 사람이라고."

엘리사의 목소리에서는 만족감이 묻어나왔다.

"그럴지도 모르지." 루미키가 말했다. "하지만 다른 가능성도 얼마든지 있을 수 있어."

만약 그 돈이 제대로 던져진 것이라면 의도된 수령인은 엘리사나 그녀의 부모 중 한 사람일 것이다.

루미키는 엘리사를 빤히 보았다. 엘리사는 속 빠진 봉제 인형 같은 모습으로 몸을 떨고 있었다. 이 소녀가 3만 유로짜리 강력범죄에 연루되어 있을 것 같지는 않았다. 속단하기에는 너무 이르지만 루미키에게는 거짓말을 탐지하는 남다른 재능이 있었다. 엘리사는 거짓말쟁이로 보이지 않았다. 거짓말쟁이라 해도 루미키를 속일 수 있을 만큼 노련하지는 못했다. 살아오면서 숱한 거짓말을 들어온 루미키는 목소리 톤과 표정의 미세한 변화만으로 거짓말을 짚어낼 수 있었다.

"지금 이 순간에도 누군가가 그 돈을 돌려받고 싶어할 거란 불길한 생각이 들어." 엘리사가 속삭였다.

루미키는 적절한 위로의 말이 떠오르지 않았다.

그녀도 엘리사와 같은 생각이었다.

8

비보 탐은 몸을 바르르 떨었다. 마지막으로 이토록 추위에 떨었던 게 언제였는지 기억도 나지 않았다. 그는 몸을 데우려고 제자리뛰기를 해보았다. 하지만 뻣뻣해진 다리 근육은 말을 듣지 않았다.

퓌니키 힐 조깅로에 나와 자리를 지킨 지 이제 겨우 한 시간이 지났지만 그는 이미 한계에 도달해 있었다. 두꺼운 파카에 촘촘하게 짠 스웨터, 그리고 귀를 덮는 신슐레이트 모자 차림에도 냉기는 용케 빈틈을 찾아 스며들었다. 보이지 않는 바늘구멍으로 파고든 냉기는 체온을 안정권으로 유지하려 필사적으로 버둥거리는 그의 몸을 무자비하게 물어뜯었다. 비보 탐은 더 참지 못하고 전화를 걸었다.

얼어붙은 손가락이 휴대폰의 뻑뻑한 버튼을 힘겹게 눌러나갔다. 안감을 댄 가죽 장갑은 절대 벗을 수 없었다. 연락처 목록에서 이름을 찾아 초록색 '통화' 버튼을 누를 때까지 걸린 시간은 무려 5분이었다.

"뭐야?" 예상했던 목소리가 흘러나왔다.

"아직까지 움직임이 없습니다. 여기서 더는 못 기다리겠어요. 이러다 얼어 죽겠단 말입니다."

"참아." 보리스 소콜로프가 쏘아붙이고는 전화를 끊었다.

비보는 휴대폰을 빤히 응시하며 이를 갈았다. 소콜로프와 린나르트 카스크는 길 건너에 세워둔 배관 설비 회사 밴에 앉아 있었다. 따뜻한 차 안에 앉아 명령만 내리는 사람들이 밖에서 고생하는 사람 입장을 제대로 헤아릴 리 없다.

그 애가 하루 종일 나오지 않으면 어쩌지? 몇 분도 견딜 수가 없는데. 잠복이 길어지면 곤란한 일이 벌어질 수도 있다. 배관공이 필요 없는 동네에 이런 밴이 오랫동안 서 있다는 것 자체가 수상한 일이었다. 하지만 차에 번호판을 바꿔 달고 로고를 그려 넣는 작업에 적지 않은 시간과 돈을 쏟아 부은 이상 이대로 물러갈 수는 없었다.

빌어먹을. 피를 보는 것만으로 충분할 거라고 믿었던 그들이었다. 하지만 예상과 달리 반응은 미지근했다. 이제 그는 자기 주제도 모르고 위험한 도박을 시작하려 하고 있었다. 신나게 보스 노룻을 하고 있는 소콜로프에게도 이 도박은 부담일 게 틀림없었다. 하지만 나머지 두 놈과 마찬가지로 그의 목에도 올가미는 걸려 있었다. 아무리 다이아몬드로 덮여 있다 해도 올가미는 올가미일 뿐이었다.

과연 핀란드인이 여자에게 조금이라도 마음을 두기는 했었을까? 모든 게 능청스러운 연기는 아니었을까? 어쨌든 딸을 납치하는 건 그를 과대망상에서 꺼낼 가장 확실한 방법이었다.

루미키는 그릇에 담긴 면을 물끄러미 내려다보았다. 면은 회색과 베이지색을 띠고 있었다. 요리를 못한다던 엘리사의 말은 사실이었다. 냉동고는 그녀 어머니가 미리 만들어놓은 음식들로 가득 차 있었지만 그마저 꺼내 데우는 게 귀찮은 엘리사는 거의 매끼를 즉석 라면으로 때웠다. 루미키는 짜디 짠 국물에 둥둥 떠 있는 면을 몇 가닥 집어 맛을 보았다. 내키지는 않지만 쉴 새 없이 꼬르륵대는 위를 달래려면 어쩔 수 없었다.

루미키는 무척 배가 고팠다. 아침은 어느새 오후가 되어버렸고 한시라도 빨리 집으로 돌아가고 싶은 마음뿐이었다. 엘리사가 이런저런 이유를 대며 그녀를 붙잡지만 않았어도 그녀는 지금쯤 집에 도착해 있었을 것이다. 엘리사는 혼자 남겨지는 게 몹시도 두려운 모양이었다.

그들의 대화는 계속 겉돌았다. 그들은 돈에 대한 모든 부분을 꼼꼼하게 짚어보았다. 엘리사는 그것이 옆집의 가죽 코트 남자에게 배달되었어야 하는 돈이라고 굳게 믿는 듯했다.

"우리 엄마 아빠가 이런 지저분한 일에 연루되었을 리 없어. 선한 분들이니까."

그럼에도 루미키는 돈의 의도된 수령인이 엘리사의 부모님이었을 가능성을 배제하지 않았다. 그래서 엘리사에게 어머니의 직업을 물어보았다. 엘리사는 어머니가 화장품 회사의 해외 사업팀에서 일하고 있다고 대답했다. 고위 간부는 아니었지만 상당한 액수의 급여를 받는다고 엘리사는 귀띔했다.

"그래서 출장이 잦으신 거야." 엘리사가 창밖을 내다보며 말했다.

루미키는 그녀의 얼굴에서 교차하는 짜증과 아쉬움의 표정을 똑똑히 읽을 수 있었다.

"다행히 아빠는 대부분의 시간을 집에서 보내셔." 엘리사가 미소를 지으며 계속 이어나갔다. "지난 주말만 빼고."

엘리사의 아버지. 경찰.

"정확히 어떤 경찰이시지?" 루미키가 물었다.

엘리사의 고개가 떨구어졌다.

"마약 단속반." 그녀가 대답했다.

구두 만드는 사람의 자식들은 오히려 맨발로 살게 된다고 했던가? 짜증나는 엘리사의 어리석음만 아니었어도 무척 재미있고 신기해했을 것이다. 마약 수사관의 딸이 마약을 즐긴다니. 대체 엘리사는 왜 그랬을까? 루미키의 침묵이 길어지자 그 의미를 깨달은 엘리사가 다시 입을 열었다.

"그렇게 보지 마. 그냥 오락용으로 가끔 했을 뿐이라고!" 그녀가 방어적으로 말했다. "난 마약쟁이가 아니야. 내 한계도 분명히 알고 있고. 두 번 다시 하지 않을 거라고도 했잖아. 앞으로는 옳은 일만 하며 살 거라고."

"오락용으로 가끔 약을 하다가 인생을 망친 사람이 이 도시에 몇 명이나 있느냐고 아버지에게 한번 여쭤봐. 난 네게 마약에 대해 설교나 하려고 온 게 아니야. 그 돈 얘길 하러 왔을 뿐이라고."

"아빠에겐 비밀로 해둘 거야. 아빠가 이번 일과 어떻게든 관련이 있을지도 모르니까." 엘리사가 다시 한숨을 내쉬었다. "물론 그럴 리는 없겠지만. 하지만 만에 하나 그게 사실이라면 난 아빠를 믿지 않을 거야. 보나마나 내게 거짓말을 할 테니까. 다른 경찰관을 찾아가지도 않을 거야. 어쨌든 우리 아빠니까. 딸이 어떻게 아빠를 배신할 수 있겠어? 하지만 만약 아빠가 비밀 수사를 하고 있는 거라면? 아, 머리가 터질 것 같아!"

"오늘 몇 시쯤 오시는데?" 루미키가 물었다.

"두 시간쯤 후에 오실 거야."

"어제 아버지의 태도나 행동이 이상해 보이진 않았어?"

"아니. 솔직히 눈여겨 볼 정신이 없었어. 아빠가 미키 마우스 머리띠를 하고 폴카를 추었다 해도 눈치 채지 못했을 거야. 내 머릿속은 온통 파티 생각뿐이었어. 옷장 속 깊이 숨겨둔 어마어마한 비밀도 있었고."

"이제부터 집중해서 관찰해봐. 말도 좀 걸어보고. 하지만 너무 직접적으로 꼬치꼬치 캐물어선 안 돼. 표정과 제스처를 눈여겨보면 답이 나올지도 몰라. 사람들은 입을 열지 않고도 많은 얘길 하거든." 루미키가 말했다. "저 집 남자도 계속 지켜보고. 그게 그에게 배달되었어야 할 돈이라면 그는 지금보다 훨씬 더 수상한 태도를 보일 거야."

엘리사가 자리에서 일어나 루미키에게 다가갔다.

"고마워." 루미키를 끌어안으며 엘리사가 말했다.

루미키는 살짝 놀랐다. 이번에는 기분이 별로 불편하시 않았기 때문이다. 엘리사는 다시 자리로 돌아가 남은 라면을 단숨에 먹어치웠다. 그 모습이 꼭 철부지 꼬마 같았다.

"아빠랑 얘기해볼게. 옆집 남자도 눈여겨 관찰하고. 그러다보면 완벽하게 논리적인 해석이 가능해질 거야. 돈을 어떻게 처리해야 할지도 답이 나올 거고. 투카와 카스페르는 절대 돈을 포기하지 않겠지만 내가 설득하면 들을 거야." 엘리사가 미소를 흘리며 말했다.

자신감에 찬 그녀의 얼굴은 비장해 보이기까지 했다.

"아직도 두려워?" 루미키가 물었다.

"아까만큼은 아니야."

"그럼 난 이만 가볼게."

엘리사는 실망한 강아지 표정을 지어 보였다. 하지만 루미키는 못 본 척 일어났다. 친구 노릇은 그 정도면 충분했다. 더는 감당할 수 없었다.

외투를 걸친 루미키가 부츠 끈을 꽉 묶고 목도리를 둘렀다. 벙어리장갑을 끼고 니트 모자를 꺼내려 모자 선반 위로 손을 뻗었다. 발끝으로 서서 모자의 한 부분을 움켜잡고 휙 잡아끌자 선반 위에서 불길한 소리가 들렸다.

"아, 진짜!" 루미키가 반쯤 올이 풀어진 모자를 손에 쥐자 엘리사가 소리쳤다. "모자걸이에 걸렸나 봐. 나도 몇 번 그런 적 있어."

"괜찮아. 목도리를 올려 귀를 덮으면 돼." 루미키가 말했다.

"내 모자 빌려줄게. 꽤 많거든." 엘리사가 빨간 털모자를 루미키의 머리에 씌워주며 말했다. "네 모자는 내가 고쳐줄게. 새로 떠줄 수도 있고."

"그래주면 고맙지."

루미키는 현관에 어색하게 서 있었다. 왠지 격려의 말 한마디를 꺼내야 할 타이밍 같았다.

"잘 있어." 적절한 말이 떠오르지 않았다.

그녀는 인정 많은 친구 역할에 많이 서툴렀다.

"잘 가." 엘리사가 말했다. "원한다면 뒷문으로 나가도 돼. 현관 앞 계단이 많이 미끄럽거든."

그녀는 할 말이 더 남았다는 듯이 우물거렸다. 하지만 끝내 입을 열지 않았다. 루미키는 그들 셋이 어떤 계획을 가지고 있는지 묻지 않았다. 왠지 나중에 엘리사의 집을 다시 찾게 될 것 같은 불길한 기분이 들었다.

오늘 이곳에 온 건 분명 실수였다.

9

보리스 소콜로프는 〈두 번 산다You Only Live Twice〉의 첫 마디가 끝나기도 전에 전화를 받았다.

"뭐야?"

"뒷문으로 나왔습니다. 지금 언덕을 올라가고 있습니다." 비보탐이 말했다.

소콜로프가 고개를 끄덕이자 옆 좌석의 에스토니아인이 밴에 시동을 걸었다.

"그 애가 확실해?" 보리스가 물었다.

"네. 빨간 모자를 쓰고 있어요. 분명합니다." 비보가 대답했다.

"거리가 충분히 가까워지면 달려들어. 아무 말도 하지 말고. 기회는 딱 한 번뿐이야." 보리스는 지시를 내린 후 전화를 끊었다.

그가 시린 손을 녹이려 마구 비벼대기 시작했다. 신속하게 붙잡아 밴에 태워야 했다. 목격자가 생겨서는 안 된다. 소녀에게 신원을 노출해서도, 지나치게 거칠게 다뤄서도 안 된다. 몇 군데 멍이 드는 정도는 괜찮겠지만. 어쨌든 소녀로 하여금 그들이 매우 진지하다고 믿도록 만들어야 했다.

그들은 실제로 진지했다. 소녀가 느끼게 될 진지함과는 약간 차이가 있겠지만.

이곳에서의 작업이 끝나면 그들은 그녀 아버지의 휴대폰으로 동영상을 전송할 것이다. 정신이 번쩍 들겠지. 거물들을 얕본 대가를 톡톡히 치르게 될 것이다. 적어도 그렇게 되기를 바랐다. 그는 좀 더 겸손해질 필요가 있었다. 보리스는 그에게 다음 번 대금을 포기하고, 그들이 내리는 모든 지시에 군말 없이 따라줄 것을 요구할 생각이었다.

그 정도면 충분했다.

모든 조건이 충족되면 그들은 소녀를 내려주고 밴의 로고와 번호판을 바꾸러 떠날 것이다. 그에게 겁을 주려고 적지 않은 돈을 들여 준비했지만 전혀 아깝지 않은 투자였다. 보리스 소콜로프는 윗선의 지시에 따라 일을 진행하고 있었다. 모든 비용은 그들이 부담했고, 약간의 보수도 약속된 상태였다. 그들은 잠입 스파이나 다름없는 그를 잃고 싶지 않았고, 그 역시 그들을 잃으면 곤란해질 터였다.

소녀는 집으로 돌아가 아버지에게 자신이 우락부락한 남자들에게 납치당했다고 알릴 것이다. 소녀의 아버지는 충격에 빠진 척하며 납치범들의 상세한 인상착의를 물을 것이고, 경찰에 알려 범인들을 잡고 말겠다며 이를 갈 것이다.

네가 직접 경찰서에 나가 진술할 필요는 없어. 그는 딸에게 말할 것이다. 그냥 아빠에게만 들려주면 돼. 넌 이미 정신적 충격을 크게 받은 상태야. 아빠는 네가 낯선 이들에게 불려가 심문받는 걸 원치 않는단다.

분노를 참으려 애쓰는 남자의 모습이 머릿속에 떠오르자 보리스는 웃음이 터져 나왔다. 그는 누구에게도 섣불리 입을 열지 못할 것이다.

그가 벌인 일이니 그가 책임질 수밖에.

추운 날씨였지만 루미키는 일부러 먼 길을 택했다. 오래 걸으며 엘리사의 향수가 유발한 두통을 지우고 싶었기 때문이다. 문제는 빌려 쓴 빨간 모자에도 그 냄새가 진하게 배어 있다는 사실이었다. 하지만 이런 날씨에 모자를 벗었다가는 귀에 동상을 입을 게 뻔했다.

탐페레에 온 지 얼마 되지 않았던 1년 반 전, 퓌니키 힐에 나와 처음으로 조깅을 했던 때를 떠올려보았다. 새로 얻은 자유에 흠뻑 취한 그녀는 전망탑이 자리한 꼭대기까지 길고 가파른 언덕을 단숨에 올라갔다. 어느새 전망탑에 다다른 루미키는 갓 구운 도넛 냄새를 맡으며 긴장을 풀었다. 다리가 심하게 후들거렸다. 잠깐 앉아서 커피나 한잔 할까? 설탕시럽을 바른 도넛도 먹고. 하지만 루미키는 멈추지 않고 두 발이 이끄는 대로 계속 나아갔다. 전망탑을 멀리 벗어나자 후들거림이 조금 진정되었다. 잠시 후 달리는 기쁨이 되돌아왔다.

짧은 오르막길을 마저 오르자 왼쪽으로 퓌해이애르비 호수의 믿을 수 없이 아름다운 풍경이 펼쳐졌다. 빨간 벽돌로 지은 퓌니키 트리코* 공장 건물들이 아득하게 내려다보였다. 낮게 뜬 8월의 태양은 잔잔한 수면을 살며시 어루만지고 있었다. 그녀는 조깅로를 따라 절벽으로 향했다. 늦여름의 진한 녹음 냄새가 그녀를 에워쌌다. 호수와 얄카사리 섬과 나무가 우거진 탐페레의 교외를 내려다보며 실로 오랜만에 완전한 행복을 느꼈던 날이었다. 새로운 인생이, 진정한 자유가 시작된 것이었나.

하지만 오늘, 그때 느낀 자유와 행복은 아득한 추억으로만 남

* 모조 직물의 일종

아 있었다. 루미키는 머릿속을 비워보려 애썼지만 많은 생각들이 아직도 제자리를 맴돌고 있었다. 해결책도, 헤어날 길도 없이.

아니, 해결책이 딱 한 가지 있었다. 너무 빤하고 간단한 해결책. 경찰을 찾아가 신고하는 것. 엘리사와 그녀 가족이 어떤 곤란을 겪게 될지는 상관하지 말고. 그러든지 말든지. 하지만 엘리사는 그녀를 철석같이 믿고 있었다. 루미키는 그녀의 믿음을 저버릴 수가 없었다. 한마디로, 막다른 지경에 이르게 된 것이었다.

루미키는 오르막길을 따라 전망탑으로 향했다. 구름이 태양을 덮어버리자 그녀의 시야가 어둑해졌다. 서리 덮인 하얀 나뭇가지들이 사방으로 뻗어져 있었다. 숲으로 뒤덮인 비탈은 동화책에서나 볼 법한 매혹적인 곳이었다. 하지만 어두운 그늘은 당장이라도 무시무시한 괴물들이 튀어나올 듯이 으스스했다. 언제 두려움을 먹고 사는 기괴한 놈들이 슬그머니 다가와 그녀를 차가운 눈 속으로 끌고 들어가버릴지도 몰랐다. 소리 없이 죽여버리려고. 어쩌면 놈들은 그녀를 데려가 살아 있는 얼음 조각으로 만들어버릴지도 몰랐다. 움직일 수도 없고, 말도 못하도록. 그것은 영원히 사는 것이고, 또 영원히 죽는 것이었다.

루미키는 새 아이디어가 떠오를 수 있도록 복잡한 머릿속을 비워내기 시작했다. 그리고 그 작업이 거의 끝나갈 때쯤 깨달음 하나가 찾아들었다. 누군가가 그녀를 미행하고 있었다. 또다시. 굳이 확인을 위해 돌아볼 필요도 없었다.

하지만 그녀는 돌아보고야 말았다. 뒤에서 걸어오는 남자는 니트 모자를 푹 눌러쓰고, 목도리로 입과 코를 가려놓은 상태였다. 남자 뒤로는 수상한 밴 한 대가 보였다.

루미키는 망설이지 않았다. 본능에 따라 내달리기 시작했다. 뒤에서 저속 기어로 바꾼 밴이 달려오고 있었다.

찬 공기가 폐포 속으로 날카롭게 파고들었고, 부츠 밑창은 빙판길에서 연신 미끄러졌다. 루미키는 다시 뒤를 살폈다. 밴에는 두 명의 남자가 타고 있었다. 그들도 얼굴을 가린 상태였다. 보이는 건 그들의 눈뿐. 미행자와 한 패거리라는 뜻이었다.

그녀 앞에는 아무도 없었다. 좌우를 살펴봐도 개미 그림자 하나 보이지 않았다. 여기선 빽빽 비명을 질러봤자 아무도 듣지 못할 것이다.

루미키는 전력을 다해 내달렸다. 미행자와의 거리는 점점 벌어졌지만 문제는 맹렬히 달려오는 밴이었다. 어느새 바짝 다가온 밴의 옆문이 열리더니 누군가의 손이 향해 뻗어나왔다. 루미키의 외투 소매에 옷핀으로 고정시켜놓은 야간 반사 띠가 뜯겨져나갔다. 루미키는 황급히 옆으로 방향을 꺾어 숲으로 들어갔다.

그녀는 바위와 눈더미들을 뛰어넘고 나무들 사이를 위험천만하게 헤치며 빠르게 나아갔다. 잔가지들이 얼굴을 할퀴었지만 개의치 않았다. 뒤에서 밴이 급정거하는 소리가 들렸다. 남자들이 차에서 내려 그녀를 뒤쫓기 시작했다. 그들은 러시아어로 서로에게 고함을 치고 있었다. 당황하기보다는 잔뜩 성이 나있는 것 같았다. 포위당하면 끝장이라는 걸 루미키는 잘 알고 있었다. 그러나 그들과의 거리는 빠르게 좁혀졌다.

그들보다 몇 초 일찍 출발했다는 사실을 최대한 유리하게 이용해야 했다.

두 번의 기회는 없을 테니까.

눈더미에 발이 빠져버린 비보 탐의 입에서 욕이 튀어나왔다. 소녀는 두껍게 쌓인 눈더미들을 용케도 잘 피해 달려갔다. 가끔 그녀가 시야에서 사라지기는 했지만 상관없었다. 눈에 남겨진 발자국을 따라가면 되니까.

"빨리 잡아!" 보리스가 뒤에서 소리쳤다.

어디 네가 한번 잡아보시지, 이 뚱보 자식아. 그 말이 비보의 목구멍까지 올라왔다. 그는 조금 더 속도를 높였다. 몸속 근육들이 서서히 달아오르고 있었다. 다리는 더 이상 뻣뻣하지 않았다. 네 년은 내가 꼭 잡고 말 거야. 도망칠 수 있을진 몰라도 숨진 못할 걸. 눈밭을 뛰는 게 생각처럼 쉽지 않지? 비보는 빠르지는 않았지만 지구력 하나 만큼은 누구에게도 지지 않을 자신이 있었다.

더 이상 소녀는 보이지 않았다. 그녀의 발자국은 덤불을 벗어나 산책로로 이어졌다. 때마침 운동을 나온 사람에게 도움을 요청하려 했던 모양이었다. 어리석군. 이런 날씨에 조깅을 하는 사람이 있겠어? 하지만 비보는 혹시 몰라 좌우를 잽싸게 살폈다.

소녀는 어디론가 사라져버린 후였다. 빌어먹을.

그때 먼발치에서 무언가 빨간색 물체가 눈에 띄었다. 소녀의 모자였다.

모자는 표지판 뒤에 떨어져 있었다. 불쌍한 빨간 모자 아가씨. 무시무시한 늑대를 위해 고맙게도 저런 흔적을 남겨주다니. 잠시 후, 보리스와 린나르트가 비틀거리며 숲을 빠져나왔다. 비보는 이미 모자가 떨어진 쪽으로 전력을 다해 달려나가고 있었다. 그는 나머지 두 남자에게 자신을 따라오라고 소리쳤다. 소녀는 멀리 가지 못했을 거라고.

굵은 나뭇가지에 올라선 루미키는 두꺼운 둥치를 끌어안은 채 엉뚱한 쪽으로 달려나가는 세 남자를 바라보았다. 조금 전 그녀는 산책로로 빠져나와 나무 뒤로 잽싸게 몸을 날렸다. 그리고 모자를 벗어 산책로 반대편으로 힘껏 던졌다.

작전은 성공이었다. 하지만 그들은 자신들의 어리석음을 금세 깨닫게 될 것이다.

그녀는 발바닥 통증을 애써 무시하고 나무를 내려와 또다시 내달리기 시작했다. 찬 공기는 어느새 그녀의 폐뿐만 아니라 귀까지 꽁꽁 얼려놓았다. 하지만 그녀는 통증을 느낄 새가 없었다.

그녀는 남자들이 버리고 간 밴을 발견하고 조심스레 다가가보았다. 밴의 측면에는 '매키넨 HVAC'라고 쓰여 있었다. 루미키는 수상한 남자들 중 매키넨이라는 이름을 가진 이는 없을 거라고 믿었다. 그녀는 번호판을 외워두기로 했다. 보나마나 아무 쓸모도 없겠지만.

그녀의 귀에서 심장 뛰는 소리가 요란하게 울려 퍼졌다.

언덕을 내려온 그녀는 퓌니키 가로 들어섰다. 그제야 차와 사람들이 속속 눈에 들어왔다. 다가오는 버스의 불빛이 그렇게 반가울 수가 없었다. 루미키가 손을 번쩍 들자 기사는 버스를 세워주었다. 이런 날씨에 미친 듯이 내달리는 그녀가 안쓰러워 보였던 모양이다. 루미키는 숨을 헐떡거리며 버스에 올라 요금을 냈다. 그리고 가까운 빈자리에 털썩 주저앉았다.

다리는 덜덜 떨리고, 가슴은 숨 쉴 때마다 아팠다. 따뜻한 공기가 얼어붙은 폐 안으로 스며들자 참을 수 없는 기침이 터져 나오기 시작했다.

맞은편에 앉아 있는 노파가 동정심과 못마땅함이 섞인 눈빛으로 그녀를 보고 있었다.

"이런 날씨엔 모자를 쓰고 다녀야지, 학생." 그녀가 거들먹거리는 톤으로 말했다. "그런 꼴로 돌아다니면 죽을 수도 있어."

루미키는 대답 대신 기침을 토해냈다. 감각이 돌아오려는지 귀가 따끔거리기 시작했다. 그녀는 서서히 녹아가는 두 손을 귀에 가져가 댔다. 방금 전에 내게 무슨 일이 벌어졌었지? 그들이 왜 날 납치하려 했던 거지? 강간을 시도하려던 거라면 그렇게까지 날 미친 듯이 쫓아왔을 리 없잖아. 보나마나 그 돈과 관련된 사람들일 거야. 그런데 대체 왜 날 노렸을까? 난 그저 불운한 구경꾼에 불과한데.

"털실 모자가 좋아." 노파의 설교는 계속 이어졌다.

모자. 빨간 모자. 순간 루미키는 남자들이 자신을 노린 게 아니었다는 걸 깨달았다. 그들은 빨간 모자의 소녀를 노렸던 것이다. 모자의 주인은? 엘리사. 그래, 바로 _그녀_야. 그제야 모든 게 이치에 닿았다. 불행하게도 그것은 돈이 제대로 배달되었다는 뜻이었다. 방금 전 언덕에서의 일이 그 사실을 확인해준 셈이다.

루미키는 만약 빨간 모자를 쓰고 집을 나선 게 엘리사였다면 어떤 일이 벌어졌을지 생각해보았다. 머릿속에 떠오른 이미지가 그녀를 충격에 빠뜨렸다. 엘리사였으면 그들로부터 절대 벗어날 수 없었을 것이다. 지금쯤 사냥꾼들에게 붙잡혀 밴에 태워졌을 것이다. 루미키는 황급히 휴대폰을 꺼내 엘리사에게 문자 메시지를 보냈다.

절대 밖으로 나오면 안 돼.
문단속 잘하고 모르는 사람은 절대 집으로 들이지 마.

옛날, 아주 먼 옛날, 두려움 없는 소녀가 살았답니다.

전력으로 달려나가는 소녀는 추락하는 게 겁나지 않았죠. 작지만 강하고 민첩한 발이 바위와 그루터기들을 가볍게 디디고 넘어갔습니다. 부드러운 이끼와 햇볕에 따끈따끈 데워진 모래, 꺼끌꺼끌한 솔잎, 그리고 이슬 맺힌 풀이 소녀의 발을 스쳤죠. 든든한 두 다리가 어디든 원하는 곳으로 자신을 데려가줄 거라고 소녀는 믿었습니다.

소녀는 창피함도 모르는 아이처럼 마구 웃음을 터뜨렸답니다. 뱃속 깊은 곳에서 터져 나오는 웃음이었죠. 가슴은 벅차올랐고, 목에서는 까르륵거리는 소리가 흘러나왔으며, 혀는 따끔거렸어요. 마침내 소녀의 입을 벗어난 웃음은 하늘로 쏘아 올려졌고, 나무에 사과 꽃을 틔웠습니다. 소녀의 웃음은 주변의 모든 것을 따뜻하게 데우고 환히 밝혔답니다. 가끔 딸꾹질이 났지만 상관없었죠. 딸꾹질은 소녀를 더 많이 웃게 만들었으니까요.

소녀는 세상을 굳게 믿었습니다. 한 번도 배신당해본 적 없는 사람처럼. 거꾸로 매달려있으면서도 결코 떨어지지 않을 거라고 믿었죠. 만에 하나, 떨어진다 해도 땅에 부딪치기 전 누군가가 받아줄 거라고 말예요.

옛날, 아주 먼 옛날, 두려움을 알게 된 소녀가 살았답니다.

동화였다면 이렇게 시작하진 않겠죠. 암울한 이야기들이라면 모를까.

10

루미키는 어린 시절로 돌아갔다. 그녀는 아홉 살이었다. 아니, 열 살. 아니, 열두 살. 그 지옥 같던 시절은 하나의 새까맣고 가늠하기 힘든 덩어리로 맞물려 있다. 언제 무슨 일이 있었는지 기억해내는 건 불가능에 가까웠다. 무엇이 현실이고, 무엇이 악몽이었는지도 구분되지 않았다.

하지만 그녀가 분명하게 알고 있는 게 딱 하나 있었다. 자신이 타당한 이유 없이 두려움을 느껴본 적이 없었다는 사실.

루미키는 몸을 웅크린 채 귀를 쫑긋 세웠다. 그녀는 터무니없이 작은 공간에도 스스로를 꽉꽉 쑤셔 넣을 수 있었다. 캐비닛은 물론이고, 옷장의 어둡고 어수선한 구석에도 들어가 숨을 수 있었다. 사람들이 살펴볼 생각조차 하지 않는 납작한 공간도 문제없었다. 그녀는 오랫동안 쥐 죽은 듯 조용히 버틸 수 있었다. 보통 사람들의 숨소리가 해머드릴 소리처럼 들릴 정도로 조용하게.

콧물이 흘렀지만 움직이지 않았다. 코를 훌쩍이거나 소매로 훔쳐내고 싶은 간절한 충동을 애써 억눌렀다. 가늘고 묽은 콧물이 그녀의 입술 위로 흘러내렸다. 혀로 핥지도 않았다. 턱에서 흘러내린 콧물이 그녀의 무릎에 떨어졌지만 개의치 않았다. 어차피 세탁이 절실한 청바지였으니까. 어머니는 그 얼룩을 무척 궁금해할 것이다. 그녀는 아무 답도 들려주지 않을 것이고.

세상에는 모른 척 넘어가는 게 나은 일들이 있다.

입을 열면 곤란해지는 것들.

루미키는 계속해서 가까워지는 발소리에 귀를 기울였다. 차분함을 유지하려면 그 소리에 집중해야 했다. 두려움에 압도당하면 조용히 있을 수가 없다. 그녀는 눈을 감고 아무도 건드리지 않은, 갓 내린 새 눈을 떠올렸다. 황혼의 푸른빛과 눈밭을 뛰놀며 예쁘고 한결같은 발자국을 남겨놓는 토끼 한 마리도 머릿속에 그려보았다. 두 개의 작은 원, 그리고 그 양옆에 찍힌 두 개의 길쭉한 자국. 토끼 발자국이 그녀의 곤두선 신경을 진정시켜주었다.

토끼가 안전하게 눈밭을 가로지르면 그녀에게는 나쁜 일이 벌어지지 않을 것이다.

하늘에 첫 별들이 속속 모습을 드러내도 마찬가지일 것이고.

현관에 등을 환히 밝힌 할머니의 아담한 오두막집이 바로 코앞에 있으니 아무 걱정 없었다.

발소리가 조금씩 멀어졌다. 루미키는 그제야 안도의 한숨을 내쉬었다.

성공적인 은신이었다. 끝내 들키지 않았으니.

매일 두려워하지 않아도 된다는 건 과연 어떤 기분일까?

루미키는 깜짝 놀라서 깨지는 않았다. 오히려 서서히 조금씩 정신을 차렸다. 팔다리가 서서히 길어지고, 어린 소녀의 몸에서 조금씩 여자의 몸으로 바뀌는 기분이었다. 웅크려 있던 몸이 곧게 펴졌다. 그녀는 더 이상 꿈속의 어린 루미키가 아니었다. 열일 곱 살의 루미키로 되돌아와 있었다. 매일 두려워하며 살지 않아 도 되는 나이.

하지만 그녀는 다시 공포에 사로잡혀 있었다. 어쩌다 보니 남의 골치 아픈 문제에 휘말렸기 때문이다.

심각한 흥분 상태에 빠진 엘리사는 쉴 새 없이 전화를 걸어왔다. 차가운 집에서 삐걱대는 소리가 들려올 때마다 엘리사는 기겁을 했다. 그녀는 밤새도록 루미키의 위로를 듣고 싶어 했다. 아버지가 약속된 시간에 나타나지 않자 그녀는 또다시 공황상태에 빠졌다. 신나게 고민을 쏟아내던 엘리사가 갑자기 새된 소리로 비명을 질렀다. 휴대폰에서는 엘리사가 황급히 달려가 문을 닫고 자물쇠를 거는 소리가 들렸다.

"누가 아래층에 들어왔어." 엘리사가 다급하게 말했다.

"넌 지금 어디 있어?"

"화장실. 문을 잠갔어."

루미키는 들려오는 소리로만 엘리사가 처한 상황을 최대한 가늠해보았다. 엘리사에게는 소리 없이 움직이는 기술이 없었다. 하긴, 그런 기술을 배워둘 필요가 없었을 테니까. 만약 전문 킬러가 침입했다면 그 자그마한 소리만 듣고 금세 목표물의 위치를 파악할 수 있을 것이다. 문을 잠근 화장실은 최악의 은신처다. 엘리사는 지금 전자레인지에 갇힌 TV 디너* 신세와 다르지 않다. 잠깐 데워 포장을 뜯은 후 신나게 먹기만 하면 되는 먹잇감.

"현관문을 부수고 들어온 거야?" 루미키가 물었다.

"아니. 열쇠로 열고 들어왔어."

루미키는 더 듣지 않고 전화를 끊어버리고 싶었다. 엘리사에게서 무슨 말이 튀어나올지 불 보듯 뻔했기 때문이나.

"아빠가 온 것 같아. 아래층에서 날 부르고 있어." 엘리사가 속

---

* 데우기만 하면 한 끼 식사로 먹을 수 있게 조리한 후 포장해서 파는 식품

삭였다.

내가 못 살아.

"알았어. 이만 끊을게." 루미키가 단호한 톤으로 말했다.

"끊지 마! 끊더라도 내일 다시 와주겠다고 약속부터 해줘. 나 혼자 있고 싶지 않아. 나갈 수도 없잖아."

엘리사의 목소리에서 기운이 느껴졌다.

루미키는 거절하고 싶었다. 아직 빠져나갈 수 있을 때 깨끗하게 손을 털고 싶었다. 추격자들은 그녀의 얼굴을 제대로 보지 못했다. 손을 뗄 시간은 아직 충분하다. 깊이 연루된 것도 아니고. 문제의 돈은 그녀가 신경 쓸 문제가 아니었다.

그러나 전화를 끊고 난 루미키는 머리로 벽을 찧고 싶은 기분이 되었다. 엘리사에게 기꺼이 가겠노라고 덜컥 약속해주고 만 것이다. 또다시.

보리스 소콜로프는 손가락으로 맥주잔을 톡톡 두드렸다. 김빠진 맥주 맛은 그의 기분만큼이나 형편없었다. 맥주에 굶주린 술 꾼들이 우르르 몰려와 단골 테이블에 속속 자리를 잡았다. 보리스는 에스토니아인들과 함께 구석 부스에 앉아 있었다. 테이블은 청소가 덜 된 상태였지만 그는 개의치 않았다. 그것도 자신의 기분과 딱 맞아 떨어졌으니까.

그들은 완벽하게 실패했다. 그 러시아 놈 때문이야. 핀란드인 단골들은 그렇게 투덜거렸을 것이다. 물론 보리스는 입이 열 개라도 할 말이 없었다. 그들은 납치 계획을 포기해야 했다. 단 한 번의 기회를 보기 좋게 날려버렸기 때문이다. 보리스는 책임지고 수습하라는 짧은 문자를 받았다.

보리스는 그에게 겁을 줄 또 다른 방법을 서둘러 찾아야 했다.

"나탈리아가 죽었다는 걸 그가 깨닫지 못한 것일 수도 있지 않습니까?" 비보 탐이 글라스를 비우고 나서 말했다.

"그가 그걸 모를 리 없어. 그녀가 아니라면 돈에 묻은 피는 누가 쏟았겠어?" 보리스가 말했다.

비보는 어깨를 으쓱였다. 린나르트 카스크는 계속 침묵을 지켰다. 보리스는 가끔 린나르트가 보기보다 훨씬 모자라는 놈인지도 모른다는 생각을 했다.

보리스는 비보의 말을 잠시 곱씹어보았다. 정말 그런 건가? 사랑하는 나탈리아가 죽었다는 건 형시가 깨닫지 못했나면 어쩌지? 나탈리아가 돈을 챙겨 도망칠 계획을 그에게 들려주지 않은 것이라면? 어쩌면 형사는 얼룩진 현금이 자신에게 던져진 사실에 무척 짜증을 내고 있는지도 몰랐다. 그래서 돈을 받지 못했다고 딱 잡아떼고 있는 것인지도.

보리스는 형사와 나탈리아가 서로를 진심으로 사랑했다고, 그들이 함께 도망칠 계획을 세워두었을 거라고 확신했다. 그러나 그건 나탈리아를 과소평가한 것이었다. 그녀는 스스로 충분히 결정을 내릴 수 있는 사람이었다. 그녀는 아무나 신뢰하지 않았고, 누구도 자신을 구해주지 않을 거라는 걸 잘 알고 있었다. 보리스는 나탈리아의 결정을 어느 정도 이해할 수 있을 것 같았다.

나탈리아에게 얘기한 적은 없었지만 이따금 그녀를 딸처럼 여긴 적도 있었다. 보리스의 아주 작은 일부는 나탈리아가 무사히 도망치기를 바랐다. 하지만 그랬다가는 자신이 큰 곤란에 빠질 수 있었다. 마음을 모질게 먹은 그의 눈에 눈밭을 가로지르는 나탈리아는 토끼, 해충, 골칫거리로만 비쳐졌다. 그가 망설임 없이 방아쇠를 당길 수 있었던 이유였다.

하지만 형사가 나탈리아의 계획을 몰랐다 해도 달라질 건 없었다. 그는 그들의 돈을 갈취하려 했고, 그들은 그를 막아야 한다. 최대한 신속하게.

휴대폰 달력을 훑으며 마음을 안정시키던 보리스의 뇌리에 아이디어 하나가 스치고 지나갔다.

"나탈리아가 곧 형사를 파티에 초대하게 될 거야." 그가 미소를 흘리며 말했다.

에스토니아인들은 어리둥절한 표정을 지었다. **멍청한 놈들.** 그들 중 머리가 제대로 돌아가는 건 보리스뿐이었다. 그는 맥주잔을 밀어내고 바bar로 다가가 더블 위스키를 주문했다. 그는 그걸 마실 자격이 있었다.

루미키는 문 옆에 놓인 수상한 남자 신발 두 켤레를 보고 돌아서 나올까도 생각했다. 9사이즈, 그리고 11사이즈. 그녀는 휴이, 듀이, 그리고 루이* 클럽 미팅 참석을 위해 온 것이 아니었다.

"투카와 카스페르도 온 것 같은데, 대체 왜 나까지 부른 건지 설명해줘." 루미키가 당황해하며 자신의 발을 내려다보는 엘리사에게 말했다.

예상대로 분홍색과 검은색의 줄무늬 양말 차림이었다.

"그게, 저…… 이 문제를 풀 수 있는 건 너뿐이라서. 넌 똑똑하잖아." 엘리사가 말했다.

번지르르한 시탕발림에 역겨운 비소까지. 참지 못한 루미키가 다시 부츠를 신었다.

---

* 디즈니 캐릭터인 도널드 덕의 세쌍둥이 조카들

"난 네가 혼자 덜덜 떨고 있을까 봐 온 거야. 아니, 네가 간절히 애원해서 온 거라고. 넌 혼자서는 아무것도 못하니까. 하지만 지금은 혼자 있는 게 아니잖아. 내가 여기 있을 이유가 없는 것 같은데. 난 돌아갈 거야."

엘리사가 잽싸게 루미키의 앞을 막아섰다.

"이렇게 가버리면 안 돼. 오늘 결석을 했더니 투카와 카스페르가 쳐들어왔어. 편두통 때문이라고 했는데도 믿어주질 않아. 네가 도와주지 않으면 난 여기서 무너져버릴 거야." 엘리사가 애원했다.

루미키의 손가락이 부츠 끈을 잠시 만지작거렸다.

그녀는 이제 더는 두려워하지 않겠노라고 스스로 약속했었다. 하지만 당시에는 오로지 자신만을 생각했다. 자신이 다른 누군가를 걱정하는 일이 생길 거라고는 미처 생각하지 못했다. 만일 지금 이 문을 닫고 나가버린다면 골치 아픈 문제로부터 완전히 해방될 수 있을 것이다. 하지만 두려움은 여전히 남게 될 것이다. 엘리사의 전화와 문자를 무시해버릴 수도 있었다. 전화번호부에 나오지 않는 새 번호를 만들 수도 있겠지. 학교에서도 엘리사를 피해 다니면 될 것이다. 아예 그녀를 투명인간 취급해버리거나.

하지만 불길한 생각은 끊임없이 이어졌다. 과연 엘리사는 어떻게 될지. 루미키에게 달려들었던 남자들이 결국 엘리사를 납치해

갈지. 그녀는 엘리사의 안전이 걱정되었고, 또 두려웠다.

루미키는 이미 너무 깊이 개입해 있었다. 무릎까지 빠지든, 허리까지 빠지든, 아니면 목까지 빠지든 암담하기는 마찬가지였다.

곤경. 궁지. 함정. 루미키는 이 모든 게 짜증스러웠다. 더 불만인 건 어디에도 빠져나갈 구멍이 보이지 않는다는 사실이었다.

그녀는 긴 한숨을 내쉬며 부츠를 벗었다.

"알았어. 같이 있어줄게. 하지만 만약 투카가 다시 터프가이인 척하면 그땐 너희 모두를 경찰에 신고해버릴 거야."

엘리사가 기뻐하며 손뼉을 쳤다. 루미키에게 그것은 종말을 고하는 소리로 여겨졌다.

11

"어젯밤 아버지랑 얘기해봤어?" 콜라가 담긴 커다란 유리잔을 거실로 가져오는 엘리사에게 투카가 물었다.

카스페르가 실실 웃으며 약을 주문했지만 엘리사는 대꾸 대신 살벌한 표정을 지어 보였다.

루미키는 투카를 돌아보았다. 엘리사는 이 두 놈에게 모든 걸 다 들려줬겠지. 입이 싸기로 유명하니까. 차라리 잘된 일인지도 몰라. 모두가 같은 지도를 보고 있으면 말이 더 잘 통할 테니까.

"그 남자들이 루미키를 추격했다는 얘길 듣고 완전 패닉에 빠졌어. 루미키를 나라고 생각해서 벌인 일이었잖아. 그때 붙잡힌 게 나였다면 모든 걸 다 불어버렸을 거야. 으스스한 곳으로 끌려가 심문을 받기도 전에."

엘리사는 들고 있는 쟁반을 거실 테이블에 내려놓았다. 유리잔

안 얼음덩이들이 서로 부딪치며 짤랑거렸다. 엘리사는 어제보다 훨씬 지쳐 보였다. 눈 밑 다크서클도 한층 진해져 있었고, 감지 않은 머리는 마구 헝클어졌다. 화장을 하지 않은 그녀는 지금 우아한 거실의 깨끗한 리넨 천에 묻은 때, 혹은 디자인이 돋보이는 가구에 남겨진 얼룩처럼 보였다. 천장에는 가느다란 합판 조각들로 만든 크고 둥글납작한 램프가 매달려 있었다. 전형적인 스칸디나비아 스타일의. 기교 없는 우아함. 그리고 터무니없이 비싼 가격.

경찰과 화장품 회사 직원의 월급으로 이렇게 꾸미고 살 수 있다니, 루미키는 놀라울 따름이었다. 경찰은 말할 것도 없고, 엘리사의 어머니가 하는 일도 고액의 연봉과는 거리가 먼 것이었다. 상속받은 재산이 있나? 그렇다면 충분히 가능했다.

어쩌면 이들의 풍족함은 봉지 속 피 묻은 돈과 관련이 있는지도 몰랐다.

"좋아. 우선 너희 어머니와 아버지의 컴퓨터부터 살펴보자."
카스페르가 삼류 깡패 같은 자신감을 보이며 말했다.

"엄마는 노트북 컴퓨터를 챙겨 출장을 떠났어. 아빠 컴퓨터는 저기 서재에 있고. 하지만 이래도 되는 건지……."

카스페르는 엘리사가 말을 끝맺기도 전에 벌떡 일어나 서재로 향했다.

"컴퓨터는 내가 살펴볼 테니까 너희는 파일이나 뭐 그런 것들을 훑어봐줘." 카스페르가 말했다.

루미키, 투카, 그리고 엘리사도 그를 따라 서재로 들어갔다.

"이렇게 훔쳐보는 건 불법이잖아." 엘리사가 아버지의 책상 서랍 안을 살피며 말했다.

"지금까진 그런 데 신경 안 쓰고 살았으면서." 투카가 웃음을 터뜨렸다.

엘리사가 한숨을 내쉬었다. "이제부턴 신경을 쓰는 게 좋겠어."

루미키도 같은 생각이었지만 정작 입에서는 전혀 딴 얘기가 튀어나왔다.

"여기선 아무것도 찾지 못할 거야. 집에 아무 서류나 가져오진 않았을 거라고. 이건 말 그대로 가정용일 거야. 뭔가 찾고 싶다면 경찰서에서 쓰는 컴퓨터를 살펴봐야지."

"맞아. 내가 왜 그 생각을 미처 못 했을까?"

"기왕 시작한 거, 계속 뒤져보자." 투카가 말했다. "불법적인 기록을 경찰서에 보관할 리 없잖아. 밀고자들이 득실거리는 곳인데."

엘리사가 노려보자 투카의 입가에서 미소가 사라졌다. 그들은 말없이 수색을 이어나갔지만 헛수고였다. 꼼꼼한 엘리사의 아버지는 소득세 신고서와 보험 증서와 고지서들을 가지런히 보관해 놓았다. 그리고 그의 컴퓨터는 수상한 구석 하나 없이 깨끗했다.

"포르노 사이트를 들락거린 흔적도 없어." 카스페르가 조바심을 내며 투덜거렸다.

"상상만으로도 역겨워! 당연히 없지." 엘리사가 몸을 바르르 떨었다.

"하지만 넌 그런 적 있잖아." 투카가 낄낄 웃었다. "네 컴퓨터를 한두 번 뒤져본 것도 아니고, 날 속일 순 없다고."

"딱 한 번이었어. 친구가 보내준 링크를 아무 생각 없이 클릭했다가 보게 된 거라고." 엘리사가 말했다.

루미키는 세 사람의 무의미한 허튼소리를 더 들어줄 수가 없었다. 그녀를 가장 짜증나게 하는 건 엘리사의 목소리였다. 남학생들과 있을 때면 그녀의 목소리는 어김없이 속삭임으로 변해버렸다. 툭툭 내뱉는 말들도 한심했고. 루미키에게도 익숙한 현상이었다. 그녀는 중학교 시절 내내 눈앞에서 그런 일이 벌어질 때마다 넋 나간 모습으로 지켜보곤 했다. 여름 방학이 지나고 7학년이 되었을 때 그녀는 바보가 되어 나타난 낯낯 친구들을 보고 깜짝 놀랐다. 방학을 보내면서 무슨 일이 있었는지 똑똑했던 소녀들은 간단한 수학 문제도 제대로 풀지 못할 만큼 우둔해져 있었다. 그들은 그 짧은 백 미터 달리기를 할 때도 궁시렁대는 걸 멈추지 않았다.

"정말이야. 죽을 것 같다니까!" 소녀들은 하루 종일 그렇게 깩깩거렸다. 아주 신이 나서, 그리고 가끔은 무기력한 척 연기를 하며 눈썹을 그려대고 풍선껌을 씹었다. 그들의 그런 한심한 행동들은 사실 남학생들의 관심을 끌기 위함이었다. 루미키가 그걸 깨닫기까지는 오랜 시간이 걸렸다. 그들의 애처로운 행실은 그저 자신들이 작고, 귀엽고, 무해하다는 걸 알리려는 신호에 불과할 뿐이었다. 어떻게든 남학생들의 눈에 섹시하게 보이고 싶은 눈물겨운 노력.

그들은 스스로를 지나치게 작고, 또 단순하게 만들어버렸다. 자기가 좋아하는 남학생이 더 똑똑하고 강하게 보이도록. 루미키는 그런 뻔한 연기를 꿰뚫어보지 못하는 남학생들을 이해할 수 없었다. 자신들이 우월감을 갖도록 여학생들이 일부러 그러는 게 얼마나 굴욕적인 일인지 모르나? 물론 그걸 꿰뚫어보는 남학생들도 있었지만 그런 대접을 받는 입장은 아니었다. 그런 아이들은 너무 똑똑한 탓에 섹시함과는 거리가 멀었다고 해두자.

어떤 이유에서인지 중학교에서 똑똑하다는 건 전혀 섹시하게 여겨지지 않았다. 섹시하기를 원한다면 지적인 게 무슨 전염병이라도 되는 양 구는 편이 효과적이었다. 그들에게 똑똑하다는 건 따분하고, 짜증나고, 거슬리고, 못났다는 뜻이었다. 볼품없다는 뜻이기도 했고.

루미키는 중학교만 벗어나면 모든 게 달라질 거라 생각했다. 실제로 달라진 것도 있고, 그렇지 않은 것도 있었다. 많은 것을 이룬 성인 여성들 중에서도 남자들 틈에만 끼면 자신을 단순화시키려 애쓰는 이들이 있었다. 지켜보는 사람이 민망할 정도였다. 그녀는 엘리사의 한쪽 발이 아직도 중학교에 걸친 것이길 바랐다. 그래서 그런 행동을 하는 것이라 믿고 싶었다. 다른 심오한 문제나 몸에 깊이 밴 일종의 습관 때문이 아니라.

"잠깐 컴퓨터 좀 살펴볼게." 루미키가 카스페르에게 말했다.

소년은 수상하다는 눈빛으로 그녀를 보았다.

"아무것도 없어." 카스페르가 말했다.

"그냥 보게 해줘." 루미키가 차분하게 말했다. "그냥 겉만 훑어봐선 모른다고."

"오, 이제 보니 우리 슈퍼 탐정님께서 컴퓨터 천재셨군그래." 투카가 조롱하듯 말했다.

"그래. 사실 난 에르퀼 푸아로*와 리스베트 살란데르**의 사생아야." 루미키가 흔들림 없는 표정으로 말했다. 그리고 카스페르가

---

* 애거서 크리스티의 소설에 등장하는 명탐정
** 소설 〈밀레니엄〉시리즈의 천재 해커 여주인공

과장된 동작으로 비워준 의자에 앉았다.

세 사람이 뒤에 서서 그녀를 지켜보고 있었다. 루미키는 감시받고 있는 듯한 상황이 거슬렸다.

"그러니까 네가 루미키 푸아산데르란 말이지?" 카스페르가 조롱하듯 말을 건넸지만 아무도 웃지 않았다.

"루미키…… 루미키……."

카스페르는 음미하듯 각 음절을 최대한 길게 끌어 발음했다.

"너 별명 있지?" 마침내 그가 말했다.

"아니, 없는데." 루미키는 그를 돌아보지 않고 대답했다.

"루미?"

"아니."

"미키?"

"그렇게 생각해?"

"그게 아니면, 백설공주는 어때? 그게 네……."

순간 루미키가 뒤로 힘껏 밀어낸 의자가 카스페르를 덮쳤다. 그녀가 앉은 채로 의자를 홱 돌렸다.

"아야! 조심해."

카스페르가 짜증을 내며 자신의 무릎을 주물렀다.

"차분하게 기다려. 오래 걸릴지도 모르니까." 루미키가 엘리사를 흘끔 돌아보며 말했다.

다행히 엘리사는 가끔 필요할 때 머리를 쓸 줄 알았다.

"자, 거실에 가서 콜라나 마저 마시자." 엘리사가 말했다. "뭐 필요한 거 있으면 불러."

루미키는 고개를 끄덕이고 다시 모니터 쪽으로 돌아 앉았다. 잠시 후, 뒤에서 문 닫히는 소리가 들려왔다. 마침내 갈망하던 정적이 찾아들었다.

서둘러야 한다. 이 소중한 정적이 깨지기 전에.

12

테르호 배이새넨은 옷깃을 세우고 딸이 떠준 초록색 목도리를 입까지 올렸다. 그가 경찰서를 나서는 순간 매서운 추위가 날카로운 발톱으로 그의 맨살을 할퀴어댔다. 그는 퓌니키의 집까지 차를 타고 갈까 하다가 그냥 걷기로 마음을 굳혔다. 어쩌면 추위가 용납할 수 없을 정도로 둔해진 그의 뇌를 자극해줄지도 모른다는 막연한 기대감으로.

두 가지 질문이 테르호를 신경 쓰이게 했다.

돈은 어디 있는가?

나탈리아는 어디 있는가?

과연 나는 중요한 순서대로 묻고 있는가? 물론 아니었다. 나탈리아가 짧게는 며칠, 길게는 몇 주씩 연락을 끊고 지낸 적은 예전에도 있었다. 테르호의 전화와 문자 메시지와 이메일에 매번 답장한 것도 아니었다. 그는 이미 무시당하는 일에 익숙해져 있었다. 그것이 나탈리아의 실종에 호들갑을 떨 필요가 없는 이유였다. 하지만 보리스 소콜로프가 전화를 걸어와 돈에 대해 물은 것은 달랐다. 소콜로프는 돈이 이미 배달되었다고 했다.

하지만 그건 사실이 아니었다.

소콜로프가 거짓말을 하고 있거나 에스토니아인들이 소콜로프에게 거짓말을 하고 있거나, 둘 중 하나였다. 보나마나 후자일 것이다. 그들은 지금껏 돈에 대한 흑심을 드러낸 적이 없었고, 테르호는 그 사실에 적잖이 놀라워했었다. 소콜로프는 불충을 용납하지 않는 사람이었다. 그걸 잘 아는 에스토니아인들은 그의 심기를 건드리지 않으려 최대한 몸을 사려왔을 것이다. 물론 소콜로프도 윗선의 누군가로부터 명령을 받았을 테지만. 모두가 그렇게 권력의 위계와 두려움에 의해 관리되고 있었다.

하지만 지금, 누군가의 욕심이 그 정밀한 시스템을 마구 흔들어대고 있었다.

테르호는 지금까지 무난하게 유지되어온 시스템이 이번 일로 와르르 무너질 수도 있다는 생각이 들었다. 지금껏 그는 아무것도 따지지 않고 자신의 본분을 다했다. 그는 절박했다. 필요한 돈을 위해 이 일에 뛰어들었다. 여기서 돈줄이 끊어지면 그에게 남은 선택지는 심각하게 제한될 것이다. 그는 아직 미래를 위한 안

전망을 마련해놓지 못한 상태였다. 은행에 모아둔 돈의 액수는 애처로울 정도였다. 물론 언제든 소콜로프와 그의 똘마니들을 곤란하게 만들 수는 있었지만 함부로 보복을 꾀했다가는 그 자신도 이번 일에 연루되어 있다는 의심을 받게 될 것이다. 그의 인생이 끝장날 수도 있는 중요한 문제였다.

그런 일만은 막아야 했다.

소콜로프와의 협상은 아무 진전이 없었다. 이제는 북극곰과 직접 협상을 할 때였다. 물론 쉽지는 않을 것이다. 북극곰은 자신의 규칙에 따라서만 행동했다. 게임이 원하는 대로 흘러가지 않으면 그는 상대를 보드에서 쫓아내버렸다.

테르호는 연신 투덜거리며 탐페레 고속도로를 따라 걸어나갔다. 왜 이런 일에 휘말렸는지 후회스러웠다. 명백한 범죄일 뿐만 아니라 도덕적으로도 옳지 않은 일이었는데. 매일 밤 그는 뜬눈으로 밤을 지새웠다. 식구들이 자는 동안 창밖을 내다보며 자신의 선택을 끊임없이 합리화시켰다. 경찰에도, 지역 사회에도 큰 도움이 되는 일이라고. 그는 소콜로프가 제공해준 정보 덕분에 지금껏 수많은 마약 밀매자들을 검거할 수 있었다. 탐페레의 암흑가를 깨끗이 청소한 테르호에게 정부는 훈장을 수여했다. 테르호는 아침잠에서 속속 깨어나는 이웃집들을 찬찬히 훑었다. 굼뜨게 떠오른 태양이 자기기만에 빠진 그를 조롱했다. 그는 눈부신 태양에서 눈을 떼고 커피에 우유를 조금 더 넣었다. 시선을 멀리 돌린 후로도 스스로를 속이는 그의 거짓말은 계속 이어졌다.

몇 년 전, 그들로부터 솔깃한 제안을 받았을 때 그에게는 달리 선택의 여지가 없었다. 노름빛과 미상환 대부금이 그의 목을 조여대던 시기였으니까. 테르호는 자신도 모르는 새 도박의 소용돌이 속으로 빠져들었다. 처음에는 피로를 풀고 복잡해진 머리를 식히기 위해 별 생각 없이 도박판에 발을 들였다. 하지만 중독되기까지는 그리 오랜 시간이 걸리지 않았다. 온라인 도박은 너무 따분했다. 진짜 돈이 오가는 재미가 없었다. 그는 아드레날린이 솟구치는 느낌을 원했다. 집에는 사치를 일삼는 아내가 있었고, 테르호는 그녀에게 세상 전부를 갖다 바치고 싶어 안달하는 남편이었다.

그가 세상 그 무엇보다 사랑하는 딸, 엘리사. 그는 지금껏 딸만 바라보고 살아왔다. 그래서 딸이 자신의 집과 옷을 부끄러워하지 않도록, 그리고 평생 돈 걱정 없이 살 수 있도록 각별히 신경을 써왔다. 어릴 적 테르호는 거짓말을 밥 먹듯 해댔다. 벼룩시장에서 산 청바지를 새 것이라고, 사촌에게 물려받은 코트를 여행지에서 사온 것이라고 둘러댔다. 그의 아버지는 돈이 생기는 족족 술로 탕진해버렸다. 테르호는 아버지처럼 되지 않겠다는 생각에 술을 끊고 제 발로 마약 단속반에 들어가 불법 약물과의 전쟁을 시작했다.

그럼에도 그는 중독에 빠지기 쉬운 유전자를 고스란히 물려받고 말았다. 머리 쓰지 않는 무언가로부터 얻을 수 있는 쾌감이 필요했다. 하지만 테르호는 자신의 도박 중독이 가족의 삶에 어떤 식으로든 영향이 미치지 않도록 각별히 주의를 기울여왔다. 누구에게도 들켜서는 안 되는 악벽惡癖이었다. 판돈을 조금씩 줄여나가기는 했지만 그렇다고 중독에서 벗어났다고는 할 수 없었다.

테르호가 지난 일 년간 소콜로프와 협력해온 이유는 또 있었다. 나탈리아. 자신보다 한참 어린 여자와 사랑에 빠진 것이다. 그는 처음부터 그것이 미친 짓이라는 걸 알았다. 절망적이고, 또 위험하다는 걸. 하지만 나탈리아의 미소와 크고 천진난만한 눈에는 도저히 저항할 수가 없었다. 그는 벌써부터 나탈리아를 떠나보낼 걱정에 마음이 무거웠다. 언젠가는 그녀의 비단같이 부드러운 피부, 그리고 매력적인 보조개와 작별해야 할 때가 올 것이다. 그것은 피할 수 없는 운명이었다. 테르호가 결혼생활과 가족과 직장을 포기하지 않는 한 그들은 함께할 수 없다. 언젠가 그는 나탈리아에게 적절한 때가 오면 미련 없이 아내를 버리고 오겠다고 약속했지만 솔직히 그럴 자신이 없었다. 사랑에 빠진 남자의 약속은 절대 믿어서는 안 되는 것이다. 나탈리아도 날 이해해줄 거야. 그는 생각했다. 그녀는 똑똑하니까. 겉보기와는 다르게.

하지만 테르호는 그녀를 소콜로프의 손아귀에서 구해주고 싶었다. 그녀에게 그 정도의 빚은 지고 있다고 생각했다. 그는 나탈리아가 더 나은 삶을 살기를 바랐다. 머리를 짜내보면 무언가 좋은 방법이 떠오를 것도 같았다. 돈에 손을 댄 에스토니아인들 때문에 당장 모든 게 수포로 돌아갈 것 같지는 않았다.

공원으로 들어서니 호수 쪽에서 불어온 찬바람이 그를 엄습했다. 테르호는 차를 가져오지 않은 자신을 질책했다. 이런 혹독한 추위 속에서는 첨단 기술로 만든 다운 코트도 별 소용이 없었다.

회의는 막판에 취소되었고, 덕분에 그에게는 한 시간 정도의 자유시간이 주어졌다. 그는 그 시간을 활용해 집에서 엘리사와 점심을 만들어 먹기로 했다. 엘리사는 편두통인지 뭔지 때문에 집에서 쉬고 있었다. 모처럼 게으름을 피우고 싶었는지도 모르지. 테르호는 생각했다. 그의 딸은 상냥하고 인기가 좋았다. 테르호는 세상 누구보다 딸을 사랑했다. 하지만 그의 딸에게는 살짝 맹한 부분이 있었다. 어쩌면 마그넷 학교*는 그녀에게 적합한 곳이 아닌지도 몰랐다.

테르호는 머릿속으로 자신의 계획을 다시 곱씹어보았다.

그는 먼저 북극곰에게 연락해야 했다. 가장 좋은 방법은 이메

---

* 인종이나 통학 구역에 관계없이 다닐 수 있는, 뛰어난 설비와 교육 과정을 갖춘 학교

일을 이용하는 것이었다. 그는 집에 가서 컴퓨터로 메시지를 전달할 생각이었다. 직장에서나 휴대폰으로 보내는 건 위험천만한 일이었다.

나탈리아에게도 다시 이메일을 보내 어째서 연락이 없는지 물어볼 작정이었다. 그녀가 너무나 보고 싶었다. 살을 에는 듯한 칼바람보다도 그를 오싹하게 만드는 건 바로 그녀를 향한 갈망이었다.

갈색 눈. 표백한 머리와 까만 모근들. 붙임머리. 흉측하게 뽑은 눈썹. 그리고 두툼한 입술. 성형수술 덕분인지, 아니면 원래 그런 건지 알 수는 없었지만.

열일곱에서 스물다섯 살 사이?

대부분의 사진들 속에서 그녀는 꽤나 진지해 보였다. 입술을 살짝 벌린 채로. 깊이 팬 보조개를 자랑하며 미소 짓는 사진도 있었다. 미소는 그녀를 더 어리고 연약해 보이게 만들었다. 그 사진에는 엘리사와 똑같은 코를 가진 중년 남자의 모습도 담겨 있었다. 여자는 비싼 옷을 걸치고 있었다. 폰카메라로 근접 촬영한 사진 속에서 커플은 환히 웃으며 입맞추고 있었다. 그들은 불쾌할 정도로 행복해 보였다.

컴퓨터 속 문제의 사진들은 허술하게 숨겨져 있었다. 그것들을 차례로 살펴나가는 루미키는 꼭 관음증 환자가 된 기분이었다. 익명의 이메일 계정과 암호를 알아낸 다음 찾아낸 사진들이었다. 메일 폴더들은 모두 비어 있었다. 폴더를 사용하지 않거나 이미 삭제해버렸거나, 둘 중 하나였다.

"엘리사." 루미키가 불렀다.

엘리사가 문간에 나타났다. 다행스럽게도 투카와 카스페르는 위wii*에 푹 빠져 있었다.

"문 좀 닫아줄래?" 엘리사는 루미키의 요청대로 했다. 루미키는 숨을 깊이 들이쉰 후 다시 입을 열었다.

"이 사진 속 여자, 너희 어머니는 아닌 것 같은데."

* 닌텐도사의 가정용 비디오 게임기

13

엘리사는 갑자기 한기를 느끼고 두 팔로 자신의 몸을 감쌌다. 눈을 질끈 감아버리고 싶었지만 그런다고 해결될 문제가 아니었다. 사진 속 이미지들은 이미 그녀의 머릿속에 깊이 각인된 상태였다. 보나마나 그것들은 잠자리에 드는 순간 그녀의 머릿속에서 영화처럼 재생될 게 뻔했다.

어떻게 아빠가 엄마와 내게 이럴 수 있지?

엘리사는 바보가 아니었다. 그녀는 진작부터 부모님의 불화에 대해 알고 있었다. 그들을 아직까지 하나로 붙들고 있는 건 사랑이 아닌 습관과 편의였다. 그럼에도, 아버지가 어머니 몰래 바람을 피워왔다는 사실은 그녀에게 큰 충격이었다. 아빠는 그럴 사람이 아닌데. 정직하고 지조 있고 믿음직한 사람이잖아. 다른 여자와 사귀려면 엄마와 이혼부터 했어야지. 솔직히 엘리사는 엄마에 대해서도 적지 않은 의심을 품고 있었다. 엄마가 출장지에서 다른 남자들과 시간을 보낸다 해도 전혀 놀랄 일이 아니었다. 그 럴듯한 정도가 아니지. 충분히 가능해.

하지만 아빠가 그럴 줄은 몰랐어. 그것도 나만큼이나 어린 여자랑. 그녀는 속이 메스꺼워지는 걸 느꼈다. 그들의 부적절한 관계보다 더 큰 문제는 그녀 아버지가 숨겨온 비밀과 상습적인 거짓말이었다. 어쩌면 뭔가 크게 오해를 하고 있는지도 몰랐다. 어쩌면 그들은 그저…… 하지만 이런 사진들을 왜 컴퓨터에 보관해둔 거지? 저장해두고 다시 꺼내보려 했다는 건 그에게 그만큼 의미가 있다는 뜻이었다.

"어쩌면……."

엘리사의 귀에 루미키의 목소리는 꿈처럼 아득하게 느껴졌다. 어쩌면 내가 꿈을 꾸고 있는지도 몰라. 빨리 여기서 깨어나야지. 지금…… 당장!

그때 서재 문이 벌컥 열리고 투카와 카스페르가 들어왔다.

"여자들끼리 수다라도 떨고 있었어? 아니면, 우리의 컴퓨터 천재에서 뭔가를 찾아내셨나? 우후."

엘리사, 카스페르, 그리고 투카가 일제히 다가와 루미키의 어깨 너머로 문제의 사진들을 들여다보았다. 루미키는 돌아보지 않고도 엘리사의 당혹감을 똑똑히 감지할 수 있었다.

"어쩌면 저 여자는…… 아니, 내 말은…… 어쩌면 아빠는 그냥……." 엘리사가 그럴듯한 해명을 찾아 허둥댔다.

"현실을 받아들여." 카스페르가 말했다. "네 아버지는 한참 어린 여자랑 놀아나고 있는 거야."

그들은 자신들의 솔직한 생각을 여과 없이 입으로 흘려보냈다.

"다른 설명도 가능할 거야." 엘리사가 기운 빠진 목소리로 말했다. 하지만 엘리사도 카스페르가 옳다는 걸 알고 있었다.

"보나마나 그 돈과 관련이 있을 거야." 투카가 말했다. "두 가지 비밀이 동시에 파헤쳐진 건 우연의 일치가 아니라고."

"하지만 어떻게?" 엘리사가 물었다.

"저 여자, 러시아인 같아 보이지 않아?" 카스페르가 물었다. "어쩌면…… 매춘부인지도 모르겠는데. 혹시 너희 아버지가 매춘에 관련돼 있는 건 아닐까?"

엘리사가 고개를 저었다. 눈물이 터져 나오기 직전이었다.

"그게 아니면……." 투카도 무언가가 떠오른 모양이었다.

바로 그때 컴퓨터에서 경쾌한 차임벨 소리가 흘러나왔다. 새 이메일이 도착했다는 신호였다. 루미키는 혹시 몰라 익명의 계정을 열어두었었다.

뭔가가 왔구나.

발송인 또한 익명의 계정을 사용하고 있었다. 사용자 이름 '비티풀로즈Beatifulrose'와 최상위 도메인만으로는 알 수 있는 게 많지 않았다. 루미키는 메시지를 큰소리로 읽어나갔다. 영어로 쓰인 메시지였다.

내 사랑,

새 이메일 주소를 만들 수밖에 없었어요. 조심해야 하니까.

북극곰이 금요일에 파티를 열 거예요. 당신이 와주기를 바라고 있어요.

나도 그걸 원하고요. 검은 차가 오후 8시에 당신을 데리러 갈 거예요.

파티의 테마는 동화예요. 난 눈의 여왕으로 분장할 거예요. 당신이 뭘 좋아하는지 난 알잖아요.

당신에게 할 중요한 얘기가 있어요.

당신의 N

P.S. 늘 그렇듯 이 메시지도 확인하자마자 삭제해줘요.

평소보다 더 조심해야 해요.

투카, 카스페르, 그리고 엘리사는 서로의 얼굴을 보았다.

"이게 무슨 소리지?" 엘리사가 물었다.

"북극곰, 북극곰⋯⋯." 카스페르가 말했다. "오, 맙소사. 북극곰. 너희 아버지는 북극곰의 파티에 초대받은 거야."

"뭐? 누구?"

"북극곰!" 카스페르가 흥분하며 말했다. "전설 같은 존재야. 나도 잘은 모르지만 아무튼 모두가 인정하는 거물인 건 틀림없어. 온갖 종류의 사업을 벌이고 있는데 합법적인 것들도 있고, 그렇지 않은 것들도 있대. 하지만 어떻게 된 일인지 실물로 봤다는 사람은 없어. 그 사람 파티는 진짜 끝내준다던데. 대저택인지 성인지, 뭐 그런 데서 말 그대로 광란의 파티가 벌어진대. 아마 모든 부자와 유명 인사들이 다 모일걸."

"그 북극곰이란 사람, 본명이 뭐야?" 루미키가 물었다.

카스페르는 어이없다는 표정을 지어보였다.

"내가 그 바닥 출신도 아니고, 그런 사람을 어떻게 알겠어?"

"그러니까 그가 무슨 범죄 조직 두목이라도 된다는 거야?" 엘리사의 목소리가 본능적으로 낮아졌다.

카스페르가 양팔을 살짝 벌렸다.

"모르긴 해도 불법으로 벌여놓은 사업이 엄청 많을 거야. 돈도 많고, 또 교활하기가 이를 데 없어서 경찰도 쉽게 건드리지 못할 걸. 자기가 직접 손을 더럽히지도 않고."

"어떻게 그걸 다 알고 있지?" 투카가 물었다.

그제야 카스페르의 입가에 만족의 미소가 머금어졌다.

루미키는 스스로 뿌듯해하는 카스페르의 반응을 말없이 지켜보았다.

"다 아는 수가 있지. 거리에서는 별 얘길 다 듣게 되거든. 더 이상은 묻지 마. 너흰 그저 내가 갖다 바치는 약과 정보만 누리면 되는 거라고. 깊이 알려고 하면 다쳐."

친구들이 수다를 떨어대는 동안 루미키는 메일 내용을 쪽지에 고스란히 옮겨 적었다.

"아쉽지만 이 메시지는 삭제해야겠어." 그녀가 말했다. "누군가가 열어봤다는 걸 너희 아버지가 알면 안 되잖아."

루미키는 메시지 삭제 준비에 들어갔다.

절연층으로 덮인 윈드스토퍼 장갑을 꼈음에도 테르호 배이새넨의 손가락은 꽁꽁 얼어버렸다. 그는 감각이 사라진 손으로 간신히 열쇠를 꺼내 현관문 자물쇠에 꽂았다.

그는 온화했던 지난 12월을 떠올려보았다. 눈이 어찌나 살살 내리던지 겨울임이 실감나지 않을 정도였다. 그는 나탈리아와 함께 탐펠라의 한 조각품 앞에 서 있었다. 조각품에서 뿜어져 나오는 푸른 불빛이 나탈리아의 얼굴을 더욱 영묘하게 만들어주었다.

그들은 그저 커피나 한잔하러 갔을 뿐이었다. 강변의 새 주택 단지는 비교적 안전했다. 그곳 주민들 중 그가 아는 이는 없었다. 그의 아내와 엘리사도 그곳을 찾을 이유가 전혀 없었다. 막다른 곳이라 주민들만이 들락거릴 뿐이었다. 외부인들이 일부러 찾을 만한 특별한 상점이나 레스토랑도 없었다. 카페는 주민들이 내놓는 몇 푼의 돈으로 근근이 버텨내고 있었다. 탐펠라는 두 사람이 유일하게 함께 다닐 수 있는 곳이었다. 위험 부담이 완전히 없는 건 아니었지만.

가끔은 위험을 감수할 때도 있었다. 언제 덜미를 잡힐지 모른다는 두려움이 짜릿한 스릴을 안겨주기도 했다. 물론 테르호에게는 완벽한 변명거리가 준비되어 있었다. 우연히 친구나 친구의 친구와 맞닥뜨리게 되면 그는 수사를 위해 비밀리에 정보를 수집하는 중이라고 둘러댈 생각이었다. 나탈리아는 누구도 알아서는 안 되는 비밀 수사의 정보 제공자로 소개하면 되는 거였다. 다행히 테르호는 지금껏 그런 변명거리가 필요한 상황에 놓인 적은 없었다.

그날 나탈리아는 장갑을 깜빡 잊고 나왔다. 그녀는 작은 손을 녹이려 연신 입김을 불어댔다. 테르호는 그녀의 얼어붙은 손을 꼭 잡아주었고, 나탈리아는 미소를 지었다. 그녀의 머리에 달라붙은 눈송이들은 조각품의 푸른빛을 받아 반짝거리고 있었다. 하얀 코트와 하얀 부츠 차림의 나탈리아는 그 어느 때보다도 아름다워 보였다.

"나의 눈의 여왕님." 테르호가 그녀의 귀에 대고 속삭였다.

갑자기 그는 자신의 뜨거운 손바닥으로 나탈리아의 차가운 피부를 녹여주고 싶은 강한 충동에 휩싸였다.

"자, 갈까?" 그가 목쉰 소리로 말했다. 나탈리아를 잡아끄는 그의 걸음이 점점 빨라졌다. 5분 후, 그들은 호텔 탐메르의 프런트 앞에 서 있었다. 그는 방으로 들어가자마자 아내에게 전화를 걸어 야근 때문에 못 들어간다고 통보했다. 그런 다음, 나탈리아를 돌아보았다. 호텔방의 온화한 노란 불빛에 젖은 그녀는 더 이상 동화 속 여왕 같아 보이지 않았다. 하지만 그런 건 아무래도 상관없었다. 마음 속 이미지가 이미 욕성에 불을 붙여놓았으니까. 그는 나탈리아를 끌어안고 눈을 감았다.

테르호 배이새넨은 다시 백일몽에서 깨어났다. 그의 얼어붙은 손은 여전히 열쇠와 씨름 중이었고, 입에서는 욕이 튀어나왔다.

가장 먼저 그 소리를 들은 건 루미키였다.

그녀가 목소리를 낮추고 말했다. "누가 들어왔어."

엘리사가 움찔했다.

"널 추격했던 남자들! 킬러들인가 봐!"

루미키는 엘리사의 입을 한 대 올려붙이고 싶은 충동을 간신히 억눌렀다. 어떻게 자아를 유지하는 데 저리도 미숙할 수 있지? 분홍색과 검은색에 파묻혀 살면 뇌가 피클이 되고 생각이 곤죽이 돼버리나?

"다들 침착해. 입 열지 말고. 열쇠가 있는 걸 보니 네 아버지일 거야. 여기서 소리를 내면 우리가 서재에 침입했다는 걸 들키게 돼."

루미키는 조용히 이메일을 삭제한 후 계정을 빠져나왔다. 그런 다음, 비밀 사진 폴더와 브라우저를 닫고 컴퓨터를 껐다. 불과 몇 초 동안의 일이 루미키에게는 고통스러울 정도로 길게 느껴졌다.

경쾌한 소리와 함께 자물쇠가 풀리고 현관문이 열렸다.

"위층으로 올라가. 어서."

엘리사, 투카, 그리고 카스페르는 루미키의 나지막한 지시에 따라 신속하게 움직였다. 루미키의 귀에 그들이 방을 나서는 소리는 꼭 사자의 포효를 듣고 놀란 영양 무리가 도망치는 소리 같았다.

빨리 꺼져라. 빨리 꺼져라.

컴퓨터는 아직도 '종료 중'에 머물러 있었다. 루미키는 한때 같은 현상을 보였던 자신의 노트북 컴퓨터를 떠올렸다. 그것도 가끔 특별한 이유 없이 전원 차단을 거부하곤 했다.

육중한 누군가가 들어서고 있었다. 남자였다. 다행히 현관에서는 서재가 잘 보이지 않았다.

루미키는 호흡을 가다듬고 뛰는 가슴을 진정시켰다. 그녀는 전원 버튼을 힘껏 눌러보았다. 나중에 컴퓨터는 지난 세션 때 제대로 종료되지 않았다고 불평해댈 것이다. 그리고 엘리사의 아버지는 그 메시지를 수상하게 여기겠지. 하지만 지금은 한가하게 그런 걱정이나 하고 있을 때가 아니었다. 어쩌면 그는 컴퓨터를 바꿀 때가 됐다고 생각하고 오류 메시지를 대수롭지 않게 여길지도 몰랐다.

빨리 꺼져라.

마침내 모니터 화면이 까맣게 변했다.

"엘리사! 점심 같이 먹으려고 왔어! 아빠가 먹을 걸 준비할게."

그가 계단에 대고 소리쳤다.

역시. 루미키가 짐작한 대로였다.

그녀는 소리 없이 서재 문 뒤로 들어갔다. 엘리사의 아버지가 들어오기 전에 몸을 숨겨야 했다.

그가 두꺼운 외투를 벗고 서재 쪽으로 다가오기 시작했다.

계속 걸어가세요.

주방으로 향하려던 그가 갑자기 생각을 바꾸어 서재로 들어왔다. 루미키는 숨을 죽였다. 그녀는 움직이지도, 냄새를 풍기지도 않았다. 당분간 루미키는 이곳에 존재해서는 안 되었다.

제발 앉지 마세요. 루미키가 방금 전까지 앉아 있던 의자는 아직 따뜻했다.

엘리사의 아버지는 자리에 앉지 않았다. 그는 책상 앞에 서서 우편물을 살피고 있었다. 2분 정도는 더 숨을 참을 수 있을 것 같았다. 엘리사의 아버지는 고지서로 보이는 봉투 두어 개를 책상 뒤편 구석으로 휙 던져놓고 서재를 나갔다.

"뭐 먹을래? 파스타 만들어줄까? 아니면 네가 좋아하는 치킨 카레 수프? 아빠 추워서 뜨거운 걸로 몸을 녹여야겠다."

주방에서 냉장고 문 열리는 소리가 들렸다.

지금이야. 루미키는 문 뒤에서 나와 잽싸게 걷기 시작했다. 부자연스럽게 매끈거리는 복도를 지나 영양 무리에게 접근하는 사자처럼 발소리를 죽인 채 계단을 올라갔다. 그녀가 소리 없이 엘리사의 방으로 들어가자 세 사람이 흠칫 놀랐다.

"맙소사, 너 때문에 심장마비 걸릴 뻔했잖아." 엘리사가 속삭였다. "빨리 옷장으로 들어가."

"왜?"

루미키는 엘리사의 작전이 궁금했다. 투카와 카스페르는 긴 소파에 늘어져 있었다.

계단 쪽에서 무거운 발소리가 들려오고 있었다.

"나중에 설명할게." 엘리사가 루미키를 옷장으로 떠밀어 넣고 문을 닫아버렸다.

"친구랑 같이 있니?" 계단 꼭대기에서 엘리사의 아버지가 물었다.

"네. 투카와 카스페르가 왔어요." 엘리사는 과장되게 발랄한 목소리로 대답했다. 누가 들어도 티나는 연기였다.

"편두통이 있다고 하지 않았니?" 그가 수상쩍다는 듯이 물었다. "너희들, 오늘 학교에 안 갔어?"

"네, 편두통은 많이 나아졌어요."

"수학 시간이 취소됐어요. 선생님이 편찮으셔서요." 투카가 말했다.

루미키는 옷장 문틈으로 엘리사의 방에 들어선 남자를 지켜보았다. 그는 짧은 금발머리에 탄탄해 보이는 상체를 가지고 있었다. 소녀 냄새가 물씬 풍기는 옷장 안은 어둡지만 널찍했다. 루미키의 옷장과는 전혀 딴판이었다.

그녀는 또다시 숨어 있었다. 들키지 않게 꼭꼭.

루미키는 눈을 감았다.

도망쳐도 소용없어. 우리가 찾아내고 말 테니까. 도망쳤다가 걸리면 우린 널 죽일 거야.

널.

죽일 거야.

14

하늘을 찌를 듯 솟아오른 장대에는 꽃과 리본과 나뭇잎으로 장식된 화환이 걸려 있었다. 풍선 몇 개는 이미 파란 하늘로 날아가 버린 후였다. 올란드 제도의 아름다운 저녁은 어느새 밤으로 변했지만 대낮처럼 환했다. 루미키의 친가 쪽 가족 모두가 자리하고 있었다. 여름 향기, 아득한 갈매기 울음소리, 제비들의 지저귐. 루미키는 하얀 드레스 차림이었고 어머니가 직접 만든 민들레 화관을 머리에 쓰고 있었다. 그녀는 아스트리드 린드그렌의 〈이다의 여름 노래〉를 흥얼거리고 있었다. 목소리가 특별히 고운 것도 아니었고 사람들 앞에서 스웨덴어를 써본 적도 없었지만 상관없었다.

그녀보다 한 살 많은 사촌, 엠마가 갑자기 앞으로 다가와 섰다. 루미키는 그녀를 피해가려 했다. 루미키도 에리크 고모부가 헬륨을 채워 넣고 있는 풍선을 하나 갖고 싶었다. 빨간색이나 파란색으로. 하지만 노란색은 싫었다. 빨간색이 가장 무난했다.

"같이 놀래?" 엠마가 스웨덴어로 물었다. 루미키는 어깨를 으쓱였다.

"이런 게임은 어때? 네가 내 노예가 되어 내가 시키는 모든 걸 다 해야 하는 게임이야."

루미키는 고개를 저었다.

"그럼 내가 여왕을 할 테니까 넌 내 말이 되어줘."

"싫어." 루미키가 말했다.

"여긴 우리 집이야. 내가 나이도 너보다 많고. 내가 하자는 대로 해."

루미키는 울음을 터뜨렸다.

"싫어."

그때 엠마의 어머니인 안나 고모가 루미키의 엄마와 다가왔다.

"루미키가 나랑 같이 안 논대요. 내가 하자는 건 다 싫대요." 엠마가 자기 엄마에게 쪼르르 달려가 우는 소리를 했다. "재미라는 걸 모르는 애 같아요."

"쉿……." 안나 고모가 엠마의 금발머리를 살살 쓰다듬었다. "루미키는 수줍어서 그럴 거야." 그녀가 말했다. "자, 가서 풍선이나 받아오자."

안나 고모가 엠마의 손을 잡았다. 몇 걸음 나아가던 엠마가 갑자기 홱 돌아서서 루미키를 향해 혀를 날름 내밀었다. 안나 고모와 루미키의 엄마는 그걸 보지 못했다. 엄마는 먼 바다를 바라보고 있었다. 바다에서 불어오는 소금기 섞인 바람이 눈가를 촉촉이 적셔놓았다. 손등으로 눈물을 훔쳐낸 그녀가 긴 한숨을 내쉬고 루미키에게 핀란드어로 말했다. "싫을 때 싫다고만 하면 어쩌니. 자꾸 좋다고 해야 친구가 많이 생기지."

친구? 친구가 많은 게 좋은 건가? 사람들이 시키는 대로 하고 싶진 않은데.

루미키의 입에서는 더 이상 노래가 흘러나오지 않았다.

"싫어."

루미키는 최대한 단호히 말하려고 애썼다.

엘리사가 휘둥그레진 눈으로 그녀를 보았다. 엄마 잃은 아기사슴의 표정에도 루미키는 흔들리지 않았다.

"하지만 우린 안 돼." 투카가 말했다. "엘리사의 아버지는 네 얼굴을 모르잖아."

"탐정 놀이는 초등학생들이나 하는 거야. 이건 게임이 아니라고."

루미키가 발코니 문을 열고 찬 공기를 엘리사의 방 안으로 들였다. 그녀는 엘리사와 두 친구가 아래층에 내려가 치킨 수프를 먹는 동안 달콤한 냄새가 풍기는 옷장 안에 30분 가까이 갇혀 있어야 했다. 마침내 엘리사의 아버지는 경찰서로 돌아갔다.

루미키는 폐 안을 신선한 공기로 가득 채웠다. 폐가 따끔거렸지만 상관없었다.

"하지만 정확히 무슨 일이 벌어지고 있는지 확인하려면 다른 방법이 없어." 카스페르도 합세해 그녀를 설득했다.

"아니, 이딴 바보짓 그만두고 그냥 경찰에 신고하는 방법도 있지." 루미키가 말했다.

안 돼, 안 돼, 파티랑 마약·때문에 안 된다고. 학교에 불법 침입한 거랑 돈은 어떻고? 엘리사의 아버지는? 경찰이 사진 몇 장과 삭제된 이메일만 갖고는 우릴 믿어줄 것 같아?

"너희에겐 별 일 아니겠지만 난 매일 이렇게 땡땡이를 칠 수 없어. 이런 일로 낙제하고 싶진 않다고."

루미키는 단호한 표정으로 계단을 내려가기 시작했다. 엘리사, 투카, 그리고 카스페르는 그녀 뒤를 졸졸 따라나갔다. 혀만 축 늘어뜨리면 영락없는 강아지 꼴이었을 것이다.

"내일은 물리학 두 시간이랑 체육 두 시간뿐이잖아." 엘리사가 말했다. "넌 지금껏 결석도 거의 없었고."

루미키가 엘리사를 힐끗했다. 내 시간표와 결석일수까지 살펴본 모양이군. 똑똑한데. 깜짝 놀랐어.

"이것만 해주면 이제 널 귀찮게 하지 않을게."

엘리사의 표정에서는 진심이 묻어나오는 것 같았다.

루미키는 유혹에 흔들리는 모습을 드러내지 않으려 애썼다. 잘해낼 자신은 있었다. 남들 눈에 띄지 않고 없는 듯이 지내는 건 그녀의 특기이기도 했다.

"알았어. 하지만 오늘은 무슨 일이 있어도 학교에 가야겠어. 서두르면 지각을 면할 수 있을 거야."

그제야 엘리사의 표정이 밝아졌다. 그녀가 루미키를 와락 끌어안았다. 루미키는 온몸이 보아뱀에 칭칭 감겨버린 듯한 기분을 느꼈다. 엘리사의 기습적인 공격에 단호히 퇴짜를 놓았어야 했다지만 이렇게 포옹까지 당한 이상 빠져나갈 수가 없게 되었다.

"고마워, 고마워, 고마워."

루미키는 꿈틀거리며 친구의 품에서 벗어났다.

"이제 날 기슬리게 하지 마. 언제든지 마음을 바꿀 수 있으니까."

그들보다 몇 단 위에 선 투카는 난간에 몸을 기댄 채 야릇한 미소를 흘리고 있었다. 자신의 그런 미소가 섹시해 보인다고 믿는 모양이었다. 굉장히 멍청해 보이는 것도 모르고.

밖으로 나온 루미키는 휴대폰으로 시간을 확인했다. 12시 35분. 17시간 후면 다시 이곳으로 돌아와야 했다.

괴한은 루미키의 오른쪽에서 튀어나왔다. 그녀는 잽싸게 그의 코에 라이트 잽을 두 번 던졌다. 두 번의 어퍼컷은 그의 턱에 적중했다. 그녀는 같은 패턴의 공격을 반복했다. 잽 두 번, 어퍼컷 두 번. 잽, 잽, 어퍼컷, 어퍼컷. 루미키의 맥박은 175에 가까웠다.

상대는 휘청거렸지만 쓰러지지 않고 계속해서 그녀를 붙잡으려고 안간힘을 썼다. 루미키는 오른쪽 팔꿈치를 번쩍 들었다가 그의 흉곽을 힘껏 내리찍었다. 오른쪽 주먹으로는 그의 얼굴을 가격했다. 마지막을 장식한 건 강력한 옆차기였다.

마침내 괴한이 고꾸라졌다. 땀방울이 루미키의 등줄기와 종아리와 얼굴을 타고 흘러내렸다.

괴한은 몸을 일으키려 했지만 루미키는 오른손으로 그의 상체를 눌러 저지했다.

꼼짝하지 마, 이 개자식.

그녀의 오른쪽 주먹이 그의 상반신과 얼굴에 연신 떨어졌다.

천천히, 하지만 정확하고 가차 없이. 증오심이 맹렬히 끓어오르면서 주먹의 속도가 점점 빨라졌다.

자비를 빌어도 소용없어. 여긴 교회가 아니니까. 넌 절대 용서받을 수 없어.

땀방울이 루미키의 눈으로 스며들었다. 눈을 몇 번 깜빡여보았지만 따끔거림은 가실 줄 몰랐다. 그녀는 두 눈을 질끈 감아버렸다. 더 이상 앞을 볼 필요는 없었다. 이미 괴한의 얼굴을 똑똑히 알고 있으니까.

넌. 절대로. 다시. 일어날 수. 없어.

"좋아요! 이번엔 왼쪽입니다. 다들 콤비네이션 기억나죠? 처음부터 힘차게 해봅시다."

루미키는 수건을 집어 들고 눈가와 이마를 차례로 훔쳤다. 체육관 스피커에서 또다시 요란한 음악이 터져 나왔다. 젊은 여자 마흔 명과 중년 여자 두 명, 그리고 남자 세 명이 정교하게 조정된 기계의 부품들처럼 일사불란하게 움직이기 시작했다. 바로 이것이 바디 컴뱃 클래스였다.

루미키는 벽을 덮은 기다란 거울을 들여다보며 몸을 웅크리고 번쩍 든 주먹으로 얼굴을 막았다. 그녀의 얼굴은 벌겋게 달아오른 상태였다. 뒤에서는 초록색 셔츠 차림에 머리를 양 갈래로 땋은 소녀가 루미키를 따라 움직이고 있었다. 어디 마음대로 보고 따라해봐. 루미키는 클래스의 모두가 자신을 닮고 싶어 한다는 걸 알고 있었다. 그녀는 테크닉을 완벽하게 숙지했고, 모든 움직임에 백 퍼센트의 노력을 담았다.

경쾌한 팝 음악에 맞춰 물 흐르듯 이어지는 일련의 무술 동작들은 기술이기보단 안무에 가까웠다. 누구나 따라할 수 있는 쉬운 스텝. 그들은 셀룰라이트를 태워 없애야 한다는 일념으로 보이지 않는 가상의 적들과 격렬히 싸워나갔다. 수강생들에게 지시를 내리고 그들을 격려하는 강사의 목소리가 점점 커졌다. 확실히 에어로빅보다는 버거운 운동이었다.

루미키는 바디 컴뱃을 무척이나 즐겼다. 땀을 내는 데에 그만이었고, 근육에 탄력을 주었으며, 올바른 마음 자세를 갖게 해주었다. 그녀는 진짜 무술이나 권투를 배우고 싶지 않았다. 누군가의 복부에 주먹을 찔러 넣는 기분은 그녀도 이미 잘 알고 있었다. 코피가 터지면 어떤지, 피부에 떨어진 피가 얼마나 따뜻한지도 이미 알고 있었다. 그 느낌은 반쯤 식힌 젤리나 잼 같았다. 그녀는 살아있는 표적에 공격을 가하고 싶지 않았다. 비록 2년의 세월이 흘렀지만 그녀는 아직도 사람을 때린다는 게 어떤 기분인지 생생히 기억하고 있었다. 푸른 황혼이 깃든 그날 오후 학교 운동장은 그녀의 머릿속에 깊이 각인되어 있었다. 그때 기억이 떠오를 때마다 그녀의 입에서는 시큼한 맛이, 코에서는 향긋한 향수 냄새가 느껴졌다. 장미, 바닐라, 그리고 약간의 백단유 향기.

어느새 노래가 바뀌었다. 떨어지는 빗방울에 대한 노래였다. 하지만 페이스는 여전히 부산스러웠다.

루미키의 검은 탱크톱은 땀으로 흠뻑 젖었다.

클래스를 마친 후 그녀는 탈의실에 앉아 숨을 고르며 손에 감긴 테이프를 뜯어냈다. 테이프는 손목을 고정해줌과 동시에 땀을 흡수하는 역할도 했다. 그것은 게임의 일부였고, 역할을 위한 소품이었다. 그녀 같은 가녀린 소녀들을 강하게 만들어주는 도구. 어떤 이들은 그걸 정신무장 테이프라 불렀다. 그들에게는 농담인지 몰라도 그녀에게는 그렇지 않았다.

"이번 새 프로그램은 정말 괜찮은 것 같지. 확실히 강도가 세졌어."

루미키는 자신에게 말을 건 이를 돌아보았다. 그녀보다 두어 살 많아 보이는 소녀가 같은 벤치 끝에 앉아 테이프를 뜯고 있었다. 뒤로 묶어 늘어뜨린 긴 빨강머리. 주근깨로 덮인 얼굴과 팔뚝. 헐렁한 바지와 꽉 끼는 검은색 상의. 루미키와 같은 바디 컴뱃 유니폼이었다. 그녀는 체육관에서 종종 눈에 띄었다. 보나마나 그녀도 루미키를 자주 보았을 테고. 루미키는 그녀가 자신의 동작과 몸의 굴곡, 그리고 근육의 모양을 유심히 지켜봐왔다는 걸 알고 있었다. 때가 되면 자신에게 먼저 다가와 말을 걸 거라는 것도.

"그래. 나도 마음에 들어." 루미키가 대꾸했다.

빨강머리가 루미키의 옆으로 슬그머니 다가와 앉았다. 캘빈 클라인 원과 그레이프프루트 샤워젤 향기가 그녀의 땀 냄새를 완벽히 가려주었다. 계속해서 테이프를 뜯어내는 그녀의 이두박근이 씰룩거렸다. 그 팔뚝에는 쌍둥이자리를 연상시키는 주근깨 일곱 개가 뿌려져 있었다.

순간 루미키의 뇌리를 스치는 기억들이 있었다. 그녀는 CK1 향수를 즐겨 뿌리는 또 다른 사람을 알고 있었다. 목에 쌍둥이자리 문신을 새긴 사람. 그녀는 깃털처럼 부드러운 키스로 목에 뿌려진 별들을 훑어나갔다. 그녀의 입술이 카스토르를 지나 폴룩스에 이르렀을 때 문신의 주인은 더 참지 못하고 루미키의 손목을 움켜잡으며 뜨거운 키스를 퍼부었다.

그게 고작 작년 여름의 일이었나? 기분으로는 백 년도 더 된 것 같은데.

루미키는 물병을 집어 들고 벌컥벌컥 마셨다. 여자는 여전히 루미키의 말이 이어지기를 기다리고 있었다. 바짝 다가와 앉은 자신이 무안해지지 않기를 바라며. 루미키는 앞으로 무슨 일이 벌어지게 될지 잘 알고 있었다. 대화, 수다, 커피, 그리고 잔인한 모습을 드러낼 수밖에 없는 불쾌한 상황.

너 때문이 아니야. 내가 문제야.

지금은 아닌 것 같아. 아직은. 어쩌면 영영 아닐 수도 있고.

그냥 친구로만 지내자.

그들은 서로를 피해 다니려 무던히 애를 쓰게 될 것이다.

그리고 루미키는 그 모든 게 누군가를 떠올리게 하는 그녀의 향수 때문임을 끝내 설명하지 못할 것이다. 그녀는 솔직해질 자신이 없었다. 처음부터 거짓말을 해야 한다는 건 그녀에게 큰 부담이었다. 거짓말은 결국 그녀를 곤란한 상황과 무성의한 후회, 그리고 둔한 짜증으로 이끌게 될 것이다.

다 무의미한 일이었다. 루미키는 아까운 시간을 그런 데 허비하고 싶지 않았다. 상대의 기분도 챙겨야 했고. 그녀는 계속 물을 들이켰다. 어색한 침묵이 이어졌다. 소녀는 몸을 꼼지락거리며 흘러내린 머리를 쓸어 넘겼다.

"나중에 보자." 그녀가 말했다.

루미키는 한 손을 살짝 들어 인사했다. 소녀는 운동 가방을 챙겨 들고 멀리 떨어졌다. 루미키의 입에서 긴 한숨이 터져 나왔다. 바디 컴뱃이 안겨준 도취감은 사라져버린 지 오래였다. 땀에 젖은 그녀의 운동복은 차갑게 식어 있었다.

클래스에서 들은 마지막 곡이 계속해서 그녀의 머릿속을 맴돌았다. 〈항복〉. 가끔 싸우기보다 항복을 택해야 할 때가 있었다.

모두를 위해서.

루미키는 텅 빈 사우나로 들어갔다. 그녀는 뜨겁게 달구어진 돌들에 물을 뿌리지 않고 앉아 기분 좋은 온기를 온몸으로 받았다. 목에서 배어나온 땀방울들이 등골을 타고 흘러내렸다. 여름과 가을의 기억들이 땀과 함께 배출되고 있었다. 하지만 지금은 후회와 갈망으로 시간을 허비할 때가 아니었다. 몸을 웅크린 그녀는 속이 울렁거림을 느꼈다.

그녀를 빤히 응시하는 담청색 눈. 그것은 이내 어디론가 사라져버렸다.

"더 이상 서로 보지 않는 게 좋겠어."

"영원히?"

"당분간만. 나 혼자서 해결해볼 거야. 지금 같이 있는 건 좋지 않아. 너에게까지 부담을 줄 순 없다고."

그때 루미키는 비명을 지르고 싶었다. 내 인내심의 한계는 내가 더 잘 알아. 그게 나한테 부담이 되는지도 내가 판단하는 거고. 내 몸은 내가 알아서 챙길 거야. 그녀는 어리고 약하다는 이유만으로 무시당하고, 차단당하는 걸 견딜 수 없었다. 루미키는 그보다 훨씬 더한 일도 겪어봤다고, 이토록 극성스럽게 보호받을 이유가 없다고 항변하고 싶었다.

고래고래 소리쳐봐도 소용없다는 걸 그녀도 알고 있었다. 그 아름다운 담청색 눈은 이미 결심을 굳혀놓은 상태였다. 루미키는 그냥 받아들일 수밖에 없었다. 이 장면에서는 그래야 한다고 대본에 나와 있었다.

"'당분간'이라니 무슨 뜻이야? 계속 통화는 할 수 있지?"

루미키는 절박함이 묻어나오는 자신의 카랑카랑한 목소리가 마음에 들지 않았다. 목이 메어왔지만 울음은 터지지 않았다. 그녀는 이미 오래전에 우는 능력을 상실해버렸다. 지난 여름, 작정하고 다시 시도해보았지만 끝내 눈물을 뽑아내지 못했다.

전화도, 이메일도, 페이스북 메시지도, 편지도, 손전등을 이용한 한밤중의 모스 부호도, 쌀쌀한 가을밤에 뿌려지는 연기 신호도, 안개와 벽과 문을 꿰뚫을 정도로 강렬한 텔레파시도, 그 어떤 방법도 쓸 수 없었다. 완전한 침묵만이 허용될 뿐이었다. 마치 그 사람이 지구상에서 자취를 감춰버린 듯했다. 처음 나타났을 때와 마찬가지로 갑작스럽고 뻔뻔하게.

루미키는 5월의 그날을 생생히 기억하고 있었다. 햇살은 놀랍도록 눈부셨고, 기온은 그 해 처음으로 20도를 넘어섰다. 그녀는 옷을 잔뜩 껴입은 채 다운타운을 걷고 있었다. 여울 옆 기슭에 다다른 그녀는 재킷을 벗고 벤치에 앉아 빠르게 흘러가는 검은 물을 물끄러미 바라보았다. 태양의 온기가 그녀의 얼굴로 쏟아져 내렸다. 아이스크림을 먹기에 제격인 날씨였다. 운 좋게도 그녀

옆에는 아이스크림 가판대가 있었다. 루미키는 재킷을 어깨에 걸치고 긴 줄이 서 있는 가판대로 향했다. 봄 들어 처음 먹는 아이스크림을 앞에 두고 모두가 한껏 들떠 있는 모습이었다.

줄을 서서 기다리는 동안 루미키는 감초사탕 맛과 레몬 맛 중 무엇을 먹을 것인지를 놓고 고민에 빠졌다. 그녀의 첫 번째 선택은 감초사탕이었다. 하지만 레몬도 나쁘지 않을 것 같았다. 5월의 눈부신 햇살은 뜨겁고 긴 여름을 예고하고 있었다. 마침내 그녀의 차례가 되었고, 그녀의 고민은 계속 이어졌다.

담청색 눈이 주문을 위해 입을 연 루미키를 유심히 보았다. 아이스크림 장사는 눈치가 빨랐다.

"아무 말도 하지 마. 내가 맞혀볼게. 초콜릿이나 딸기는 아닌 것 같고. 바닐라는 확실히 아니고. 캐러멜 퍼지도 아닐 거야. 새로 나온 맛은 무조건 먹어봐야 하는 멍청하고 호기심 많은 타입으로 보이지도 않는군. 넌 감초사탕을 좋아하지? 척 보면 알 수 있다고."

담청색 눈이 살짝 가늘어졌다. 다시 초점을 맞추려는 듯이.

"하지만 지금 네가 원하는 건 레몬이야. 이제 봄은 아니지만 그렇다고 본격적인 여름도 되지 않았으니까. 넌 상큼하고 노란 걸 원하고 있어. 메이 선 아이스크림."

루미키는 말문이 막혀버렸다.

"딱 한 스쿱만 먹겠지? 하지만 와플 콘은 원치 않을걸. 설탕 묻힌 판지를 씹는 기분이 드니까. 작은 컵에 담아줄게."

아이스크림 장사는 냉동고 쪽으로 돌아섰다. 루미키는 온몸이 화끈 달아오르는 걸 느꼈다. 속옷 차림으로 있어도 몸이 식지 않을 것 같았다. 그는 꽤 오래 뜸을 들였다. 어색한 순간이 계속 이어졌다. 루미키는 아직도 입을 열지 못하고 있었다. 마침내 소년이 돌아서서 루미키에게 냅킨과 아이스크림을 건넸다. 루미키가 돈을 꺼내려 주머니를 뒤적이자 담청색 눈에 미소가 스쳤다.

"됐어. 내 선물이야."

루미키는 고맙다고 얼버무린 후 홱 돌아섰다. 볼이 화끈거렸다. 엑스선 촬영이라도 당한 듯한 기분이었다. 마음이 불편했고, 온몸이 따끔거렸다. 다시 여울 옆 벤치로 돌아온 그녀는 냅킨에 적힌 메시지를 발견했다.

"전화해. 너도 그러고 싶잖아." 그리고 전화번호.

루미키는 고개를 저었다. 제멋대로 넘겨짚다니. 얼간이 자식. 하지만 그날 밤, 그녀는 땀이 배어나오는 손으로 그 번호를 누르고 말았다.

이기적인 얼간이. 한심한 겁쟁이. 아무짝에도 쓸모없는 포기자. 루미키는 그와 이별을 고한 날 밤 침대에 누워 그 말을 반복해댔다. 하지만 그녀는 그 얼간이, 겁쟁이, 포기자를 사랑했다.

또한 그의 결정을 이해했다. 그걸 따르고 싶지는 않았지만. 그녀는 기다리며 희망을 가졌고, 또 희망을 갖고 기다렸다. 전화벨이 울릴 때마다 깜짝깜짝 놀랐고, 창가에 앉아서는 그와 비슷한 걸음걸이를 찾아 거리를 훑었다. 한밤중에 일어나 진한 블랙커피를 끓여 마셨다. 어차피 밤새도록 누워 있어도 잠이 올 것 같지 않았다. 짙은 커피 향기가 그녀에게 위안을 주었다. 마치 따뜻한 담요를 두르고 있는 듯한 아늑함과도 같았다. 그녀는 목멘 느낌을 녹여버리기 위해 뜨거운 커피를 연신 홀짝였다.

몇 주, 몇 달이 흐르면서 목에 걸린 덩어리는 서서히 줄어들었다. 갈망도 어딘가로 사라져버렸다. 그녀는 일부러 희망을 버렸다. 더는 쓸모가 없었기 때문이다. 보나마나 그들은 두 번 다시 서로를 보지 못할 것이다.

루미키가 사우나 돌에 물을 뿌리자 스토브가 요란하게 치칫 소리를 냈다. 확 피어오른 뜨거운 증기가 그녀의 등과 목을 휘감았다. 루미키는 허리를 펴고 몸에 긴장을 풀었다. 손으로는 따끔거리는 눈을 훔쳤다. 땀이다. 땀일 뿐이다.

그날 저녁, 루미키는 아파트와 하얀 벽을 물끄러미 응시하며 미술시간에 틈틈이 그리고 있는 작품을 떠올렸다. 그녀는 재능 있는 화가나 일러스트레이터는 아니었다. 그저 시각 예술을 사랑할 뿐. 그녀는 유능한 아마추어 정도만 되어도 충분히 만족할 수 있었다. 그녀는 순전히 재미삼아 미술을 선택했다. 그림을 그리는 건 무척 즐거운 일이었고, 스트레스를 푸는 가장 좋은 방법이었다. 학교를 떠나면 공짜 물감과 캔버스와 스튜디오와도 영영 작별을 고해야 하겠지.

검정, 검정, 검정. 이미 그렇게 칠해놓았음에도 루미키는 더 새까맣게 덧칠을 하고 싶었다. 더 거칠게. 금과 틈을 만들어 평면적인 느낌이 들지 않도록. 그녀는 겹겹이 덧칠된 캔버스를 신문지 깔린 스튜디오 바닥에 놓아두고 의자에 올라가 붉은 물감을 뚝뚝 떨어뜨리기 시작했다. 검은 바탕에 붉은 빗방울이 후드득 뿌려졌다. 마치 흩뿌려진 피처럼.

그림은 완성 단계에 이르러 있었다.

루미키는 그림에 붙일 제목을 떠올려보았다. **여자친구들.**

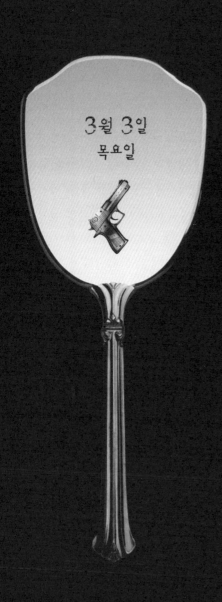

15

하얗고, 촘촘하고, 폭신하고, 얇게 비치는 게 꼭 생크림으로 만든 산 같았다. 까마득하게 먼 곳에서 떼를 지은 하얀 구름들이 느리고 활기 없이 몰려오는 중이었다.

"저녁이 되면 날은 식어버리고······." 그녀의 머릿속에 스웨덴 시 한 수가 떠올랐다.

날은 아직 식지 않았지만 최악의 열기는 물러간 후였다. 꿀 같은 공기가 커다란 깃털처럼 그녀의 몸을 훑고 지나갔다. 발가락과 허벅지, 그리고 팔뚝. 부두에서는 알몸으로 누워 하늘과 구름을 올려다볼 수 있었다. 기나낌. 갈망. 이미 가까이 있는 상대에 대한 열망. 피부에 느껴지는 그 표정이 그녀를 미소 짓게 했다.

"내 연약하고 갈망하는 어깨를 잡고······."

공기가 머금고 있는, 혹은 몸에서 치솟는 온기. 부질없는 생각들을 떨쳐내주는 온기. 조급한 나른함, 나른한 조급함. 한없이 이어지는 여름의 무상함. 모든 게 만족스럽고 함께 있는 게 혼자일 때보다 좋은 순간. 이런 기분이 영원히, 영원히 계속될 거라는 기대. *우린 그냥 여기 있으면 돼. 이 사람이랑 같이 있고 싶어. 여기서 저 손을 수십, 수백, 수천 번 잡아볼 거야. 말은 필요 없지. 입을 닫고 우리 호흡이 자연스럽고 평온한 리듬을 찾아나가는 걸 들어볼까? 물론 어느 순간에 갑자기 빠르고 다급하게 변할 수도 있겠지만.*

여름이 지나고 노란 자작나무 낙엽들이 찬바람에 휘날렸다. 그런 생각들은 꿈처럼 아득했다. 그것도 다른 사람의 꿈처럼.

하늘을 물끄러미 올려다보던 루미키는 한숨을 내쉬며 경찰서 쪽으로 시선을 돌렸다. 버스 터미널의 커다란 창문들을 내다보며 무슨 일이라도 벌어지기를 하염없이 기다린 지도 벌써 3시간이 지나 있었다.

부질없는 짓이었다.

매서운 추위 속에서 그녀는 엘리사의 아버지, 테르호 배이새넨을 미행했다. 그는 퓌니키의 집을 나와 곧장 고속도로로 들어섰다. 배이새넨이 경찰서로 들어가는 걸 확인한 루미키는 버스 터미널에 자리를 잡고 감시에 들어갔다. 경찰서 안에서 기다리는 건 부담스러웠다. 여권을 발급받으려고 기다리는 척할 수도 있었지만 그녀는 안전한 방법을 택했다.

버스 터미널에서는 아무도 루미키를 수상하게 여기지 않았다. 추레한 노숙자 같아 보이진 않았지만 그렇다고 기억에 남을 만큼의 인상적인 차림도 아니었다.

하지만 이렇게 하루를 날리는 건 아무리 생각해도 터무니없었다. 보나마나 배이새넨은 오후 네 시가 다 되어서야 퇴근길에 오를 것이고, 이 무모한 잠복은 아무런 소득 없이 끝날 게 뻔했다.

앞에 놓인 블랙커피는 벌써 네 잔째였다. 루미키는 어떻게든 졸지 않으려 애쓰는 중이었다.

돈. 엘리사를 노리는 남자들. 사진 속 젊은 여자. 북극곰.

이 모든 게 다 하나로 엮여 있단 말이지?

배이새넨이 그 미스터리를 풀 열쇠라고 그녀는 확신했다. 엘리사의 생각도 다르지는 않았지만 자신의 아버지가 나쁜 일에 연루되었다는 걸 믿으려 하지 않았다. 믿어야 했음에도. 문제의 사진들을 두 눈으로 확인하는 순간 엘리사의 얼굴은 잿빛으로 변했다. 그녀 안에서 무언가가 와르르 무너져 내렸다. 그나마 남아있던 동심이 사라지고 정체성의 일부가 산산이 깨져버리는 순간이었다.

루미키도 그 기분을 잘 알고 있다. 1학년 때 기억이 떠올랐다. 크리스마스를 코앞에 둔 늦가을의 어느 날, 그녀는 거울을 들여다보고 있었다. 거울 속에는 겁에 질리고 충격에 휩싸인 작은 소녀가 서 있었다. 소녀는 자신에게 무슨 일이 벌어졌는지, 현실 속에서 그런 일이 과연 가능한지 의아해하는 모습이었다. **난 이제 내가 아니야.** 소녀는 생각했다. 그리고 그것은 사실이었다. 소녀는 이미 또 다른 누군가가 되어 있었다.

옛날, 아주 먼 옛날, 공포를 알게 된 소녀가 살았답니다.

하염없이 경찰서를 바라보던 루미키는 눈을 쉴 겸 터미널 안을 찬찬히 둘러보았다. 1년 전쯤 새단장을 마친 터미널은 기능주의적인 건물이었다. 커다란 창문들로 아침 햇살이 쏟아져 들어왔다. 바깥의 현혹적인 광채를 무시하고 햇살에만 집중하면 마치 여름이 된 듯한 착각이 들 정도였다.

루미키는 대합실 의자에 몸을 기대고 눈을 감고 싶었다. 다시 한번 따뜻한 꿈을 꾸며 이 모든 걸 포기하고 싶었다. 그 여름의 기쁨과 슬픔을 다시 온몸으로 느껴보고 싶었다. 대체 난 여기서 뭘 하고 있는 거지?

비보 탐은 타블로이드 신문 속 스도쿠 퍼즐을 풀며 경찰서를 흘끔 돌아보았다. 그는 보리스 소콜로프를 이해할 수가 없었다. 하루 종일 몸을 숨긴 채 근무 중인 형사를 감시하라니, 너무나 어리석은 일이다. 하지만 소콜로프는 수상한 낌새가 보인다는 말만 되풀이할 뿐이었다. 그는 배이섀넨이 나탈리아의 이메일을 확인하고도 아무 반응이 없는 이유를 궁금해 했다. 자신이 '전송'을 클릭하기가 무섭게 배이섀넨이 답신을 보내온다며 나탈리아가 킥킥거리곤 했다고 소콜로프는 말했다.

오늘 심상치 않은 일이 벌어질 거야. 소콜로프는 말했다. 그의 예감에 의문을 제기하는 건 현명한 일이 아니었다.

비보는 소콜로프에게 배이섀넨을 찾아가서 만나지 않는 이유를 물었다. 그러나 그를 만나 단단히 경고한다고 해결될 문제는 아니었다. 사실, 비보는 상대를 겁주고, 그들의 입을 단단히 틀어막는 데 남다른 재능을 가지고 있었다. 그를 만나본 사람들은 두 번 다시 문제를 일으키지 않았다.

불행하게도 이번에는 그럴 수가 없었다. 긴밀한 협력 관계를 이어가려면 형사와 함께 있는 모습을 절대 보여서는 안 되었다. 그저 멀리서 지켜볼 수밖에 없었다.

소콜로프는 배이섀넨이 자신의 뒤통수를 치려한다고 믿었다. 그는 배이섀넨에게 공범들이 있는지 알고 싶어 했다.

이 칸에 맞는 숫자가 9인가, 7인가? 난이도가 너무 높은 걸 골랐나? 별 다섯 개 말고 세 개짜리로 할 걸. 괜히 머리만 아프군. 사실 그는 스도쿠에 별로 집착하지 않았다. 그저 무료한 시간을 빨리 흘려보내고 싶은 마음뿐이었다. 비보는 연필 끝을 질경질경 씹어대며 경찰서를 돌아보았다.

그의 소중한 하루는 그렇게 허비되고 있었다.

루미키는 엘리사에게 연락하려고 휴대폰을 꺼냈다. 그녀와의 약속은 더 이상 지킬 수 없었다. 무익한 잠복으로 허비되는 시간이 너무 아까웠다.

테르호 배이새넨은 전날 밤 확인한 이메일을 떠올렸다. 북극곰에게 직접 연락할 길이 없어 역시 암호명을 쓰는 그의 '조수'에게 답신을 보냈다. 조수는 테르호에게 탐페레 컨벤션센터 남자 화장실의 세 번째 칸, 변기 수조 안에 숨겨진 휴대폰을 찾아 연락처 목록 맨 위 번호로 전화하라고 했다. 그러면 추가적인 지시를 받을 수 있을 거라고 했다. 오늘이 지나면 휴대폰은 사라져버릴 거라나?

내가 너무 무리하는 건 아니겠지?

어쩌면 보리스 소콜로프, 그리고 에스토니아인들과 계속 좋은 관계를 이어가는 게 현명한 일인지도 몰랐다. 그들은 단순한 중간급 범죄자들이었다. 소콜로프의 위치는 에스토니아인들보다 높았지만 그 역시 한낱 졸개에 불과했다. 하지만 북극곰은 그들과는 차원이 다른 존재였다. 그에 대한 소문은 많이 돌았지만 신빙성에 대해서는 꾸준히 의문이 제기되었다. 테르호 주변에는 그를 실물로 보았다는 사람이 단 한 명도 없었다.

하지만 그의 돈을 원한다면 무엇이든 해야 했다. 그는 그 돈을 간절히 원하고 있었다. 어떻게 해서든 손에 넣어야 했다. 적지 않은 노름빚을 갚을 시간이 빠르게 다가오고 있기 때문이다.

코트를 걸치는 테르호의 뱃속에서 꼬르륵 소리가 새어 나왔다. 그는 소중한 점심시간을 컨벤션센터 화장실에서 보내기로 했다.

남자가 경찰서를 걸어 나오고 있었다.

비보 탐은 정신이 번쩍 들었다.

루미키도 마찬가지였다.

탐의 반응이 조금 빨랐다. 루미키는 갑자기 움찔하며 스도쿠를 내려놓는 남자를 유심히 보았다. 눈에 익은 얼굴. 남자가 자리에서 벌떡 일어났다. 걸음걸이, 구부정한 자세, 그리고 두 팔을 앞뒤로 흔드는 모습. 루미키는 한눈에 그를 알아볼 수 있었다.

그녀를 추격했던 남자.

남자는 잽싸게 터미널을 빠져나갔다. 루미키는 그가 이곳에 온 것, 자신과 동시에 반응한 것이 우연이 아니라는 걸 깨달았다. 단순한 사실이 둘을 하나로 연결해주었다.

같은 표적.

빌어먹을. 일이 점점 꼬여가고 있었다. 이제 그녀는 한 명이 아닌, 두 명의 남자에게 들키지 않도록 몸을 사려야 했다.

16

루미키는 컨벤션센터의 로비에 어정쩡한 모습으로 서 있었다.

아직까지는 별 문제 없었다. 엘리사의 아버지는 목적지에만 집중했고, 그의 추격자는 그를 미행하는 데에만 정신이 팔려 있었다. 덕분에 루미키는 그들에게 들키지 않고 이곳까지 올 수 있었다. 그녀는 최대한 멀리 떨어져 두 남자를 쫓았다. 내가 보이시나요? 이제 사라졌어요. 그녀에게도 익숙한 게임이었다.

철교를 건너온 그들은 대학교를 지나 컨벤션센터가 자리한 북쪽으로 방향을 틀었다. 안으로 들어선 루미키는 예기치 못한 문세에 식년하게 되었다.

테르호 배이새넨은 바닥 중앙을 따라 만들어진 킴모 카이반토*

* 핀란드의 예술가

의 〈푸른 선〉을 따라 곧장 중앙 홀로 향했다. 곳곳에 땅딸막한 암청색 조각상들이 전시되어 있었다. 배이새넌은 남자 화장실로 들어가버렸고, 그의 추격자는 문 밖에 멈춰 잠시 주위를 살피다가 그를 따라 안으로 들어갔다.

루미키는 자신에게 주어진 선택지를 꼼꼼히 따져보았다. 로비에 숨어 기다릴 수도 있지만 화장실에서 무언가 결정적인 일이 벌어질지도 모른다. 아니, 보나마나 그럴 것이다. 엘리사의 아버지가 형형색색의 타일이나 감상하며 볼일을 보기 위해 이곳까지 왔을 리는 없다. 그에게는 분명 다른 이유가 있었을 것이고, 루미키는 그것이 무엇인지 알아내야 한다. 하지만 무작정 남자 화장실로 쳐들어갈 수는 없는 일이다. 남자인 척하며 들어간다면 또 모를까.

루미키는 휴대품 보관소 옆에 붙은 거울을 들여다보았다. 그녀는 짙은 색 옷차림에 회색 니트 모자를 쓰고 있었다. 완벽히 중성적인 모습이었다. 두꺼운 겨울 외투가 몸의 굴곡을 적절히 가려주었다. 머리를 모자 안으로 쑤셔 넣고 자세를 바로잡았다. 얼굴 표정도 바꾸었다.

놀라운 변신이었다. 거울 속에서는 모자를 내려 쓴 십 대 소년이 그녀를 노려보고 있었다.

가장 중요한 건 걸음걸이였다. 긴장을 풀고 다리를 살짝 벌렸다. 허리를 적당히 구부리고 남자 화장실로 다가가 당당하게 문을 열었다.

🍎

테르호 배이새넨의 손가락이 변기 수조 뚜껑에서 미끄러졌다. 뚜껑은 놀라울 정도로 무겁고 뻑뻑했다. 작은 틈에 손톱을 끼워 넣으려고도 해봤지만 전혀 도움이 되지 않았다. 그보다 긴 무언가가 필요했다. 테르호는 주머니 안을 뒤적이기 시작했다. 리플렉터 완장과 운전면허증은 무용지물이었다. 외투 주머니 깊숙한 곳에서 낡은 자전거 자물쇠 열쇠가 만져졌다. 그거라면 뚜껑 밑에 끼워 넣기 충분할 것 같았다. 그는 최대한 조용히 수조 뚜껑을 들었다. 그때 그의 왼쪽 옆 칸으로 누가 들어가는 소리가 들렸다.

뭐야? 재수 없게. 하필 지금 사람이 들어오다니.

열쇠는 위태롭게 구부러진 상태였다. 마침내 뚜껑이 조금씩 움직이기 시작했다. 뚜껑이 수조 가장자리에 부딪치면서 요란한 소리를 냈다. 조용한 화장실 안에서 폭탄이 터진 것 같았다.

화장실 문이 다시 열렸다. 젠장. 귀가 하나 더 늘었군. 방금 들어온 누군가는 그의 오른쪽 옆 칸으로 들어갔다. 테르호는 포위된 기분이었다. 그는 심호흡을 하며 뛰는 가슴을 진정시켰다. 컨벤션 센터는 공공장소이고, 이 화장실은 누구나 사용할 수 있다. 사람들이 속속 들어오는 건 지극히 자연스러운 일이다. 하필 이 순간에 세 남자가 나란히 앉아 큰일을 보고 있는 상황이 짜증날 뿐이었다. 아니, 엄밀히 말하면 두 남자가.

테르호는 외투를 벗고 셔츠 소매를 걷어 올렸다. 그런 다음, 한 손을 수조 안으로 넣어 물을 휘휘 저어보았다. 수조 안의 물이 깨끗하다는 걸 알면서도 그는 강한 혐오감을 떨쳐낼 수 없었다. 내가 칸을 제대로 찾은 건가? 그들이 휴대폰을 챙겨 가버린 건 아닐까? 만약 이게 함정이라면?

그때 그의 손끝에 무언가가 닿았다.

빙고.

테르호는 수조에서 검은 케이스를 꺼냈다. 보나마나 방수 처리가 되어 있을 것이었다. 그는 조심스레 케이스를 열고 비닐에 싸인 휴대폰을 꺼내 외투 주머니에 집어넣었다. 케이스는 다른 쪽 주머니에 넣었다. 그는 변기 수조 뚜껑을 제자리에 내려놓았다. 귓속에서 맥이 요란하게 뛰고 있었다. 마치 미치광이 드러머의 연주를 듣고 있는 듯했다. 손이 덜덜 떨리고, 극심한 공포에 다리까지 후들거렸다. 두려워할 게 전혀 없었음에도.

테르호는 외투를 걸치고 나와 세면대 앞으로 다가갔다. 그리고 비누로 손을 격렬히 씻었다. 변기 수조에 남겨놓은 자신의 지문을 닦아내고 싶었지만 꾹 참았다. 그 정도로 과한 뒤처리는 필요 없다는 판단이었다.

다른 칸 사람들은 여전히 각자 볼일에만 집중하고 있었다. 변비도 전염이 되나? 테르호는 생각했다. 그는 손을 말린 후 화장실을 나섰다.

루미키는 속으로 시간을 헤아렸다. 배이새넨은 옆 칸에서 한참을 끙끙거렸다. 변기 수조 뚜껑을 여는 소리도 들려왔다. 수상쩍은 작업을 마친 그는 손을 씻고 밖으로 나가버렸다.

잠시 후 추격자가 변기 물을 내렸다. 볼일을 마친 척하는 것이었다. 그는 손을 씻지도 않고 밖으로 나갔다. 루미키는 화장실을 쓰고 나서 손을 씻지 않는 사람들을 혐오했다. 그녀는 결벽증 환자가 아니었다. 그저 기본적인 위생에 집착할 뿐이었다.

다섯, 여섯, 일곱, 여덟……

루미키는 10초까지 센 후 문을 열고 나와 손을 씻었다. 밖으로 나오니 건물을 나서는 테르호 배이새넨이 눈에 들어왔다. 남자의 미행도 다시 시작되었다. 루미키는 그들을 놓치지 않으려 황급히 건물을 빠져나왔다.

밖의 공원과 연못은 황홀할 정도로 아름다웠다. 모든 나무가 서리나 눈에 덮여 있었다. 섬세한 결정들이 햇빛을 받아 눈부시게 반짝였다. 눈의 여왕이 썰매를 타고 긴 머리와 옷자락을 휘날리면서 공원 구석구석에 빙정氷晶을 뿌려댔던 모양이었다. 덕분에 세상은 하얗고 매혹적으로 변해 있었다.

눈의 여왕의 입김. 얼음과 바람.

루미키의 입김. 뿜어낸 수증기가 서리가 되어 목도리와 보드라운 볼에 달라붙었다.

조깅 코스를 따라 걷던 루미키는 운동 기구 앞에 멈춰 서서 턱걸이를 몇 번 했다. 그녀의 귀는 여전히 쫑긋 세워진 상태였다. 주머니에서 꺼낸 휴대폰을 한동안 만지작거리던 테르호 배이새넨이 연못 앞에서 누군가에게 전화를 걸었다.

추격자는 뒤편 나무에 몸을 기댄 채 서서 담배에 불을 붙이고 있었다. 배이새넨은 자신이 미행당하고 있다는 걸 눈치 채지 못한 듯했다. 턱걸이를 하는 루미키에게도 그는 수상해하는 눈길 한 번 주지 않았다. 그는 누구도 자신의 통화 내용을 엿듣지 못할 거라고 확신하는 모양이었지만 겨울의 차가운 정체 공기 속에서 음파가 더 멀리 뻗어나간다는 사실은 모르는 듯했다.

셋, 넷, 다섯.

루미키는 턱걸이를 하며 엘리사의 아버지를 유심히 지켜보았다.

"여보세요? 난…… 내가 누군진 알죠?"

영어라서 알아듣기 조금 버거웠다. 배이새넨은 연못을 향해 서서 나지막한 목소리로 통화를 이어갔다. 핀란드어라면 잘 들리지 않는 부분의 내용도 대충 짐작할 수 있었을 텐데.

루미키의 두 팔이 아파왔다. 오랜만에 턱걸이를 해보겠다고 무리한 탓이었다. 하지만 그녀는 포기하지 않았다.

추격자도 통화 내용을 엿듣기 위해 애쓰고 있었다.

열둘, 열셋.

"북극곰…… 그렇게 일찍 말입니까? 내일 저녁 여덟 시요. 알겠습니다. 검은 넥타이. 그럼 저……."

상대는 테르호 배이새넨의 마지막 한 마디를 마저 듣지 않고 도중에 끊어버렸다. 하지만 루미키는 이미 충분한 정보를 얻었다. 그러니까 엘리사의 아버지가 결국 북극곰의 파티에 참석한다 이거지?

순간 루미키의 팔에서 힘이 쫙 빠졌다. 바닥에 주저앉은 그녀는 바르르 떨리고 욱신거리는 근육을 주물렀다.

젠장. 투명인간이 되기란 쉽지 않군.

배이새넨과 추격자가 동시에 그녀 쪽을 돌아보았다. 더 이상 그들을 미행할 수 없게 된 것이었다. 아쉽지만 현실을 받아들이고 자연스럽게 연기를 마무리 지어야 했다.

루미키는 계속 남자인 척하며 연못가를 따라 가볍게 조깅을 시작했다. 컴뱃부츠가 얼음으로 덮인 산책로에서 연신 미끄러졌다. 하지만 의지만으로는 그걸 미끄럼 방지 운동화로 둔갑시킬 수 없었다. 힘들지만 의연한 자세를 유지하려 애쓸 수밖에.

여긴 볼 거 없어요, 아저씨들. 난 그저 운동하러 나온 학생일 뿐이에요.

그녀는 연못을 돌아 곧장 집으로 향할 생각이었다. 따뜻한 차를 홀짝이며 자신이 목격한 것을 엘리사에게 보고하면 그녀가 할 일은 끝이 난다.

하지만 루미키는 그것이 덧없는 희망이라는 걸 이내 깨달을 수 있었다. 갑자기 뒤에서 누군가의 무거운 발소리가 들려왔기 때문이다.

17

보리스 소콜로프가 계속 전화했지만 비보 탐은 받지 않았다. 잠복을 위해 휴대폰을 꺼놓은 모양이었다. 하긴, 더 이상의 감시가 무의미하다는 걸 모르고 있을 테니. 보리스는 방금 전 북극곰으로부터 테르호 배이새넨이 연락했다는 소식을 전해 들었다. 북극곰 측 사람들이 특이한 방법으로 초청장을 전달했다는 소식. 보리스는 그런 북극곰의 일처리 방식을 이해하지 못했다. 가끔 북극곰이 신중을 기하는 게 아니라 그냥 상대를 가지고 노는 걸 즐기는 게 아닌지 의아할 때도 있었다. 후자의 가능성도 전자만큼이나 컸다. 가끔 북극곰의 시시에 따르다보면 지금처럼 진이 빠질 때가 있었다. 보리스는 자신이 특권을 가진 위치에 있다는 걸 알고 있었다. 지금은 북극곰의 총애를 받고 있지만 언제 그의 눈 밖에 날지 모르는 일이었다. 그는 항상 공포에 짓눌려 살았다. 목에 보이지 않는 올가미를 걸고 다니는 기분이었다. 그에게는 단 한 번의 실수도 용납되지 않았다.

그래서 그는 이번 일에도 만전을 기하고 있었다. 에스토니아인과 경찰 끄나풀의 관계를 의심하는 사람이 생겨서는 곤란하다. 탐이 어리석은 일을 벌이지 않도록 신경 써서 관리하는 것 역시 중요했다. 비보는 진정한 프로였고, 괜찮은 녀석이지만 가끔 필요 이상으로 흥분할 때가 있다. 냉정을 잃는 순간 종잡을 수 없고 통제가 안 되는 위험인물로 돌변할 수 있었다.

보리스는 그에게 문자 메시지를 전송했다. **"됐어. 임무를 중단해."**

비보 탐의 걸음이 점점 빨라졌다. 지난번처럼 놓칠 수는 없었다. 이번에는 본때를 제대로 보여줄 참이었다. 두 번의 실수는 있을 수 없다. 어느새 이것은 지극히 개인적인 문제였다. 주머니 안에서 휴대폰 진동이 울렸다. 누군가가 통화를 원하고 있었지만 비보는 받을 수 없었다. 눈앞의 문제가 깨끗이 처리될 때까지는.

처음 한동안은 철봉에 매달린 소년이 눈에 익은 이유를 알지 못했다. 그래서 비보는 좀 더 유심히 지켜보았다. 코트. 언젠가 본 적 있는 옷인데. 소년이 조깅을 시작하는 순간 탐은 깨달았다. 소년이 아니었다. 소녀였다. 애써 아닌 척했지만 그는 속지 않았다.

그런데 테르호 배이새넨은 왜 저 애를 알아보지 못했을까? 자기 딸을?

몇 초 후, 진실을 깨달은 그는 충격을 받았다. 소녀는 형사의 딸이 아니다. 어쩌다 이 상황에 휘말리게 된 전혀 엉뚱한 아이였다. 비보는 어떻게 된 일인지 직접 확인해보기로 했다.

소녀의 뜀박질이 빨라지자 비보의 안에서 부아가 치밀어 올랐다. 고작 저런 애송이에게 놀아나다니. 그는 소녀를 쫓느라 손발을 얼려가며 고생했던 때를 떠올렸다. 퓌니키 덤불숲에서 약을 팔거나 버스 터미널에 앉아 스도쿠를 풀 수 있는 귀한 시간을 그렇게 허비해버렸으니 속이 쓰릴 수밖에. 그날 빨간 모자 소녀는 그를 바보로 만들어버렸다.

그는 소녀를 붙잡아 이 일에 어떻게 엮여 있는지 알아낼 생각이었다.

그리고 어른들의 놀이에 멋모르고 뛰어들면 어떤 봉변을 당하게 되는지 똑똑히 알려주기로 했다.

컨벤션 센터 옆으로 나있는 좁은 오르막길은 얼음으로 덮여 미끄러웠다. 어느새 루미키는 칼레바 가로 들어서 있었다. 폐를 찢을 듯한 추위와 두꺼운 코트, 그리고 불편한 신발. 겨울 조깅과 어울리는 조건은 하나도 갖춰지지 않았다.

루미키는 뒤를 흘끔 돌아보았다.

남자는 거리를 많이 줄여놓은 상태였다.

루미키는 이를 악문 채 가쁜 숨을 몰아쉬었다. 마치 혀가 꼬여버리기라도 한 듯이 쉿쉿 소리가 연신 터져 나왔다. 살을 에는 듯한 찬바람은 무자비했다.

그녀는 칼레바 가를 가로질러 반대편으로 향했다.

추워, 추워, 추워, 추워. 손도 시리고, 심장도 시리고. 손도 시리고, 심장도 시리고. 루미키는 이성적인 판단이 불가능한 상태였다. 계속 칼레바 가를 내달려야 하나? 플러스 요인, 사람과 차가 많다는 것. 마이너스 요인, 빙판 그리고 추격자의 공범이 밴을 타고 불쑥 나타날 가능성. 하지만 아무리 간이 부었다고 한들, 이런 백주 대낮에 날 납치해갈 수 있을까?

루미키는 다음 교차로에 다다라서야 진행 방향을 결정할 수 있었다. 덜 미끄러운 산책로 쪽으로 급하게 방향을 틀어 묘지 쪽으로 내달렸다.

　남자는 계속 그녀를 추격해왔다. 다행히 그도 빙판에서 무리하지 않으려 애쓰는 모습이었다.

　손도 시리고, 심장도 시리고……

　그만해.

　루미키는 머릿속에 다른 생각을 주입해보려 노력했다.

　마침 셰릴 크로*가 그녀를 구하러 와주었다.

　루미키의 부츠가 빙판에서 쉬지 않고 미끄러졌다. 그녀는 속으로 욕을 쏟아냈다. 그리고 이제부터는 항상 미끄럼 방지 밑창이 붙은 운동화를 신고 다니겠노라고 다짐했다. 언제 누가 불쑥 달려들지 모르는 일이니까. 최근 겪은 일들을 돌이켜보면, 충분히 벌어질 수 있는 일이었다.

　묘지로 들어선 그녀는 오른편에 자리한 배이뇌 린나의 무덤과 왼편에 자리한 유이세 레스키넨의 무덤을 빠르게 지나쳐 내달렸다. 죽은 작가와 가수들은 길고 따분한 겨울밤으로부터 그녀를 구해줄 수 있을지도 모르지만 지금은 아무런 도움도 주지 못한다. 설마 묘지에서 죽게 되는 건 아니겠지? 그런 아이러니한 상황은 벌어지지 않겠지?

* 미국의 싱어송라이터

그녀를 뒤쫓는 발소리는 점점 크게 들려왔다. 하지만 루미키는 돌아보지 않았다. 그랬다가는 아까운 시간만 허비하게 된다는 걸 알고 있었기 때문이다. 예배당으로 가볼까? 아니면 화장터로? 안에 누군가가 있을까? 내가 안으로 들어갈 수 있을까?

묘지에서 뛰면 안 돼.

엄마의 목소리. 엄마의 규칙. 미안해요, 엄마. 지금은 그런 규칙에 신경 쓸 때가 아니에요. 살다보면 무작정 뛰어야 할 때가 있다고요.

죽은 이들은 불평하지 않는다. 죽으면 그걸로 끝이니까. 시체들은 자신들 같은 시체가 되지 않으려 묘지를 내달리는 소녀에게 아무 관심이 없을 것이다. 발을 내디딜 때마다 신발 밑창이 미끄러졌지만 그녀는 멈추지 않았다. 찬 공기가 그녀의 폐를 갈가리 찢어놓았다. 코트와 스웨터는 스며든 땀으로 묵직해져 있었다.

묘지의 키 큰 가문비나무들은 젖빛 서리에 뒤덮여 있었다. 눈의 무게를 견디지 못한 가지들은 묘비들에 닿을 듯이 축 늘어져 있었다.

죽은 자와 산 자. 산 자와 죽은 자.

심판을 위해 다시 돌아오다.

산 자와 죽은 자.

루미키는 남자의 거친 숨소리를 똑똑히 들을 수 있었다. 잠시 후면 그의 손이 그의 코트 뒷자락을 움켜쥐게 될 것이다.

그때 이상한 일이 벌어졌다. 루미키의 뒤에서 쿵 하는 둔탁한 소리와 외마디 비명, 에스토니아어 욕설이 차례로 들려왔다. 그녀는 추격자에게 무슨 일이 벌어졌는지 깨달았다. 예기치 못한 행운이 다리에 또다시 기운을 불어넣었다.

미끄러져 넘어진 비보 탐의 왼쪽 무릎이 빙판에 부딪쳤다. 순간 그는 게임이 끝났음을 깨달았다. 그는 이제 소녀를 추격할 상태가 아니었다. 절뚝거리며 집으로 돌아갈 수만 있어도 기적일 것이다.

매 맞은 개처럼.

학대받은 잡종견처럼.

그의 안에서 분노가 다시 끓어올랐다. 이번에는 훨씬 크고, 붉고, 뜨거운 분노였다. 성한 쪽 무릎을 땅에 대고 일어난 그가 권총을 뽑아 들었나.

그는 아무 생각이 없었다. 그저 도망치는 소녀를 막아야 한다는 일념뿐. 무슨 방법을 써서라도 반드시 붙잡아야 했다. 그가 권총을 들고 소녀를 겨누었다.

루미키의 뒤에서 날카로운 소음이 들려왔다. 무언가가 그녀의 허벅지를 스치고 지나가 앞의 묘비에 부딪쳤다.

총알.

남자가 총을 쏘고 있었다.

루미키의 맥박이 급격하게 빨라졌다. 더 이상 미끄러운 빙판과 살을 에는 듯한 찬바람, 등골을 타고 흐르는 땀방울이 문제가 아니었다.

한동안 미친 듯이 내달린 루미키는 용기를 내어 뒤를 돌아보았다. 남자의 검은 윤곽은 작지만 아직 선명했다. 한 노파가 다가가 한쪽 무릎을 움켜쥔 그를 부축해 일으키고 있었다.

총은 보이지 않았다. 총알도 더 이상 날아들지 않았다.

루미키는 계속 달렸다. 용케 도망쳐 나왔다는 안도감 때문인지 몸이 한결 가벼워진 느낌이었다.

루미키는 침대에 누워 천장에 간 금들을 올려다보고 있었다. 그것들은 요상한 길처럼 얽혀 있었다. 그녀 안에서 뜨거운 분노가 타올랐다. 그녀는 닳아 해진 담청색 토끼 인형을 꼭 끌어안고 있었다. 토끼는 한쪽 귀를 잃었다. 토끼를 움켜쥔 손에 점점 더 힘이 들어갔다.

무사히 집에 돌아오자마자 루미키는 컴뱃부츠와 겨울 코트, 땀에 젖은 스웨터와 긴 소매 셔츠를 차례로 벗어던졌다. 그런 다음, 욕실로 들어가 30분간 샤워를 했다. 샤워기가 뿜어내는 뜨거운 물이 장대비처럼 그녀의 온몸 구석구석을 씻어주었다. 그녀가 쓰는 샴푸와 비누에는 향기가 없었다. 알레르기나 민감한 피부 때문이 아니라, 단지 아무 냄새도 풍기고 싶지 않았기 때문이었다.

샴푸나 비누나 로션 향기로 상대를 알아보는 건 쉬웠다. 향수나 애프터셰이브는 말할 것도 없고. 아무리 코가 막혀도 향긋한 샴푸 냄새는 똑똑히 맡을 수 있다. 돌아보지 않고 방에 누가 들어왔는지도 바로 알아맞힐 수 있다. 물론 공공장소에서 냄새만으로 상대의 신원을 알아차리는 건 어려운 일이다. 그러려면 남다른 후각을 갖고 있어야 했다. 하지만 감기에 걸리지 않은 사람이라면 어렵지 않게 역겹고 자극적인 향수 냄새를 구분해낼 수 있을 터였다.

냄새는 기억을 되살렸다. 송진 샴푸 냄새는 여름밤과 수면을 훑고 다니는 잠자리들을 떠올리게 했다. 사향 같은 샤워젤 냄새는 선명한 사진 속의 근육질 팔뚝과 환상적으로 돌출된 견갑골을 연상시켰다. 그들이 서로에게 엉겨 붙어 뒹굴던 기억. 썰렁한 농담에도 숨넘어갈 듯 웃음을 터뜨리던 기억. 그의 날카롭고 신중한 담청색 눈을 들여다보며 얼굴을 붉히던 기억. 누군가가 샤워젤 냄새를 풍기며 지나갈 때마다 그녀의 심장 박동은 빨라졌고, 무릎은 후들거렸다. 자신이 열망하는 사람이 풍기는 냄새가 아니라는 걸 잘 알면서도. 냄새는 기억에 그만큼 큰 영향을 미친다.

낯선 이의 얼굴을 기억하는 건 쉬운 일이 아니었다. 하지만 어딘가에서 우연히 그의 애프터셰이브 로션 냄새를 맡게 되면 그의 건장한 체구, 짧은 머리, 그리고 버튼다운식 체크무늬 셔츠가 대번에 떠올랐다. 그가 어디서 어떤 자세로 걸었는지, 또 그가 정확히 어느 문을 열고 들어갔는지, 그런 세세한 부분까지 기억해낼 수 있었다.

루미키는 그런 걸 원치 않았다. 낯선 이들이 어떤 식으로든 자신을 기억하는 게 싫었다. 지인들에게조차 자신의 기억을 심어주고 싶지 않았다. 그녀는 최대한 투명하게, 그리고 무취 상태로 살고 싶었다.

루미키는 피부에서 극심한 공포를 씻어내고, 발바닥에 잡힌 물집들을 대충 처리했다.

엄마의 전화도 받았고.

"괜찮아요. 아뇨. 학교도 나쁘지 않아요. 네, 돈은 아직 충분히 있어요."

거짓말. 선의의 거짓말.

언제부터 엄마에게 거짓말을 습관처럼 하게 됐지? 이 학교에
들어왔을 때부터? 아마 그랬을 것이다. 아니면 그보다 훨씬 오래
전부터. 그녀 가족은 원래 말이 없는 사람들이었다. 집 안 구석구
석마다 정적이 거미줄처럼 주렁주렁 걸려 있을 정도였다. 모두
가 자신의 일에만 신경을 썼다. 집 안의 금기들은 외부인들이 절
대 짐작할 수 없을 정도로 기묘했다. 지금 루미키가 손에 쥐고 있
는 봉제인형이 그랬다. 엄마가 이웃 탐페레를 찾았을 때 루미키
가 어렸을 때 가장 끔찍이 좋아했던 장난감이라면서 챙겨온 것이
었다. 루미키는 토끼 인형의 새까만 눈을 빤히 들여다보다 그것
이 자신이 아닌 다른 이가 좋아했던 장난감이라는 사실을 기억해
냈다. 그녀는 어머니에게 그 얘기를 들려주었다.

"아니야. 네가 헷갈린 것 같구나." 어머니는 말했다. "네가 제
일 좋아한 장난감이었어. 오스카라는 이름까지 붙여줬잖니."

루미키는 고개를 저었다.

"오스카라는 이름을 붙여준 건 한참 후였어요. 원래 이름은 제
니였다고요. 아마 사촌에게 받았을 거예요."

어머니는 반박하지 않았다. 루미키는 확신했다. 어머니와 이
얘기를 다시 입에 올리는 일은 결코 없을 것이다.

천장에 간 금들은 꼭 타국 하늘의 별자리표 같았다. 결함. 그녀는 결함을 좋아했다. 흥미로우니까. 하지만 지금 루미키는 분노에 집중하고 있었다. 분노는 그녀에게 힘을 주었다. 그녀는 벌써 두 번이나 괴한에게 추격을 당했다. 게다가 이번에는 총까지 맞을 뻔했다. 그녀가 정상이라면 이 골치 아픈 문제에서 최대한 멀리 떨어지려 노력해야 했다. 하지만 더 깊이 알고 싶어졌다. 그녀는 명확한 설명과 종결을 원했다. 그들에게 복수하고 싶었다. 더는 겁에 질려 살고 싶지 않았다.

하지만 공포는 마지막 카드가 공개될 때까지 사라지지 않을 것이다.

그녀는 날이 밝으면 할 일들을 차분히 떠올려보았다. 그리고 토끼 인형을 한쪽 구석에 집어던진 후 휴대폰을 꺼내 엘리사에게 전화를 걸었다.

지팡이에 몸을 의지한 비보 탐은 절뚝거리며 현관에 올라 문에 열쇠를 꽂았다. 그리고 왼쪽 다리에 체중을 싣지 않으려 애쓰면서 힘겹게 열쇠를 돌렸다. 몸에 균형이 깨지자 그의 얼굴이 일그러졌다.

묘지에서 만난 과도하게 친절한 노파는 그에게 구급차를 부르라고 종용했다. 만일 구급대원들의 처치가 못마땅했다면 기어이 병원까지 쫓아왔을 사람이었다.

엑스선 촬영 결과 뼈에 실금이 간 것이 확인되었다. 응급실 의사는 그의 다리에 부목을 대주었고, 지팡이와 약효 센 진통제 한 아름을 안겨주었다.

이제야 비로소 집으로 돌아올 수 있게 되었다. 황량하고 음울한 원룸 아파트가 유혹하듯 그를 맞아주었다. 차가운 맥주, 이부프로펜*, 그리고 의사가 쥐여준 특별한 약. 지금이 아니면 언제 또 이런 조합을 누려보겠는가. 그는 약을 챙겨먹고 소콜로프에게 전화를 걸 생각이었다. 소콜로프는 이미 성난 음성 메시지를 여러 차례 남겨놓은 상태였다.

미치광이 러시아 놈. 그냥 무시해버릴까도 생각했지만 그럴 수 없었다. 그랬다가는 소콜로프가 그의 집으로 쳐들어올 게 뻔했으니까.

입구 통로에서부터 퀴퀴하고 후끈한 공기가 비보를 맞아주었다. 주방 싱크대에는 닦지 않은 접시들이 수북이 쌓여 있었다. 어딘가에서 페퍼민트 향기가 은은하게 풍겼다. 누가 여기서 박하사

* 소염 진통제

탕을 먹었나?

그는 문을 닫고 거실과 침실, 사무실을 겸하는 공간으로 들어갔다. 불을 켜지 않아도 되었다. 누군가가 대신 켜주었으니까.

비보는 그제야 페퍼민트 향기의 의미를 깨달을 수 있었다.

북극곰의 부하들.

소음기는 총성을 완벽히 가려주었다. 비보는 빨간 페인트 같은 피를 입 안 가득 물고 뒤로 넘어갔다.

18

눈처럼 흰 피부.

커다란 파우더 브러시가 루미키의 얼굴을 훑고 지나갔다. 긴 겨울을 보낸 그녀는 심각하게 창백했지만 그들은 그걸 감추려하지 않았다. 오히려 그 반대였다. 파운데이션도 파우더도 그녀의 원래 피부색보다 밝았다. 색이 겹치는 부분은 턱 밑에 교묘히 숨겨놓았고 어느덧 그녀의 피부색과 일치된 화장품이 잡티를 완벽히 감춰주었다. 덕분에 그녀의 얼굴은 도자기 인형처럼 부자연스럽게 매끄러워졌다.

피처럼 붉은 입술.

엘리사는 립 라이너로 큐피드의 활처럼 생긴 루미키의 입술 윤곽을 따라 그렸다. 윗입술 왼쪽을 먼저 그린 후 오른쪽까지. 아랫입술은 단 한 번의 획으로 끝냈다. 입술 가운뎃부분은 조금 흐리게 그려 깊이를 강조했다.

립스틱 한 겹. 과하게 칠해진 부분은 페이퍼타월로 살짝 닦아냈다. 그리고 또 한 겹. 여기에 역시 붉은 립글로스를 살짝 덧입히면 입술이 도톰해 보이는 착시 현상을 줄 수 있었다.

흑단처럼 검은 머리.

엘리사는 단발로 자른 루미키의 앞머리와 한껏 부풀린 뒷머리에 헤어스프레이를 뿌렸다.

염색도 완벽했다. 처음 머리를 감고 나왔을 때는 많이 어색했지만. 짙은 남색 물이 하얀 타일 바닥에 아름답고 비현실적인 패턴을 그리다가 배수구로 흘러 들어갔다. 루미키는 물이 완전히 투명해질 때까지 머리를 헹구었다.

엘리사는 그녀를 의자에 앉히고 낡은 시트를 어깨에 덮어주었다. 그런 다음, 그녀의 머리를 다듬기 시작했다. 어깨 길이로 줄어든 머리는 어느새 귀밑까지 올라와 있었다. 잘려나간 검은 머리카락이 바닥에 우수수 떨어졌다. 그것이 자신의 머리에서 떨어진 걸 루미키가 깨닫기까지는 오랜 시간이 걸렸다.

축축하게 젖은 검은 머리가락이 바닥에 점 빠진 물음표를 만들어놓았다. 모든 상황이 의문으로 가득 차 있었다. 루미키는 사라진 점의 행방이 궁금했다. 왠지 그것을 찾으면 지금껏 벌어진 모든 일에 종지부를 찍을 수 있을 것 같았다. 그것은 그녀가 이곳에

와 있는 이유이기도 했다.

"후회하지 않을 거지?" 엘리사가 물었다. 루미키는 거의 미소를 지을 뻔했다.

"머리카락은 그저 죽은 세포일 뿐이야."

엘리사가 몸을 바르르 떨었다.

"난 그런 식으로 생각이 안 되던데."

엘리사는 루미키의 앞머리를 빗어 내리며 삐져나온 부분이 없는지 다시 확인했다.

마침내 그녀가 루미키에게 긴 빨간색 드레스를 건넸다. 옷이 살랑거릴 때마다, 그리고 빛을 받는 각도가 바뀔 때마다 드레스는 장밋빛에서 주황색으로, 그리고 자주색과 암적색으로 연신 바뀌었다. 루미키는 드레스를 걸쳐보았다. 가느다란 끈과 띠들이 그녀의 몸을 완벽하게 붙들어주었다.

루미키는 시선을 들었다.

거울아, 거울아……

거울 속에서는 반듯한 자세를 한 아름다운 여인이 신비한 검은 눈으로 그녀를 바라보고 있었다. 여인의 입가에는 경멸의 표정으로 착각할 수 있는 애매한 미소가 머금어져 있었다. 루미키는 모든 게 만족스러웠다. 거울 속 여인은 그녀가 아니었다. 이 여자는 전혀 다른 사람이었다. 북극곰의 파티에 당당히 모습을 드러낼 수 있는 또 다른 여인.

엘리사는 거슬리는 소리로 깩깩대며 흥분을 감추지 못했다. 루미키는 그것을 긍정적인 반응으로 해석했다.

"오, 맙소사. 너 정말 예쁘다! 내 실력 장난 아니지? 세계 최고의 메이크업 아티스트가 고등학교에 갇혀 뭘 하고 있는 건지 모르겠어."

엘리사가 기뻐하는 모습을 보니 루미키의 기분도 덩달아 좋아졌다. 그녀의 얼굴에 혈색이 돌아왔고, 눈빛도 다시 또렷해졌다.

"이제 이걸 조금 뿌리면 끝이야." 엘리사가 루미키의 목에 향수를 뿌리며 말했다. 루미키는 냄새만으로 그것이 엘리사가 즐겨 쓰는 '조이'라는 걸 대번에 알았다.

루미키는 정유와 알코올 혼합물의 냄새를 들이마시지 않으려 숨을 꼭 참았다.

이제 그녀는 다른 이의 냄새까지 갖게 되었다. 좋아. 파티장의 누구도 나를 기억하지 못할 거야. 그들의 기억에 남게 될 사람은 동화 속 눈의 여왕처럼 생긴 여자뿐이야. 비싼 향수와 헤어스프레이와 비누 냄새를 폴폴 풍기는 여자.

"자, 봐!"

옆방에서 투카와 카스페르가 쪼르르 달려왔다.

"어떻게 됐어? 그럴듯하게…… 우와!" 루미키가 돌아보자 투카의 입이 쩍 벌어졌다. 카스페르의 반응도 마찬가지였다.

"저기…… 지저분하고 소심한 소녀가 섹시하게 변한다는 동화가 있지 않았나?" 카스페르가 말했다. "신데렐라?"

"사귀고 싶을 만큼 예쁜데." 투카가 말했다.

머리를 굴려보기도 전에 자동적으로 튀어나온 말이었다.

"꿈 깨." 루미키가 흥분을 애써 가라앉히고 받아쳤다.

시계가 저녁 7시 20분을 가리켰다. 지금으로부터 3시간 전, 루미키는 투카와 카스페르가 먼저 와 기다리고 있는 엘리사의 집에 도착했다. 처음에는 냉랭한 분위기였다. 그들 모두는 자신들이 돌아올 수 없는 다리를 건넜다는 걸 알고 있었다. 지금까지는 모든 게 통제 가능한 범위였다. 적당히 흥미진진하기도 했고. 하지만 더 이상은 아니었다. 루미키는 하마터면 총에 맞을 뻔했고, 이제는 한 술 더 떠서 위험천만한 곳에 제 발로 들어가려 하고 있었다.

루미키는 그들에게 자신의 계획을 들려주었다.

합리적이지도, 이성적이지도 않은 계획이었다. 위험하기까지 했다. 하지만 루미키는 개의치 않았다. 오히려 위험에 처하고 싶었다. 자신을 가장 두렵게 만드는 것을 향해 거침없이 나아가고 싶었다.

루미키가 파티가 벌어질 저택의 뒤편으로 접근할 계획을 들려주자 카스페르가 더 참지 못하고 입을 열었다. "그렇게는 안 될 걸."

"어째서?" 엘리사가 물었다.

"뒤로 몰래 들어가는 건 불가능해. 북극곰이 보안에 얼마나 공을 들이고 있을지 한번 생각해보라고. 울타리에 경비들에 카메라까지."

카스페르는 깍지 낀 두 손을 뒤통수에 갖다 붙이고 앉은 채로 몸을 젖혔다. 자신의 남다른 지식이 무척 뿌듯한 모양이었다.

"그럼 그 작전은 내다버리지 뭐." 루미키가 비꼬는 투로 말했다.

카스페르는 음흉한 미소를 흘렸다.

"그냥 정문으로 당당히 걸어 들어가겠어. 모두가 지켜보는 가운데 말이야."

"어떻게 그게 가능해?"

"여자들은 가능해. 보나마나 남자들을 상대할 젊은 여자들이 여럿 초대됐을 거야. 파티 테마에 맞춰 입고 가면 아무도 의심하지 않을 거라고. 이번엔 테마가 동화잖아."

그 말에 투카가 마시던 소다수를 코로 뿜어냈다.

"진심으로 하는 말이야? 레즈비언 생태주의 아나키스트 같은 널 우리가 어떻게 고급 매춘…… 미안, 그러니까…… 에스코트로 둔갑시킬 수 있지?"

엘리사가 루미키를 위아래로 뜯어보기 시작했다. 그녀는 두 남학생에게 2시간 정도 시간을 달라고 했다. 나가서 영화를 보든지 비디오 게임을 하든지 알아서 하라고.

"너희가 꿈도 못 꿀 일을 난 할 수 있지." 그녀가 미소를 흘리며 말했다. "아빠가 오시면 너희가 책임지고 막아야 해. 내가 방에서 자고 있다고 둘러대. 아니면 알몸으로 요가를 하고 있다든가."

루미키는 만반의 준비가 되어 있었다. 7시 45분. 그녀는 붉은 드레스에 하얀 하이힐 차림이었다. 굽 낮은 신발만 신고 다니다가 갑자기 하이힐을 신으니 걷는 건 둘째 치고, 제대로 서 있기조차 힘들었다. 몇 분간의 씨름 끝에 간신히 적응에 성공한 그녀는 옷이 만든 이미지에 몸가짐을 맞추려 애썼다.

루미키는 제대로 걷지도 못해. 항상 발을 질질 끌고 다니잖아. 좀 이상한 애야.

10년 전에 들었던 수군거림. 루미키는 그 목소리를 생생히 기억하고 있다. 그 내용을 강조하는 표정과 제스처. 과장된 톤으로 어설프게 내는 흉내.

그때 그녀는 자신이 상상할 수 있는 모든 스타일의 걸음을 기필코 익히겠노라고 다짐했었다. 정상적으로, 비정상적으로, 아름답게, 볼품없이, 빠르게, 느리게, 한가로이, 섬세하게. 두 번 다시 걸음걸이로 트집 잡히는 일이 없도록. 당시 익힌 다양한 걷는 방법들은 가끔 매우 유용하게 쓰이곤 했다.

엘리사는 루미키에게 짧은 인조모피 코트를 입혀주었다. 그리고 팔꿈치까지 오는 긴 검은 장갑을 건넸다. 물론 구슬 장식을 단 작은 핸드백도 빠뜨릴 수 없었다.

"절대 잃어버려선 안 돼. 아주 비싼 거야." 엘리사가 말했다.

아래층에서는 엘리사의 아버지가 파티 참석을 위해 분주히 움직이고 있었다. 투카와 카스페르도 아래층에서 나갈 채비를 하는 중이었다. 루미키가 핸드백을 열고 안을 살펴보았다. 파우더, 금색 튜브에 담긴 새빨간 립스틱, 백 유로, 그리고 솜털 같은 분홍색 물체. 루미키는 손가락으로 그것을 꾹 찔러보았다. 그 안에서 딱딱한 무언가가 만져졌다. 그녀는 핸드백에서 물체를 꺼내보았다. 분홍색 수갑.

엘리사가 얼굴을 붉히며 고개를 저었다.

"그게 뭔지 묻지 마. 그 파티는 기억하고 싶지 않으니까."

루미키가 눈썹을 살짝 추켜세우며 수갑을 핸드백에 집어넣었다. 엘리사가 파티에서 누구와 무슨 짓을 했는지는 그녀가 신경 쓸 일이 아니었다.

"그리고 이거."

엘리사가 루미키에게 발목까지 내려오는 긴 검은색 파카를 내밀었다.

"내가 무슨 생각으로 이걸 샀는지 모르겠어. 이걸 걸치고 다니면 꼭 침낭에 갇혀버린 기분이 든다고. 하지만 이번엔 쓸모가 좀 있을 것 같아."

루미키는 파카를 걸쳐보았다. 안에 걸친 모피 코트 때문에 소매 부분이 꽉 끼었다. 하지만 그 점을 제외하면 완벽했다. 그녀는 스냅 단추를 채우고 파카에 달린 모자를 조심스레 쓴 후 거울 앞으로 다가갔다.

루미키는 스스로가 설인의 새까만 사촌 같다고 생각했다.

엘리사와 루미키는 잠시 서로를 마주보았다. 두 사람 모두 입을 열지 않았다. 루미키는 엘리사를 끌어안고 모든 게 다 잘될 거라고 말해주고 싶었다. 그녀 자신부터가 확신할 수 없었지만. 게다가 그녀는 누구를 자발적으로 안아본 적이 없었다. 어릴 적 부모님과 포옹했을 때를 제외하고는.

엘리사는 두려웠다. 루미키도 마찬가지였다.

엘리사는 자기 역할을 다할 준비가 되어 있었다. 루미키도 마찬가지였다.

엘리사에게 아직도 아버지의 비밀을 속속들이 파헤치고 싶은지 묻는 건 이제 무의미했다. 의심과 망설임을 위한 시간은 이미 지나버렸다. 엘리사는 학교 사교계의 스타였다. 그녀는 아버지의 돈으로 고가의 디자이너 옷과 핸드백을 신나게 사들였고, 툭하면 집에서 파티를 열었다. 파티는 매번 통제가 불가능했고, 뒤처리는 항상 남들이 대신 해주었다. 그녀는 술과 마약을 즐겼고, 수많은 남자들과 재미를 보았다. 화장 뒤에 약점을 감춘 채. 일부러 멍청한 척 연기하면서.

하지만 오늘밤 이후로 모든 게 달라질 것이다. 루미키와 엘리사, 모두 그걸 알고 있었다. 이제 곧 엘리사의 장밋빛 판타지가 산산조각 나버릴 거라는 걸. 사실 이미 지난 일요일 밤, 엘리사가 문제의 비닐봉지 속 피 묻은 돈에 손을 댄 순간부터 조금씩 금이 가기 시작했다. 하지만 오늘밤 드러나게 될 진실은 물과 비누로는 절내 씻기지 않을 종류의 것이다.

엘리사의 눈빛은 어느 때보다도 진지했다. 루미키는 그녀가 의외로 자신과 닮은 구석이 많다는 걸 깨달았다. 그들의 세상이 완전히 일치하는 일은 없을 것이다. 하지만 지금 이 순간, 두 사람은 같은 현실과 감정과 생각을 공유하고 있었다.

엘리사가 깊은 숨을 한 번 들이쉬었다가 천천히 내쉬었다.

"이제 내려가서 아빠에게 잘 다녀오시라고 인사해야겠어." 그녀가 말했다.

루미키는 고개를 끄덕였다. 시계는 7시 52분을 알리고 있었다.

19

테르호 배이새넨의 손가락이 매끈한 새틴 나비넥타이에서 연신 미끄러졌다. 그는 화장지로 땀에 젖은 손을 말렸다.

그는 이미 너무 늦었다. 진작 밖에 나가 차를 기다렸어야 했는데. 절대 늦어서는 안 되는 파티였다. 차를 놓치면 절호의 기회가 날아가버리는 것이다. 새틴 넥타이에서 미끄러지는 손가락처럼.

검은 넥타이를 매야 하는 자리. 마지막으로 턱시도를 걸쳐본 게 언제였더라? 몇 년 전 아내의 직장 상사가 열었던 파티? 환영 건배가 제안된 순간부터 택시를 타고 집으로 향하던 순간까지, 무려 5시간에 걸쳐 이어진 허세의 향연을 그는 아직도 생생히 기억하고 있다. 그는 이런 상류층 파티를 별로 좋아하지 않았다. 어쩌다보니 이렇게 상류층에 끼게 되었지만.

마침내 나비넥타이가 그에게 협조해주었다. 그는 안절부절 못하며 다시 머리를 빗어 내렸다. 이미 이발사가 완벽하게 손질해 준 머리임에도. 테르호는 그 어느 때보다도 긴장한 상태였다. 그는 자신이 파티에 참석하는 두 가지 이유를 되짚어보았다.

북극곰을 직접 만나 할 얘기가 있어서. 그리고 나탈리아와 만나게 될 수도 있기 때문에.

그녀는 아직도 그의 이메일에 답신을 주지 않고 있었다. 테르호는 그녀가 북극곰의 파티에 자주 모습을 드러냈다는 걸 알고 있었다. 하지만 그녀는 북극곰과 그의 파티에 대해 입을 열어본 적이 없었다.

일급비밀이에요, 내 사랑.

북극곰은 상대를 자기 마음대로 통제하는 신기한 능력을 가지고 있었다. 테르호는 자신의 입장이 전혀 유리하지 않다는 걸 잘 알고 있었다. 그는 그저 딱한 처지의 마약 단속국 소속 형사일 뿐이었다. 하찮은 조연. 테르호는 지난 10년간 자신의 미비한 힘으로 북극곰의 사업을 도왔다. 하지만 그것은 테르호가 아니었어도 누군가가 발 벗고 나서서 했을 일이었다. 그럼에도 그는 포기할 수 없었다.

그는 어제 새벽에 결심을 굳혔다. 더 이상은 이중간첩으로 살고 싶지 않았다. 하지만 그러려면 북극곰으로부터 어떤 식으로든 보상을 받아야만 했다. 머지않아 미래 소득에 커다란 구멍이 생기게 될 테니까. 부담스러운 노름빚을 서둘러 청산하고 새출발을 준비해야 한다. 그 자신을 위해. 혹은 나탈리아를 위해. 그래야만 비로소 심박수 높이는 일 없이 평범하고 평화로운 삶을 되찾을 수 있을 것이다. 범죄와 도박, 그리고 나탈리아와 돈에 방해받지 않는 삶을.

그는 살인적인 스트레스와 공포를 훌훌 떨쳐내고 싶었다. 한때 그를 흥분시켰던 일들이 이제는 지치게 만들었다. 몇 년은 더 버텨볼 수 있었지만 건강을 생각하면 당장 끊어야 했다. 그것 때문에 심장병을 앓게 될 수도 있었고, 신경쇠약에 걸릴지도 모른다. 착각에 빠져 살아온 삶을 끝내야 할 때가 온 것이다.

테르호는 거울 속 남자를 빤히 응시했다. 남자는 자신의 실제 나이보다도 훨씬 늙어 보였다. 눈 밑에는 살가죽이 처지고, 턱 밑 피부도 축 늘어져 있었다. 불룩한 배는 벨트 너머로 흘러나와 있었다. 그의 몸 모든 부위가 처지거나 넘치고 있었다. 극심한 스트레스와 죄책감이 오랜 세월에 걸쳐 그의 건강을 야금야금 갉아먹어온 것이다. 지금껏 그에게는 자신의 건강과 행복, 그리고 가족을 챙길 여유가 주어지지 않았다.

이제는 끝낼 때였다. 나탈리아와의 관계 역시 청산해야 했다. 공개적으로 함께 모습을 드러내는 건 이제 불가능했다. 그는 새롭고 정직한 삶을 시작하고 싶었다. 그래서 그는 북극곰을 협박하기에 이르렀다. 그게 얼마나 무모하고 불가능한 일인지 잘 알면서도.

테르호는 손목시계를 들여다보았다. 출발해야 할 시간이었다. 그가 현관으로 향하려는데 엘리사가 쪼르르 계단을 내려와 그의 팔을 붙잡았다. 그녀는 아버지를 지하실 쪽으로 이끌었다.

"왜? 아빠가 많이 늦었거든." 테르호가 짜증 섞인 목소리로 말했다.

"아빠에게 보여드릴 게 있어요. 아주 중요한 거예요. 금방이면 돼요."

"지금은 안 된다니까. 늦으면 안 되는 자리야. 아주 중요한 행사라고."

"파티가 저보다 중요하단 말씀이세요?"

엘리사는 아버지의 팔을 놓지 않았다. 아버지를 보는 그녀의 커다란 눈에서 실망의 빛이 반짝였다. 테르호의 열일곱 살 딸은 어느새 절대 실망시켜서는 안 되는 일곱 살 꼬마로 변해 있었다.

"알았다. 딱 1분만이야."

루미키는 발소리를 죽이고 계단을 내려갔다. 하이힐과 침낭처럼 꽉 끼는 코트 때문에 움직이기가 쉽지 않았다. 투카는 밖에서 그녀를 기다리고 있었다.

"아직 안 왔어." 그가 속삭였다.

"늦으면 안 되는데." 루미키가 말했다. 바깥 온도는 걱정한 만큼 춥지 않았다.

모든 표면이 하얀 서리로 덮여 있었다. 집, 나무, 바위, 차. 옷, 머리, 양 볼, 생각들.

"내가 전화할 때까지 엘리사가 아버지를 붙잡아놓겠다고 했어." 투카가 말했다.

그들은 말없이 기다렸다. 루미키는 투카가 자신의 검은 눈사람 분장을 보고도 짓궂은 농담을 던지지 않는 이유가 궁금했다. 적어도 같이 뜨거운 밤을 보내자는 제안 정도는 할 줄 알았는데. 바짝 긴장했는지 그는 이를 악문 상태였다. 보나마나 태어나서 처음으로 느껴보는 공포일 것이다.

옛날, 아주 먼 옛날, 공포를 처음 알게 된 소년이 살았답니다.

루미키는 놀라울 정도로 차분했다. 그녀는 치밀하게 짜놓은 프로그램만 묵묵히 따라갈 생각이었다. 그냥 다음 행동에만 집중하면 되는 것이었다.

7시 58분. 검은 아우디 한 대가 골목으로 들어와 집 앞에 멈춰섰다. 투카의 시선이 루미키 쪽으로 돌아갔다. 그가 한쪽 눈썹을 살짝 추켜세우자 그녀가 고개를 끄덕였다. 투카는 자연스럽게 검은 차를 지나쳐 걸어나갔다. 그리고 운전사의 시계視界에서 벗어나기가 무섭게 주차된 또 다른 차 뒤에 잠시 몸을 숨겼다가 다시 아우디 쪽으로 조심스레 다가갔다. 그는 검은 차 뒤에 멈춰 서서 기다렸다.

마침내 카스페르가 모습을 드러냈다.

모퉁이를 돌아 나온 소년은 검은 차 앞으로 성큼 다가왔다. 운전사는 아무 반응도 보이지 않았다. 카스페르가 주머니에서 열쇠를 꺼내 과장된 동작으로 운전사에게 내보였다. 그런 다음, 그것을 후드에 갖다 대고 천천히 긋기 시작했다. 금속과 금속이 맞부딪치며 거슬리는 소리를 만들어냈다. 운전사는 아직도 자신에게 무슨 일이 벌어지고 있는지 이해하지 못한 듯했다.

카스페르가 환히 웃으며 가운뎃손가락을 펴보였다.

그제야 정신이 든 운전사가 고함을 치며 차에서 내렸다. 운전사의 주의가 딴 데로 돌아가있는 틈을 타 투카가 잽싸게 트렁크를 열었다. 카스페르는 미친 듯이 웃으며 달아났고, 운전사는 열쇠 리모컨으로 차문을 걸어 잠근 후 카스페르를 맹렬히 추격했다. 카스페르는 잡힐 듯 말 듯하며 운전사를 계속 약올렸다.

루미키는 투카의 도움을 받아 트렁크에 몸을 실었다. 작은 차는 아니었지만 그렇다고 공간이 넉넉한 것도 아니었다. 그녀가 준비해온 실크 조각을 잠금 장치에 걸고 투카에게 엄지손가락을 들어 보였다. 모든 준비가 끝났다는 신호였다.

투카도 엄지손가락을 들어 보이고 살며시 트렁크를 닫았다.

어둠에 파묻힌 루미키는 애써 태연한 척했다. 좁고 불편한 공간에서는 휘발유 냄새가 풍겼다. 목적지까지 오래 걸리지 않기를 기도했다.

잠시 후, 운전사가 돌아왔다. 그는 연신 투덜거리며 리모컨으로 차문을 열었다. 운전석에 오른 그가 거칠게 문을 닫았다.

루미키는 핸드백에 손을 넣어 휴대폰을 꺼냈다. 화면 속 시계는 8시 5분이 지나고 있음을 알려주었다. 휴대폰의 푸른 불빛이 잠시나마 어둠을 걷어내주자, 마음이 편해지는 것 같았다.

엘리사의 집 쪽에서 발소리가 들렸다. 잠시 후, 차문이 열렸다.

"왜 이리 오래 걸렸습니까?" 운전사가 영어로 물었다. 그의 목소리에서 짜증이 묻어났다.

"미안해요. 집에 일이 좀 있었습니다." 테르호 배이새넨의 목소리가 대답했다.

"북극곰은 약속에 늦는 사람을 아주 싫어합니다."

"그럼 빨리 출발합시다."

아멘. 트렁크에 갇힌 루미키도 더 이상의 불필요한 시간낭비를 원치 않았다.

마침내 아우디에 시동이 걸렸다.

"이 동네에 범죄자가 살고 있어요."

순간 루미키의 얼굴에 미소가 머금어졌다. 엔진 소음 때문에 운전사의 말은 잘 들리지 않았다. 차가 움직이기 시작하자 트렁크 안으로 찬 공기가 스며들었다. 그녀는 다시 진지한 모드로 돌아갔다.

그녀는 그렇게 돌아올 수 없는 다리를 건너고 말았다.

20

물러섬 없는 어둠은 칠흑 같았다. 아무것도 보이지 않았다.

여길 벗어나지 못할 거야. 여기 갇혀 질식해 죽을 거야.

그녀는 등에 박힌 작고 뾰족한 자갈을 뽑아들었다. 그리고 손가락 사이로 그것을 흘려버렸다.

"꺼내줘!" 그녀가 빽 소리쳤다.

벌써 열 번째, 백 번째, 천 번째 외쳐보는 것이었다. 그녀는 주먹과 발로 상자 뚜껑을 힘껏 두드렸다. 바닥에 엎드려 등으로 밀어보기도 했다. 하지만 뚜껑은 꿈쩍도 하지 않았다.

그들이 뚜껑에 앉아 있을 거야. 밑으로 다리를 늘어뜨리고 딸기 맛 막대사탕을 쪽쪽 빨아대는 중이겠지? 어차피 급할 게 없으니까. 자기들이 모든 실권을 쥐고 있으니까.

루미키의 눈가에는 눈물이 말라붙어 있었다. 그녀는 공황상태에 빠졌고, 당장 나가지 않으면 그대로 질식해 죽을 것 같았다.

있는 힘껏 비명을 질러보았다. 그녀의 머릿속에 부리를 크게 벌리고 요란하게 울어대는 갈매기 떼가 떠올랐다. 그녀는 갈매기가 되어보기로 했다. 그리고 또다시 비명을 질렀다.

소리가 커질수록 점점 기운이 솟아났다. 그녀는 소리와 하나가 되었다. 핏대를 세워 쏟아내는 광기 어린 비명.

잠시 후, 그녀는 상자 안이 밝아졌음을 깨달았다. 마침내 자갈 상자의 뚜껑이 열린 것이다. 그녀는 일어나 앉아 눈물을 훔쳤다. 그녀의 볼에는 잘게 빻아진 자갈이 달라붙어 있었다.

그들의 모습은 보이지 않았다.

그들은 곧 찾아들 다음 기회를 노리고 있는 게 분명했다. 루미키는 그에 대한 대비가 필요했다.

루미키는 천천히 열까지 세어보았다.

아직은 공황상태에 빠질 때가 아니었다. 그녀는 더 이상 나약한 소녀가 아니었다. 그녀는 달라졌다. 많이 배운 상태였고. 이제는 비좁은 공간에서 오래 버틸 수 있었다.

지금까지는 모든 게 계획대로 진행되었다. 거의 모든 것이.

차가 급커브를 돌 때마다 그녀의 몸이 트렁크 내벽에 던져졌다. 휘발유 냄새로 가득 찬 콧속은 뜨겁게 달아올랐다. 스며든 찬 공기에 온몸이 덜덜 떨렸고, 머리부터 발끝까지 감각이 남아 있는 곳은 없었다. 하지만 그 정도는 충분히 버틸 만했다.

무려 35분 동안 맹렬히 달린 아우디가 마침내 멈춰 섰다. 테르호 배이샌넨이 먼저 차에서 내리고, 따라 내린 운전사가 차문을 걸어 잠갔다.

루미키는 귀를 쫑긋 세우고 밖이 잠잠해질 때까지 기다렸다. 아무 소리도 들려오지 않자 그녀가 뻣뻣해진 손가락으로 실크 조각을 잡아당기며 다리로 트렁크 뚜껑을 살며시 밀어보았다. 잠금장치에 걸린 천조각은 걸쇠를 풀어 트렁크를 열어주어야 했다.

실크 조각이 찢겨나가는 소리는 지금껏 루미키가 들어본 그 어떤 소리보다도 끔찍했다.

당황하지 마. 이럴 때일수록 침착해야 해.

루미키는 찢긴 부분을 손가락으로 더듬어보았다. 손끝에는 아무 느낌이 없었다. 사라진 감각과 팔꿈치까지 오는 긴 장갑 때문이었다. 루미키는 왼쪽 장갑을 이로 물고 손에서 벗겨냈다. 그런 다음, 얼어붙은 손가락을 입 안에 넣고 녹여보았다.

두 번째 시도.

그녀의 손가락이 자물쇠 주변을 더듬어 간신히 천조각을 찾아내는 데 성공했다. 루미키는 침 묻은 손가락이 금세 다시 얼어붙어버릴 거라는 걸 알고 있었다.

그래. 이제 됐어. 그녀는 두 손을 올려 심각하게 짧아진 천조각의 양끝을 붙잡았다. 그리고 발로 뚜껑을 힘껏 밀며 천조각을 천천히, 아주 천천히 잡아당겨보았다.

자물쇠는 풀리지 않았다.

루미키는 이를 악물고 같은 작업을 반복해나갔다. 밀고, 당기고. 그녀에게 포기란 없었다.

딸깍.

마침내 자물쇠가 풀리고 트렁크가 열렸다. 루미키는 트렁크 뚜껑을 살짝 들고 호흡을 가다듬었다. 또 다른 차 한 대가 아우디 바로 옆 자리로 들어서고 있었다. 잠시 후, 옆 차에서 사람들이 내리는 소리가 들려왔다.

"나중에 차 안쪽도 청소를 해야겠어요." 여자의 목소리가 말했다. "이 구두 좀 봐요. 분홍색이 이렇게 변해버렸잖아요."

"하필 잠자는 숲속의 공주를 골라서는. 당신은 사악한 계모에 더 잘 어울린다고. 새까만 구두를 신고 왔으면 이런 일이 없었잖아." 남자가 받아쳤다.

다투는 소리가 점점 멀어지면서 다시 정적이 찾아들었다.

루미키는 트렁크 뚜껑을 조금 더 올리고 밖을 살폈다. 그녀는 작은 주차장에 들어와 있었다. 다행히 검은 아우디는 나무들의 그림자가 드리워진 맨 끝 자리에 세워져 있었다. 주차장에는 아무도 없었다.

루미키는 침낭 같은 코트를 벗고 다시 장갑을 찾아 꼈다. 그런 다음, 트렁크를 기어 나와 뚜껑을 조심스레 닫았다. 파카는 그냥 두고 가야 했다. 나중에 운전사는 트렁크를 열어보고 그것의 출처를 궁금해 할 것이다. 루미키는 손으로 머리를 더듬어보았다. 다행히 심하게 헝클어지지는 않았다. 엘리사의 스프레이가 제 몫을 다하고 있었다.

그녀는 핸드백에서 파우더 콤팩트를 꺼내 거울을 열었다. 립스틱이 살짝 번진 것을 제외하면 화장은 여전히 완벽했다.

루미키는 돌아서서 파티장을 바라보았다.

보리스 소콜로프는 자신의 창조물을 점검하며 고개를 끄덕였다. 완벽한 눈의 여왕이었다. 테르호 배이새넨이 그녀를 보고도 계속 말썽을 일으킨다면 보리스는 기꺼이 앉은 자리에서 얼음 1갤런을 꾸역꾸역 먹어치울 의향이 있었다.

보리스는 뜻 모를 슬픔과 만족을 동시에 느꼈다. 만족의 이유는 명백했다. 안도감. 북극곰과의 문제는 원만하게 해결되었다. 그는 더 이상 비보 탐의 경거망동을 마음에 두지 않았다.

북극곰의 부하 몇몇이 백주대낮에 공동묘지에서 총을 들고 날뛰는 비보를 발견했고, 그것은 그들의 일처리 방식이 아니었다. 기량이 떨어진 데서 나온 실수다. 실수를 연발하는 사람을 계속 믿고 쓸 수는 없는 일이었다. 그래서 북극곰과 보리스는 그 문제를 확실히 정리하고 가기로 했다.

비보가 제거된 것은 개인적인 감정 때문이 아니었다.

보리스는 나탈리아를 보았다. 그녀의 갈색 눈은 떠져 있었고, 얼굴에서는 혼란스럽고 놀란 표정이 교차되고 있었다.

가엾은 나탈리아. 이 보리스가 네 탈주 계획을 모를 줄 알았나? 그 돈에 대해 모를 줄 알았어? 어쩌다 그 돈을 훔칠 생각을 한 거야? 옳은 일만 골라 했다면 모든 게 지금과 달랐을 텐데.

나탈리아, 나탈리아.

입술이 서리로 덮인 눈의 여왕.

마침내 파티가 시작될 시간이었다.

카스페르의 말 그대로였다. 숲속 한복판에 자리한 3층짜리 대

저택에는 높은 돌담이 둘러져 있었다. 1900년대 초에 지어진 건물 앞으로는 좁은 길이 나 있었다.

루미키는 과연 이 집이 지도상에 존재하는지 궁금했다. 지도에 나와 있지 않다 해도 별로 놀랄 것 같지 않았다.

루미키는 정문을 향해 걸음을 옮겼다. 정문 앞에서는 경비들이 손님들을 일일이 체크하고 있었다. 고급 에스코트로 분한 루미키는 최대한 자연스러워 보이려 애썼다.

마침내 루미키의 차례가 돌아왔다. 그녀는 당당하게, 하지만 천천히 정문으로 들어갔다.

"잠깐만요." 냉장고만큼 덩치 큰 남자가 핀란드어와 영어로 말했다.

루미키의 가슴이 철렁 내려앉았다. 여기서 이렇게 끝나는 건가?

"휴대폰." 경비가 한 손을 내밀었다.

루미키는 입술을 오므리고 핸드백에서 휴대폰을 꺼내 남자의 커다란 손에 쥐여주었다. 엘리사의 것처럼 낡은 휴대폰이었다면 이렇게 불안하진 않았을 텐데. 경비는 휴대폰을 자신의 가방에 집어넣었다. 딸그락거리는 소리를 들어보니 이미 많은 손님들이 휴대폰을 압수당한 모양이었다. 그는 허락도 없이 루미키의 핸드백을 낚아채 들고 내용물을 살펴본 후 다시 돌려주었다.

그가 고개를 살짝 까딱였다. 들어가도 좋다는 신호였다. 한기와 안도감에 그녀의 다리가 후들거렸다. 그녀는 고개를 번쩍 치켜들고 애써 태연한 척했다. 비록 자갈을 뿌려두긴 했지만 하이힐로 얼음 덮인 길을 디디는 건 위험천만한 일이었다.

한 걸음씩. 차분하게.

어느새 어둠이 내려앉아 있었다. 루미키는 불빛을 따라 계속 걸음을 옮겼다. 진입로 양옆으로 늘어선 발광 장치들에서는 불빛이 쉴 새 없이 깜빡거렸다. 길 끝에는 문이 하나 나 있었고, 그 앞에는 전형적인 모습을 한 집사 한 명이 서 있었다. 머리는 단정하게 빗어 넘기고, 손에는 짧은 흰 장갑. 그의 몸짓언어에서는 거만함과 복종의 분위기가 동시에 묻어나왔다. 남자가 살짝 허리를 굽혀 인사하며 루미키를 위해 문을 열어주었다. 루미키는 안으로 들어갔다.

성공이었다.

북극곰의 파티에 무사히 들어왔다. 이제는 엘리사의 아버지가 어떤 일에 연루되어 있는지 밝혀낼 차례였다.

21

또 다른 세상. 또 다른 현실.

색, 조명, 소음. 금세 초록으로, 또 노랑으로 바뀐 파랑. 황금빛
으로 바뀐 주황. 진홍색, 연보라, 그리고 자홍색으로 바뀐 보라.
그리고 음악. 인어들의 노래, 숲의 탄식, 수정들의 딸랑거림, 깊
은 동굴의 잊힌 메아리, 궁전과 성들의 실내악단, 작은 종들의 댕
그랑거림. 그 모든 소리가 연신 들락거리며 사람들의 귀를 사로
잡았다.

동화의 나라.

소리의 풍경과 조명과 소품들이 각 방을 제각각의 현실 공간으
로 둔갑시켜놓았다. 온갖 비밀이 윙윙거리는 어두운 숲을 빠져나
온 루미키는 장미 화환으로 뒤덮인 은빛 무도회장으로 들어갔다.
그녀는 바다 속 왕국을 구경하고, 각기 다른 크기의 의자가 세 개

놓인 통나무집 안도 들여다보았다.

쉴 새 없이 눈으로 쏟아져 들어오는 이미지들에 단단히 매료된 그녀는 많은 시간을 들여 각 방을 꼼꼼히 살펴보았다. 쟁반을 든 웨이터들이 사방에 널려 있었다. 각 방마다 테마에 어울리는 환상적인 음료를 제공했다. 어떤 음료에서는 연기가 폴폴 피어올랐고, 또 어떤 음료는 자주색에서 담청색까지 다양한 색을 띠고 있었다. 종종 동화 속 캐릭터로 분한 웨이터들도 눈에 들어왔고, 온몸을 금색으로 칠한 살아 있는 조각상들도 있었다.

손님들은 유리잔을 손에 쥔 채 어슬렁거렸다. 루미키는 웅성거림 속에서 핀란드어, 영어, 러시아어, 그리고 알아들을 수 없는 또 다른 언어들을 짚어낼 수 있었다. 스페인어도 들리는 것 같지만 확실하지는 않았다. 여자들 대부분은 그녀와 비슷한 모습이었다. 그들은 젊었고 꽤 신경 써서 치장한 상태였다. 카스페르의 말대로였다. 대부분 돈을 받고 온 여자들이었다. 정식으로 초대받은 손님들 대부분은 중년 남자들이었고, 간혹 커플이 눈에 띄기도 했다. 주름이 자글자글한 잠자는 숲속의 공주와 그녀의 왕자님. 두 사람 모두 미용을 위한 숙면이 절실해 보였다. 백 년까지는 아니더라도 단 몇 시간의 단잠은 그들에게 큰 도움이 될 것 같았다.

몇몇 손님은 루미키의 눈에 익었다. 정치인? 사업가? 기억이

가물가물했다.

루미키는 방들이 연결된 패턴을 머릿속에 그려보았다. 아래 두 층에서는 파티가 벌어지고 있었다. 3층은 휴식을 필요로 하는 이들을 위한 공간이었다. 웨이터들이 진 쟁반을 챙겨 들락거리는 지하실은 스태프들을 위한 공간인 듯했다.

"한잔하겠어요?"

루미키는 양손에 유리잔을 하나씩 쥔 남자를 돌아보았다. 그는 그녀에게 말을 걸고 있다. 머리는 희끗했지만 잘생긴 얼굴이었다. 짙은 눈썹과 갈색 눈, 그리고 최고급 정장. 그녀의 시선이 소맷동에 보란 듯이 붙은 휴고 보스 라벨을 잽싸게 훑었다. 옷엔 돈을 펑펑 쓰는 모양이군. 취향은 좀 고루하지만. 하지만 루미키의 할아버지뻘 되는 남자에게는 나름 잘 어울리는 차림이었다.

남자가 허리를 숙여 루미키에게 인사했다. 그에게서는 시가와 애프터셰이브 로션 냄새가 역하게 풍겼다. 애프터셰이브 로션 역시 휴고 보스였다. 자신이 보스라는 걸 널리 알리고 싶어 안달이 난 사람 같았다.

"유감스럽게도 여기엔 사과가 들었습니다." 남자가 비밀을 털어놓듯 나지막이 말했다. "백설공주들에겐 아주 치명적이죠."

남자의 볕에 그을은 얼굴에는 자기만족적 미소가 떠올라 있었다. 자신의 농담이 꽤 마음에 드는 모양이었다.

루미키의 얼굴에서 둔함과 우쭐함과 교태의 표정이 교차했다. 미리 준비해온 수많은 표정들 중 하나였다.

"맞아요. 우린 사과 알레르기가 있죠. 하지만 이것보다 좀 독하고 달콤한 걸 가져오면 대화가 길어질 수도 있겠죠?"

"오늘 같은 쌀쌀한 밤에 어울리는 독하고 따끈한 음료가 필요하겠군요." 남자의 손이 루미키의 팔뚝을 살며시 훑었다.

그의 손은 축축했다. 루미키는 넌더리가 났지만 노골적으로 반응하지 않으려 애썼다.

"내 생각을 제대로 읽었군요."

"명령만 내려요. 뭐든 분부대로 할 테니까." 남자가 말했다. "여기서 꼼짝 말고 기다려요."

"숲속에서 길을 잃지 않도록 조심할게요. 자칫하다간 일곱 난쟁이들에게 잡혀 노예로 살게 될지도 모르니까."

그 말에 남자의 미소가 한층 환해졌다.

"누군가가 당신에게 너무 꽉 끼는 코르셋을 입히려 하면 내가 벗겨줄게요." 그가 윙크를 하며 말했다.

나이든 남자는 그림 동화에 정통한 듯했다. 그런다고 루미키가 눈 하나 깜짝하지는 않겠지만. 루미키는 멀어지는 남자를 지켜보다가 위층으로 슬그머니 올라갔다.

테르호 배이새넨은 주위를 유심히 살펴보았다. 어디에도 나탈리아는 보이지 않았다. 그는 꽉 조이는 나비넥타이를 느슨하게 풀었다.

몇몇 손님들이 그의 시선을 사로잡았다. 저 사람이 여기 웬일이지? 저 사람은? 타블로이드 신문과 가십 잡지들을 가득 채우고도 남을 기삿거리가 바로 이곳에 모여 있었다. 그는 잘 알려진 정치인 하나가 불편해하는 기색이 역력한 팅커벨의 귀에 무언가를 속삭이는 모습을 지켜보았다.

테르호는 누구도 오늘 파티에 대해 발설하지 않을 거라는 걸 알고 있었다. 북극곰의 부하들은 밀고자들을 가만두지 않았다. 밀고자뿐만이 아니라 그들의 가족, 친척, 애인, 그리고 친구들까지도 그 대가를 치러야 했다. 본보기가 되어 뜨거운 맛을 보려는 이는 아무도 없었다.

그의 눈에 백설공주처럼 차려입은 젊은 여자가 들어왔다. 어딘지 모르게 눈에 익었다. 엘리사에게도 저런 옷이 있지 않았나? 요즘 유행하는 스타일인 모양이지. 보나마나 점원은 세상에 단 하나 밖에 없는 옷이라고 떠벌렸겠지만. 돈이 많다고 항상 원하는 걸 손에 넣을 수 있는 건 아니었다.

하지만 돈으로 해결할 수 있는 건 얼마든지 있다. 망가진 인생도 바로잡을 수 있다. 그가 이곳에 온 이유도 바로 그것이었다.

1층은 아름답고 고혹적인 동화 세상이었지만 2층은 동화에 등장하는 흉포한 악몽의 세상이었다. 오가는 사람들을 붙잡는 나뭇가지들. 노래를 부르며 남자들을 바닥 없는 지옥으로 유인하는 늪의 사이렌들. 왕자의 입맞춤으로도 깨울 수 없는 잠.

사방이 새까맣게 칠해진 어떤 방에서는 까마귀 떼가 요란하게 울어대며 위협적으로 날아다녔다. 루미키는 가짜 새들의 발톱에 낚이지 않으려 몸을 움츠렸다.

방 안 한쪽에서는 검은 옷차림의 웨이터 두 명이 은으로 된 서빙 접시를 들고 서 있었다. 쟁반에는 검은 액체가 담긴 작은 유리잔들이 놓여 있었다. 웨이터들은 들릴락 말락한 소리로 수다를 떠는 중이었다. 루미키는 그들의 대화를 엿듣기 위해 그쪽으로 다가가보았다. 술을 가지러 가는 척하면서.

"북극곰은 어디 있지?" 한 웨이터가 물었다.

"못 들었어? 그는 자정이 지나서야 나타난다잖아."

"그? 난 북극곰이……."

웨이터가 동료에게 경고의 눈빛을 보내며 루미키 앞으로 쟁반을 살짝 내밀었다. 루미키는 미소를 지으며 유리잔을 집어 들고 돌아섰다.

"북극곰은 자신을 '그'라고 부르게 한다더라고." 웨이터가 속삭였다.

루미키는 술을 마시는 척하며 방금 엿들은 내용을 되짚어보았다. 그녀는 한쪽 벽 앞에 놓인 크고 화려한 시계를 돌아보았다. 9시 15분. 앞으로 3시간을 더 기다려야 했다.

루미키는 궁금했다. 북극곰을 '그'라고 부르지 않을 이유가 없잖아. 좀 이상한데? 자정이 되면 이 수수께끼도 풀리겠지 뭐.

오늘 파티가 증명하듯 북극곰은 확실히 좀 이상한 사람이었다. '그'는 단 하룻밤의 행사를 위해 적지 않은 돈을 들여 엄청난 세트를 꾸며놓았다. 손님들 대부분은 호화롭게 꾸며진 방들이나 구경하려고 온 게 아니었다. 그들은 마르지 않는 술과 아름다운 여인들을 누리러 온 것이었다. 어쩌면 그 이상의 무언가가 있을지도 모른다.

검은 넥타이를 맨 돼지들.

천 유로짜리 정장과 2만 유로짜리 시계가 자신들에게 품위를 안겨준다고 착각하는 듯했다. 자신들이 무슨 왕이라도 된다는 듯이. 돈만 믿고 까부는 놈들.

갑자기 속이 메스꺼웠다. 루미키는 집으로 돌아가고 싶었다. 하이힐을 벗고 할머니가 손수 짜준 회색 슬리퍼를 신고 싶었다. 평소에는 거들떠보지도 않았던 차도 한 잔 만들어 마시고 싶었다. 왠지 그게 바짝 곤두선 신경을 편안하게 가라앉혀줄 것만 같았다. 장미가 그려진 벽지와 손녀의 머리를 땋아주는 할머니의 부드러운 손길처럼.

루미키는 조심스레 입술을 핥았다. 감초 보드카. 예상했던 대로의 톡 쏘고 짭짤한 맛이 울렁거리는 그녀의 속을 달래주었다.

명심해. 여기 와있는 건 네가 아니야. 이 캐릭터는 네가 아니라고. 다른 누군가가 하얀 하이힐을 신고, 또 빨간 드레스를 걸치고 이곳에 와있는 거야. 이곳의 무엇도 널 건드릴 수 없어.

루미키는 허리를 곧게 폈다. 그녀는 즐기러 온 게 아니었다. 그녀에게는 할 일이 있었다.

22

나탈리아는 춥지 않았다. 그녀가 죽은 지도 어느새 128시간이 지나고 있었다. 산 자들에게 일백이십팔 시간은 터무니없이 짧은 시간이었지만 죽은 자들에게는 더없이 짧았다. 나탈리아는 이십 년, 삼 개월, 그리고 이틀을 살았다. 하지만 이제는 영원히 죽은 채로 머물게 될 것이다. 영원에 비하면 128시간은 아무것도 아니었다.

만약 나탈리아가 아직 살아 있었다면 보리스 소콜로프의 연락을 처음 받았을 때로 돌아가고 싶어 했을까? 나탈리아는 남자친구와 함께 그를 몇 번 만났다. 드미트리는 마약 딜러였고, 소콜로프는 그 바닥 거물이었다. 고위급 보스는 아니었어도 보스는 보스였다. 그의 영향력도 무시할 수 없었다. 소콜로프는 나탈리아를 팀원으로 받아들여주었다. 그들에게는 반반하게 생긴 젊은 여자가 필요했다. 술과 마약에 찌들지 않은 여자.

과거로 돌아갈 수 있다면 과연 그녀는 다른 선택을 했을까? 소 콜로프의 제안을 받아들이지 않았다면 핀란드까지 올 일도 없었 을 것이고, 테르호 배이새넨과 만나는 일도 없었을 것이며, 돈을 챙겨 도망치려 하지도 않았을 것이다. 물론 총에 맞는 일도 없었 을 것이고, 이 추운 날 쓰러져 죽지도 않았을 것이다. 어둠을 응 시하는 멍한 눈도, 속삭이듯 살짝 벌어진 푸르스름한 입술도 없 었을 테고.

자신에게 이런 일이 벌어질지 그때 알았더라면 나탈리아는 그 제안을 정중히 거절했을 것이다. 하지만 그녀는 곰팡이 냄새가 역하게 풍기고 판지만큼이나 얇은 벽에서 이웃 커플의 싸우고 풀 고 하는 소리가 하루 종일 터져 나오는 아파트에서 딸을 키우고 싶지 않았다. 그래서 그 제안을 받아들일 수밖에 없었다. 소콜로 프는 곧바로 나탈리아와 그녀의 어머니, 어린 올가를 위해 그럴 듯한 거처부터 마련해주었다.

그렇게 1년이 흘렀다. 나탈리아는 모스크바의 부잣집 자제들에 게 마약을 팔았고, 언제부터인가는 자신도 그들 서클에 포함되었 다는 착각을 하게 되었다. 자신도 그들처럼 젊고, 부유하고, 아름 답다는 착각.

그렇게 무난한 인생을 살 수도 있었다. 살맛 나는 인생. 하지만 열아홉 살 나탈리아는 꿈처럼 황홀한 인생이 영원히 지속될 수 없다는 걸 누구보다 잘 알고 있었다. 소콜로프와 함께 핀란드에 발을 들인 순간부터 악몽은 시작되었다. 그녀는 헬싱키에서 살게 될 줄 알았다. 언제든 집으로 돌아갈 수 있는 곳에서. 하지만 그들은 그녀를 자그마한 탐페레로 보냈다. 모스크바와 탐페레를 오가며 활동하던 소콜로프도 핀란드에 아예 자리를 잡아버렸다.

북극곰의 지시야. 소콜로프는 말했다. 나탈리아는 그때 북극곰의 존재를 처음 알게 되었다. 나중에 북극곰의 파티에 초대받게 된 그녀는 그들의 엄청난 계획 속에서 자신의 역할이 얼마나 작고 하찮은지 깨달았다. 그녀는 언제든 대체될 수 있는 부속품에 불과했다.

나탈리아는 탐페레에 뚝 떨어진 화성인이 된 기분이었다. 그녀는 어색한 옷차림으로 어색하게 걸어 다녔다. 그녀의 토끼털 머프*와 하이힐 부츠는 상식을 넘어서는 패션이었다. 사람들은 그녀를 보며 숙덕거렸다. 남자들은 그녀에게 돈을 쥐여주었다. 마약이 아니라 섹스의 대가로. 나탈리아는 탐페레 주민들 틈에서 튀지 않는 방법을 익혔다. 겨울에는 방한복, 가을과 봄에는 트레이닝복을 걸치고 다니고, 여름에는 가짜 크록스와 야구모자로 무

---

* 양손을 넣을 수 있는 원통형의 모피

장한 채 탐멜라 광장에 앉아 블랙 소시지를 먹어야 했다.

도시에서 그녀가 아는 사람이라고는 소콜로프와 그의 에스토니아인 똘마니들뿐이었다. 핀란드에 도착한 후 그녀는 매일 밤 집으로 전화를 했다. 어린 올가의 목소리를 듣고 나서는 울며 잠이 들었다.

그녀의 눈에 핀란드 고등학생들은 전부 아기 같아 보였다. 그들처럼 사는 건 과연 어떤 기분일까. 그녀도 방과 후 친구들과 카페로 몰려가 마음에 드는 남학생 얘기로 신나게 수다를 떨고 싶었고, 코앞으로 다가온 역사 시험에 대비해 벼락치기 공부도 해보고 싶었다. 당장 대학에 진학하는 게 좋을지, 아니면 1년쯤 쉬는 게 나을지 고민해보고도 싶었고, 보란 듯이 독립해 자유롭게 사는 꿈도 꾸고 싶었다. 식사 때마다 원하는 그릇을 쓰고, 또 조부모가 졸업선물로 사준 핀레이슨 브랜드 시트로 침대도 꾸미고 싶었다. 불확실한 미래 때문에 겪는 불안도 마음껏 누리고 싶었다.

그러던 중 나탈리아는 테르호를 만나게 되었다. 그는 소콜로프, 그리고 에스토니아 남자들과는 전혀 딴판이었다. 소콜로프는 그가 마약 단속반 형사이며 북극곰의 사업에 깊이 연루되어 있다고 알려주었다.

테르호의 투박한 손길. 첫 만남부터 싹튼 그에 대한 나탈리아의 애정. 그는 수줍음이 많고 다정했다. 말을 걸 때나 그녀를 만질 때도 쉽게 용기를 내지 못했다. 그녀를 마네킹처럼 부려댔던 수많은 남자들과는 완전히 다른 신사였다.

사랑이었을까? 적어도 그녀는 그렇게 느꼈다. 그와 함께 있으면 나탈리아는 안심이 되었다. 테르호는 자신의 집과 가족, 그리고 지극히 정상적인 일상에 대해 들려주었다. 그는 나탈리아가 꿈꿔온 삶을 살고 있었다. 그는 그녀처럼 무시무시한 비밀과 공포에 시달리지 않았다. 예민해진 비점막과 사타구니의 주사바늘 자국들도 그에게는 딴 세상 얘기일 뿐이었다. 그는 나탈리아를 적극 돕겠다고 약속했다. 자신이 다 바로잡아주겠노라고. 나탈리아는 한동안 그 말을 철석같이 믿었다. 하지만 달라진 건 하나도 없었다. 그는 헛된 약속을 남발했던 것이다. 나탈리아의 암울한 과거 속 나쁜 남자들처럼.

약속은 그의 입을 떠나는 순간 거짓말로 둔갑해버렸다.

나탈리아는 진작 깨달았어야 했다. 자신을 제외한 누구도 믿어서는 안 된다는 것을. 모든 걸 스스로 결정하고, 그 결과를 묵묵히 받아들여야 한다는 것을.

그래서 그녀는 소콜로프의 집에서 테르호에게 전달될 3만 유로를 챙겨 도망칠 계획을 세웠다. 소콜로프의 보조 열쇠를 훔치고, 시골에 은신처도 마련해놓았다. 모든 건 순조롭게 진행되었다.

그리고 일요일. 소콜로프와 에스토니아인들은 하루 종일 집을 비우기로 되어 있었다. 하지만 그녀의 예상과 달리 그들은 너무 일찍 집으로 돌아왔고 그것이 지금, 알몸의 나탈리아 스미르노바가 숨진 채 어둠 속에 누워 있는 이유였다.

그릇된 결정으로 인해 상상을 초월하는 끔찍한 대가를 치르게 된 것이었다.

나탈리아의 인생은 일련의 불가피한 오판들로 얼룩졌다. 잘못된 결정들은 그럴싸하게 포장되어 그녀에게 서빙되었다. 장미 향기 나는 황금 쟁반에 탐스럽게 담긴 채로. 하지만 그녀는 쟁반 밑을 살피지도, 그것을 들고 있는 사람을 유심히 관찰하지도 않았다. 하얀 눈 위에 빨간 핏자국이 생생히 남겨져 있었음에도.

그래서 나탈리아 스미르노바는 무감각한 상태로 차가운 바닥에 누워 있는 것이다.

벌써 128시간째였다.

하지만 그녀는 죽어서도 안식을 누리지 못했다. 보리스 소콜로프에게 또 다른 꿍꿍이가 남아 있기 때문이다.

23

　루미키는 서둘러 지하실로 내려갔다. 다행히 남자는 따라오지 않았다. 완벽히 따돌린 모양이었다.

　그녀가 뷔페에서 수십 가지 진미를 맛보고 있을 때 남자가 다시 불쑥 나타났다. 그는 그녀에게 대체 어디로 사라졌었는지 따져 물었다.

　"여자는 원래 이해할 수 없는 존재잖아요." 그녀가 요염하게 말했다.

　남자는 여자의 본성을 제대로 확인하고 싶다며 위층에 올라갈 것을 제인했고, 무미키는 먼저 배부터 채우게 해달라고 애원했다. 남자는 그녀의 허리에 두 손을 얹고 폭식은 호리호리한 허리선을 망칠 수 있다고 경고했다. 루미키는 하루 종일 아무것도 먹지 못했다며 기절해 쓰러지지 않으려면 뭐라도 먹어야 한다고 했다. 그 말에 남자는 웃음을 터뜨렸다.

"왠지 보통 아가씨가 아닐 것 같은데."

제대로 봤어. 허튼수작 부렸다간 눈을 할퀴어줄 거야. 루미키는 생각했다. 그녀는 들고 있던 접시를 그에게 건넨 후 화장을 고치고 오겠다며 자리에서 슬그머니 빠져나왔다. 남자는 만족스러운 표정을 지었다. 마치 그 접시가 중요한 담보물이라도 된다는 듯이. 한심한 사람.

지하실로 내려온 루미키는 잽싸게 주위를 살펴보았다. 바로 앞에는 큰 주방이 자리하고 있었다. 그 안에서 조리사들이 분주히 움직이는 소리가 요란하게 흘러나왔다. 프라이팬에서는 무언가가 지글지글 튀겨지고 있었고, 칼들은 쉴 새 없이 도마를 두들겨댔다. 소음 너머로 주문하는 새된 목소리가 들려왔고, 웨이터들은 쟁반과 사발과 서빙 접시를 하나씩 들고 연신 반회전문을 들락거렸다. 루미키는 어둑한 구석에 서서 끊임없이 이어지는 요리들의 행렬을 잠시 지켜보았다.

가끔 엘리사의 아버지가 시야에 아른거렸지만 그녀가 따라나서면 어떻게 알았는지 귀신같이 사라져버렸다.

시간이 얼마나 흘렀을까, 근처 복도 쪽에서 테르호 배이새넨의 목소리가 들려왔다. 그는 누군가와 영어로 대화를 나누고 있었다. 상대의 목소리도 묘하게 귀에 익었다.

두 남자의 목소리가 점점 가까워졌다. 순간 루미키는 충격적인 사실을 깨달았다. 그녀가 남자의 목소리를 들었던 건 그날 숲속에서였다. 괴한에게 쫓겨 필사적으로 도망쳤을 때. 그때 그 러시아인의 목소리였다.

루미키는 황급히 머리를 굴려보았다. 그냥 길을 잃고 당황한 척하는 게 좋을까? 어차피 두 사람 모두 날 알아보지 못할 텐데. 하지만 그들의 시야에서 벗어나올 방법은 없었다. 그녀는 좋지 않은 때 가서는 안 될 장소에 들어와 있었다. 나중에 길에서 마주쳐도 그들이 그녀를 알아볼 수 없게 해야 했다.

루미키는 가까운 곳에 나 있는 문으로 달려갔다. 다행히 문은 잠겨 있지 않았다. 그녀는 안을 조심스레 들여다보았다. 눈에 들어오는 것이라고는 상자형 냉동고 몇 개와 술이 담긴 플라스틱 상자들뿐이었다. 여분의 창고인 듯했다. 그녀는 안으로 들어가 배이새넨과 러시아인이 지나가기를 기다렸다.

하지만 운명의 장난인지, 그들은 문 앞에 멈춰 섰다.

"보여줄 게 있소." 러시아인이 영어로 말했다.

그녀는 황급히 주위를 살폈다. 뒷문은 없었다. 숨을 곳도 보이지 않았다. 이제 그녀는 독 안에 든 쥐나 다름없었다.

냉동고에 들어가 숨는다면 몰라도.

냉동고 문을 열고 안을 들여다 본 루미키는 순간 숨이 턱 막혔다. 그녀는 황급히 문을 닫고 물러났다.

먹은 것이 올라올 것 같았다. 그녀의 팔다리가 덜덜 떨렸다. 하지만 넋 나간 모습으로 서서 방금 본 것을 곱씹어볼 여유는 없었다. 파티장 곳곳에 섬뜩한 소품들이 널려 있기는 했지만 냉동고 속 내용물은 분명 소품이 아니었다. 루미키는 다음 냉동고를 열어보았다. 이번에는 안도의 한숨이 터져 나왔다. 안에는 냉동 콩 두 봉지가 있었다. 그녀는 냉동고의 전원부터 껐다. 54킬로그램의 십대 소녀가 37도의 체온을 최대한 오래 유지할 수 있도록.

창고 문이 움직이기 시작했다.

그녀는 냉동고 안으로 들어가 살며시 문을 닫았다. 잠시 후, 두 남자가 안으로 걸어 들어왔다.

살을 에는 냉기가 그녀의 맨살로 파고들었다. 실내에서도 결빙 온도를 피할 수 없게 된, 말 그대로 저주받은 겨울이었다.

테르호 배이새넨은 마음이 조급했다. 그는 보리스 소콜로프와 한가하게 시시덕거릴 여유가 없었다. 그의 머릿속은 북극곰을 설득해 타당한 수준의 퇴직금을 타내야 한다는 일념뿐이었다. 북극곰을 협박해 돈을 갈취하는 건 불가능한 일이었다. 적어도 들리

는 소문은 그러했다. 지금껏 수많은 시도가 있었지만 단 한 사람
도 성공하지 못했다.

그래서 그는 협상으로 작전을 바꾸었다.

"나탈리아는 어디 있습니까?" 테르호가 영어로 물었다.

보리스 소콜로프가 이를 드러내며 미소를 흘렸다.

"그걸 보여주겠다는 거요." 소콜로프가 대답했다. "당신의 눈
의 여왕은 바로 여기 있습니다."

배이새넨의 시선이 소콜로프가 열어젖힌 냉동고 쪽을 향했다.

엘리사의 아버지가 헛구역질을 시작했다. 루미키는 그가 냉동
고에서 무엇을 보았는지 잘 알고 있었다. 앞으로 두고두고 악몽
을 선사할 그 이미지는 그녀의 망막에도 뚜렷이 남아 있었다.

냉동고 속의 젊은 여인은 알몸이었고, 죽어 있었다.

눈을 뜨고, 얼굴은 연한 청색으로 변해 있었으며, 입술에는 피
가 말라붙어 있었다. 그녀의 복부에는 커다란 구멍이 나 있었다.

"이게…… 당신들, 대체 무슨 짓을 한 겁니까?" 엘리사의 아버
지가 가볍게 떨리는 목소리로 물었다.

"형사가 시체를 처음 보는 것도 아닐 텐데 왜 그리 놀랍니까?"

"하지만…… 대체 왜?"

"정말 몰라서 묻는 겁니까? 나탈리아는 돈을 챙겨 도망치려 했습니다. 당신의 돈 말입니다. 우리 돈. 그래서 죽였습니다. 피 묻은 돈을 보고 어떻게 된 일인지 짐작했을 텐데요."

"난 그 돈을 본 적이 없다고 했잖소."

"보상금을 못 받았다고요?"

"젠장. 몇 번을 더 얘기해야 알아듣겠소? 배달되지 않았다니까."

"그건 당신 문제지 우리 문제는 아닙니다. 우린 약속대로 2월 28일에 돈을 배달했습니다. 당신이 요구한 날에 맞춰 1년에 세 차례씩 꼬박꼬박 돈을 보냈습니다. 이번엔 숲에 숨겨놓는 대신 당신의 집으로 가져갔죠. 우린 오히려 당신이 고마워할 줄 알았는데."

"이건…… 역겨워서 견딜 수가 없군요."

"현실을 직시해요. 그럼 나탈리아가 돈을 챙겨 달아나도록 그냥 내버려뒀어야 합니까? 돈 3만 유로가 아까워서 그런 게 아닙니다. 그녀가 밀고라도 한다면 큰일이지 않겠습니까?"

"아무리 그래도…… 난……."

엘리사의 아버지는 할 말을 잃은 모양이었다.

"난 더 이상 당신네들과 엮이고 싶지 않습니다. 알겠습니까?

이런 일이 대체 왜 벌어진 겁니까? 어째서 사람이 죽어야 했느냔 말입니다."

"걸림돌은 제거해야죠. 나탈리아도 그렇고, 비보도 그렇고."

"비보 탐?"

"북극곰의 부하들이 그를 제거했습니다. 뭐 놀랄 건 없어요. 언제든 벌어질 일이었으니까. 프로니까 이해하겠죠? 다른 선택의 여지가 없었습니다. 물건이 사라지고, 돈이 사라지고, 책임자들은 죽음으로 죄를 씻고. 그게 이 바닥 생리잖소."

"프로? 지금 프로라고 했습니까? 빌어먹을. 당신들은 사람을 죽였어요!"

테르호 배이새넨의 목소리가 갈라졌다. 히스테리를 일으키기 직전 같았다.

루미키는 손끝이 얼얼해져오는 걸 느꼈다. 발가락은 이미 감각을 잃었다. 그나마 다행스러운 건 냉동고 안에 아직 충분한 산소가 남아 있다는 사실이었다.

"신뢰할 수 없는 직원은 정리해야죠. 내가 충고 하나 할까요, 배이새넨? 지금부터는 내게 말대꾸하지 마시오. 내 말 한 마디면 당신도 저년 옆에 눕게 될 수 있다는 거 명심하시고. 그땐 내 손으로 직접 할 겁니다."

배이새넨이 웃음을 터뜨렸다. 하지만 웃음소리에서는 절망이 느껴졌다.

"당신들에겐 내가 필요합니다. 지난 10년간 그랬던 것처럼."

"지금까진 아무 문제 없었습니다. 당신이 내부 정보를 제공하면, 우린 거기에 따른 적절한 보상을 했습니다. 우리 사업은 번창하고, 당신의 마약단속반은 기록적인 성과를 거두었죠. 양쪽 모두에게 유익한 거래였습니다. 당신이 내 덕택에 초고속 승진을 해왔다는 걸 잊지 않았겠죠? 그런데 내 말 잘 들어요, 배이새넨. 난 더 이상 당신이 필요하지 않습니다. 당신이 아니라도 말 잘 듣는 경찰 끄나풀은 얼마든지 찾을 수 있단 말입니다."

"듣던 중 반가운 소리군요. 나도 이 관계를 청산하려던 참이었는데."

"결정은 내가 하는 거요."

"아뇨, 보리스. 이번엔 다릅니다. 난 이미 손을 떼기로 마음을 굳혔어요. 당신이 뭐라던 상관없습니다."

두 사람 사이에 잠시 어색한 침묵이 흘렀다.

"흠." 마침내 소콜로프가 다시 입을 열었다. "당신이 손을 떼고 나서 입을 함부로 놀리지 않을 거라는 걸 우리가 어떻게 확신할 수 있죠?"

"날 믿어보는 수밖에 없겠죠."

"아니, 그보다 좋은 방법이 있지. 당신이 함부로 입을 놀리면 사랑스런 당신 딸도 나탈리아처럼 험한 꼴을 당하게 하면 됩니다."

"이 개자식!"

엘리사의 아버지가 소콜로프에게 달려들었다. 잠시 후, 신음이 들리는가 싶더니 이내 잠잠해졌다.

"내 손으로 직접 할 거라고 했지? 그게 농담인 줄 알았나?"

소콜로프가 숨을 헐떡대며 말했다.

"그래. 알았어. 알았다고. 그러니까 그건 넣어둬. 내가 흥분했어. 사과할게."

"명심해. 네 딸년도 이 냉동고에 처박혀질 수 있다는 걸. 그 광경을 머릿속에 담아두면 두 번 다시 경거망동 못할걸. 내가 허튼소리 안 한다는 거 잘 알지?"

창고 문이 열리고 두 남자가 밖으로 나갔다.

하마터면 큰일 날 뻔했다. 그녀의 온몸은 이미 냉기에 마비된 상태였다. 냉동고 내벽에 닿았던 부분은 동상에 걸려 있었다. 루미키는 문을 열기 위해 한쪽 팔을 천천히 올려보았다.

그때 창고 문이 다시 열리더니 누군가가 걸어 들어왔다. 루미키는 두 사람이 핀란드어로 나누는 짜증 섞인 대화를 엿들을 수 있었다.

"이 많은 술을 그렇게 빨리 마시다니. 무슨 스펀지도 아니고."

"놀랄 거 없어. 이건 시작일 뿐이니까. 자정 넘어선 어떤지 한 번 보라고."

웨이터들이군. 루미키는 생각했다.

"뭘 가져가야 하지?"

"샴페인. 처음엔 다들 그걸로 시작하더라고. 그러다 서서히 화이트 와인과 레드 와인을 찾지. 오늘처럼 추운 날엔 레드 와인이 더 잘 나가. 자정이 넘으면 위스키같이 독한 술을 찾고. 럼도 꽤 마시더군. 보드카는 말할 것도 없고. 한 가지만 고집스럽게 마시는 손님도 있고, 매번 다른 걸 주문하는 손님도 있어."

빨리 샴페인 챙겨서 꺼지라고. 루미키가 속으로 빽 소리쳤다. 수다는 나가서 떨어도 되잖아.

"멋지군. 누가 샴페인 위에 레드 와인을 잔뜩 쌓아뒀어. 내가 샴페인은 맨 위에 놓으라고 그렇게 얘기했는데. 레드 와인은 맨 밑에 깔아두라고 했고. 어차피 나중에 찾을 걸 왜 굳이 맨 위에 쌓아뒀는지 모르겠군."

"빨리 샴페인이나 챙겨 나가자고. 와인은 한쪽으로 치워놓으면 되잖아."

"짜증나 미치겠네. 내가 뭐 어려운 걸 지시한 것도 아니고. 놈들 때문에 괜히 우리만 고생이잖아. 자넨 모르겠지만 파티가 끝날 때쯤이면 대혼란을 목격하게 될 거라고. 완전한 아수라장 말이야. 두 손으로 미친 듯이 술을 날라도 주문을 따라가지 못할 거라고. 정리를 이따위로 해놨으니 이따 빈티지 코냑을 어떻게 찾지?"

"알았어. 알았으니까 빨리 이거나 처리하자고."

두 웨이터가 투덜대며 술 상자들을 옮기기 시작했다. 술병들이 서로 부딪치며 경쾌한 소리를 냈다.

"바닥에 두면 안 돼. 다닐 때 거치적거리잖아. 일단 이 냉동고에 올려놓자고."

"안에 뭐 중요한 게 들어 있지 않을까? 이따 여기서 뭘 꺼내오라면 어쩌지? 그땐 이걸 바닥에 늘어놔야 하잖아. 가벼워서 번쩍번쩍 들 수 있는 것도 아니고."

"오래 묵은 냉동 채소만 들어 있어. 아까 내가 다 체크했다고."

"내가 직접 봐두는 게 좋겠어."

한 웨이터가 냉동고 뚜껑에 손을 얹었다.

열지 마. 제발, 제발, 제발.

그때 묵직한 무언가가 냉동고 위에 올려졌다.

"이봐, 미쳤어? 내 손가락이 깔릴 뻔했잖아."

"무사하니 됐잖아. 이거 도와줄 거야, 말 거야?"

"그래, 흥분하지 말자고."

또 한 상자. 또 한 상자. 그리고 또 한 상자. 레드 와인 네 상자가 냉동고에 차례로 올려졌다.

"자, 이제 가서 샴페인을 꺼내와."

두 웨이터는 샴페인을 챙겨 들고 문으로 향했다.

"이봐, 잠깐 기다려." 그중 하나가 돌아서며 말했다. 두 사람의 발소리가 다시 냉동고 쪽으로 다가왔다. 딸깍 소리와 함께 냉동고 압축기가 작동하기 시작했다.

"누가 실수로 꺼놨나 봐. 냉동 콩 두 봉지뿐이지만 전원을 꺼두면 안 돼. 언제 누가 엘크를 가져와 얼리려 들지 모르잖아."

발소리가 다시 문 쪽으로 멀어졌다. 문이 열렸다 닫히는 소리가 들려오자 루미키는 안도의 한숨을 내쉬었다. 이제 창고에는 그녀 한 사람뿐이었다.

옆 냉동고에 처박힌 나탈리아라는 여자를 제외하면.

그리고 머지않아 얼어붙은 시체는 두 구로 늘어나겠지.

24

"해봐! 한번 해보라고. 놈이 보기 전에 머릴 박살내야 해. 점수 좀 그만 까먹고."

"짜증 좀 내지 마! 최선을 다하고 있다고. 시끄러워서 게임을 못하겠어. 너 때문에 집중이 안 된단 말이야."

"지금이야! 지금! 쏴! 빌어먹을, 쏘라니까!"

"오 예! 처치했어."

"잘했어! 그러게 내 말 들으라니까."

엘리사의 관자놀이와 뒤통수가 욱신거려왔다. 그녀는 노트북 컴퓨터를 앞에 펼쳐놓고 몇 시간째 움직이지 않는 빨간 점을 응시하고 있었다. 그것은 루미키가 파티장에 무사히 들어갔음을 의미했다. 만약 아직까지 차 트렁크 안에 갇혀 있다면 지금쯤 전화를 하거나 문자 메시지를 보내왔을 것이다. 엘리사는 다른 가능성은 생각하고 싶지 않았다. 예를 들면, 운전사나 다른 누군가가 트렁크 안에서 루미키를 발견하는 불상사.

그녀는 무의식적으로 손톱을 물어뜯기 시작했다. 분홍색과 검은색 패턴이 그려진 그녀의 손톱은 이미 오래전에 엉망이 되어버렸다. 하지만 지금은 한가하게 손톱이나 머리에 신경 쓸 때가 아니었다.

"이 방을 시뻘겋게 물들여 볼까? 오, 반격을 해보시겠다 이거지? 어디 마음대로 해보시지!"

더 참을 수가 없었다. 엘리사는 콘센트 앞으로 성큼 다가가 플레이스테이션의 코드를 확 뽑아버렸다. 순간 투카와 카스페르의 입에서 야유가 터져 나왔다.

게임이 그렇게 하고 싶으면 집에 가서 해. 애들도 아니고.

"뭐하는 거야, 엘리사? 신기록 직전이었는데." 카스페르가 투덜거렸다. "거의 다 이긴 건데."

"그깟 게임이 중요해? 지금 무슨 일이 벌어지고 있는지 몰라서들 그러냐고!" 엘리사가 노트북 컴퓨터를 가리키며 말했다.

"흥분하지 마. 벌써 두 시간째 움직임이 없잖아. 모든 게 계획대로 잘되고 있다는 뜻이라고. 게다가 여기서 루미키를 도울 무슨 방법이 있는 것도 아니잖아. 우리 셋이 모니터를 노려본다고 긍정 에너지가 그쪽으로 전달되기라도 해?"

투카가 엘리사에게 다가가 그녀의 어깨에 손을 얹었다. 엘리사는 어깨를 으쓱여 그의 손을 털어냈다. 투카에 대한 모든 것이 그녀를 언짢게 했다. 이런 애와 사랑에 빠졌던 때가 있었다니. 믿어지지 않았다. 불과 며칠 전까지만 해도 그녀는 재결합에 대해 긍정적이었다. 서로 노력하면 세기의 커플도 충분히 노려볼 수 있을 거라 생각했다.

투카랑 엮이지 않았다면 지금처럼 루미키의 위치를 알려주는 무시무시한 빨간 점을 숨죽여 응시할 필요도 없었을 것이다. 마음 졸이며 루미키와 아빠가 무사히 돌아올 수 있을지 걱정하는 일도 없었을 거고. 투카는 돈을 포기하지 않았다. 학교에서 돈에 묻은 피를 씻자는 것도 그의 아이디어였다. 그 황당한 계획에 동참한 건 순전히 엘리사의 잘못이었지만 그럼에도 불구하고 그녀는 투카에 대한 반감을 거두지 않았다. 투카를 비난하며 씩씩거리는 동안에는 아빠 걱정을 조금이나마 덜 수 있었다.

아빠에게 엘리사는 아직도 귀염둥이 딸이었다. 엄마의 출장이 잦아질수록 부녀 사이는 점점 친밀해져갔다. 그녀는 아빠와 하는 유치한 장난이 좋았다. 그들은 종종 거실에 매트리스와 담요와 베개로 요새를 만들어놓고 그 안에 들어가 잠을 자곤 했다. 아빠는 아침마다 달달한 팝송을 고래고래 부르며 곰 인형 모양의 팬케이크를 만들어 엘리사에게 대접했다. 딸과의 수다를 무엇보다 즐겼고, 딸의 기벽도 항상 너그럽게 받아주었다. 첫 남자친구와 헤어졌을 때 가장 먼저 달려와 위로해준 사람도 바로 아빠였다. 하루 날을 잡아 〈스타워즈〉 시리즈를 몰아서 감상할 때면 으레 은하간의 격렬한 팝콘 전쟁이 벌어지곤 했다. 그걸 지켜보는 엄마는 눈을 굴리며 못마땅해 했지만.

하지만 지난 며칠 동안 그녀가 알던 아빠는 없었다. 그가 있던 자리에는 이제 엄마 몰래 젊은 여자와 바람을 피우고, 위험하고 불법적인 무언가에 깊이 연루된 낯선 남자가 있었다. 엘리사는 아빠의 눈을 똑바로 보며 묻고 싶었다. "테르호 배이새넨, 당신 정체가 뭐죠?"

그녀는 루미키가 걱정되었고, 그녀가 밝혀낼 진실이 두려웠다. 엘리사는 이미 인생에서 가장 안전하고 믿을 만한 존재를 빼앗겨 버린 상태였다. 더 이상의 폭로를 버텨낼 수 있을지 의문이었지만 그녀에게는 다른 선택의 여지가 없었다.

잠시 스마트폰을 들여다보던 카스페르가 고개를 들었다.

"방금 떠오른 생각이 있어."

순간 엘리사의 맥박이 빨라지기 시작했다.

"뭔데?"

"파티장에선 휴대폰을 쓰지 못할 거야. 북극곰이 그러도록 내버려둘 사람이 아니거든." 카스페르가 말했다.

"그걸 이제야 떠올린 거야?" 투카가 화를 내며 말했다. "휴대폰이 없으면 우리에게 연락할 방법이 없잖아."

엘리사는 애써 흥분을 가라앉혔다.

"루미키라면 방법을 찾아낼 거야. 어떻게든 자신이 무사하다는 걸 알려올 거라고."

"걜 철석같이 믿고 있군." 투카가 엘리사를 빤히 보며 말했다.

너희 두 사람보단 훨씬 믿을 만하니까. 엘리사는 생각했다. 물론 늦은 밤까지 함께 있어주는 그들이 고맙기는 했다. 하지만 그녀는 이번 일만 정리되면 투카와 카스페르에게 결별을 선언할 생각이었다. 두 번 다시 그들과 삼인조로 몰려다닐 일은 없었다.

엘리사의 시선이 다시 위치 탐지기 속 빨간 점으로 돌아갔다. 그것은 홀로 조깅을 나가는 딸의 안전을 위해 그녀 부모님이 장만한 것이었다. 루미키의 위치를 확인한 엘리사는 또다시 뜻 모를 공포와 죄책감에 사로잡혔다. 루미키는 지금 뭘 하고 있을까? 무슨 생각을 하고 있을까? 엘리사는 자신의 금발머리 몇 가닥을 살살 꼬아대다가 그 끝을 입으로 가져갔다. 머리카락을 빨면 묘하게도 곤두선 신경이 가라앉았다. 투카는 그걸 못마땅해 했지만 그녀는 신경 쓰지 않았다.

"걔가 먼저 무사하다고 알려오지 않으면……."

카스페르는 말을 맺지 않았다.

"그럼 우리도 원래 계획대로 가야지." 엘리사가 차분한 목소리로 말했다.

"GPS는 어디에 숨겨놨어?" 투카가 물었다.

"허벅지." 엘리사가 말했다. "가터벨트에."

"그게 발각되면 어쩌지?" 카스페르가 물었다. "누군가가 그걸 뜯어내 쓰레기통에 던져버렸는지도 모르잖아. 루미키는 시체가 돼서 옷장에 처박혀 있거나 숲속에 버려졌는지도 모르고."

엘리사가 자리에서 벌떡 일어났다. 카스페르를 한 대 올려붙이고 싶은 충동을 간신히 억눌렀다.

"닥쳐. 그런 소리 지껄이면 상황이 좀 나아질 것 같아? 생각 좀 하고 말해. 루미키는 파티장에 무사히 들어갔고, 모든 건 계획대로 착착 진행되고 있어. 패닉에 빠진 우리 목소릴 들으면 아마 배꼽을 잡고 웃을걸."

엘리사는 쌩하니 주방으로 들어가 버렸다. 신경을 진정시켜줄 무언가가 필요했다. 그녀의 눈이 엄마의 와인 선반을 훑기 시작했다. 한 병 사라져도 엄마는 절대 눈치 채지 못할 거야. 두어 잔 마시면 흥분이 좀 가라앉겠지.

어느새 엘리사의 손가락은 와인 병의 목 부분을 살살 쓸어내리고 있었다. 하지만 그녀는 매몰차게 생각을 떨쳐냈다.

안 돼. 정신을 바짝 차리고 있어야 해. 언제 루미키가 도움을
필요로 할지 모르니까.

25

상자마다 레드 와인이 16병씩 담겨 있었다. 냉동고에 올려진 와인 상자는 총 네 개였다. 병마다 0.75리터의 와인이 담겨 있었다. 와인 병 하나의 무게는 450그램에 달했다. 언젠가 루미키가 읽었던 기사는 그렇다고 했었다. 거기에 플라스틱 상자들까지 포함하면 총 77킬로그램에 달하는 무게가 냉동고 문을 짓누르고 있는 셈이다. 결코 유쾌한 계산이 아니지만.

언젠가 그녀는 체육관에서 레그 프레스*로 1백 킬로그램을 들어 올린 적이 있었다. 하지만 이건 레그 프레스가 아니라 냉동고였다.

루미키는 하이힐을 벗어젖히고 허리를 냉동고 바닥에 착 붙였

---

* 누운 상태에서 다리로 무게를 들어 올리는 다리 운동

다. 그런 다음, 발바닥으로 뚜껑 밑면을 힘껏 밀어보았다. 냉동고 문은 꿈쩍도 하지 않았다.

저체온증: 사람의 체온이 35도 이하로 떨어진 상태.

증상: 몸의 떨림, 냉감각冷感覺, 신체 조정력 감퇴, 경련.

심부 체온이 계속 떨어지면서 냉증이 사라지고, 경련도 멎는다. 정신의 예민함은 저하되고, 호흡수와 심박동수는 느려진다. 심부 체온이 30도 이하로 떨어지면 부정맥이 시작된다.

그런 상태에 빠지면 몸의 자기 방어 기제는 뜨거운 피를 중요 기관들로, 차가운 피를 사지로 각각 흘려보낸다. 손은 마비가 된다. 움직이는 게 힘들어진다. 사지의 불필요한 움직임은 차가운 피를 순환시키고, 그것이 심장에 다다르면 심근이 차게 식으면서 심실세동이 일어나 결국 사망에 이르게 된다.

루미키는 지독한 추위에 익숙했다. 이별 후 맞은 첫 가을, 그녀는 겨울 수영 클럽에 가입해 호수에서 수영을 시작했다. 수온이 낮을수록 기분은 더 상쾌해졌다. 얼어붙은 호수에 구멍을 내고 뛰어드는 것보다 짜릿한 일은 없었다. 겨울 수영은 마약과도 같았다. 물에서 나오면 피부에 다닥다닥 붙은 자그마한 얼음 결정들을 눈으로 확인할 수 있었다. 몸속에 뜨거운 기운이 돌면 엔도르핀 분비가 늘어나면서 몽환적인 기분이 찾아들었다. 세상 그 어떤 느낌보다도 황홀했다. 겨울 수영은 중독성 강한 운동이었다.

사우나에서 루미키는 괴짜 소녀로 통했다. 회원들 대부분은 노인이었다. 그들은 120도가 넘는 증기 속에서도 니트 모자와 겨울 수영 클럽 공식 슬리퍼를 벗지 않았다. 루미키는 아직 슬리퍼를 구입하지 않았다. 노인들은 그녀를 '소녀'라고 불렀다. 그녀는 개의치 않았다. 사우나에서 스무 살 미만의 회원을 만나는 건 불가능에 가까운 일이었다. 가끔 삼십 대 회원들이 총각 파티나 처녀 파티를 한답시고 우르르 몰려다니며 법석을 떨어댈 때는 있었지만.

연중무휴의 사우나는 특별한 행사가 없으면 꽤 조용한 편이었다. 겨울 수영에 진지한 회원들은 차가운 물에 몸을 담글 때도 비명을 지르거나 신음을 내지 않았다. 물에서 나오면 그들은 사우나 건물의 파티오에 서서 온몸으로 김을 내뿜었다. 루미키는 그 순간을 특히 좋아했다. 살면서 좀처럼 누려보기 힘든 경건한 순간. 크리스마스를 일주일 앞둔 어느 날 저녁, 그녀는 아무도 없는 사우나를 찾았다. 파티오는 랜턴들로 환히 밝았고, 밤하늘은 수많은 별들로 수놓여 있었다. 수영을 마치고 나와 파티오에 서니 몸속의 모든 세포가 꿈틀대는 기분이었다. 한없이 감사한 마음과 열망, 우울감, 그리고 희열이 한 데 어우러져 그녀에게 신성한 기운을 안겨주었다. 쏟아지는 별들과 눈 덮인 가문비나무들에 에워싸여 근엄하게 서 있었던 그 순간은 그녀만의 특별한 성탄 미사나 다름없었다.

가끔 겨울 호수에 몸을 담그는 건 건강에 좋지만 냉동고 안에 갇혀있는 건 그렇지 않았다. 결빙 온도의 물과 영하 17도의 관 사이에는 큰 차이가 있었다.

루미키는 건강 수업에 특히 집중했던 자신을 질책했다. 그녀는 산소 부족이 유발시키는 문제들을 떠올리지 않으려 애썼다. 지금은 냉동고 문을 여는 것에만 온 신경을 집중시켜야 할 때였다. 얼어붙은 팔과 다리를 너무 심하게 쓰는 것도, 거의 바닥나버린 산소도 더 이상은 걱정할 이유가 없었다. 이제 그녀가 할 수 있는 선택은 두 가지뿐이었다. 어떻게든 탈출하거나, 그냥 안에 갇혀 죽거나.

그녀의 다리는 얼어붙은 나무 둥치 같았다.

루미키는 깊은 숨을 한 번 들이쉰 후 몸의 모든 근육을 긴장시켰다. 그런 다음, 있는 힘껏 문의 밑면을 밀어내기 시작했다.

이번에는 문이 조금 들썩였다. 아주 조금. 루미키의 다리에서 기운이 쫙 빠져나가자 살짝 들렸던 문이 다시 닫혀버렸다.

순간 그녀의 눈에서 눈물이 터져 나왔다. 아직은 울 때가 아니었지만 그녀는 참아내지 못했다. 기다렸다는 듯 절망이 찾아들었다. 냉동고에 갇혀 죽는 건 너무나 어리석고 무의미했다. 그는 죽고 싶지 않았다. 이제야 탐페레에서의 삶이 조금씩 좋아지기 시작했는데.

유리관 안에 누워 영원히 잠든 백설공주.

아니야. 내 운명은 내가 결정해.

루미키에게 포기란 없었다. 아무리 상황이 암담해도 포기를 떠올려본 적은 지금껏 단 한 번도 없었다.

그녀는 자세를 살짝 바꾸어보았다. 눈을 질끈 감고 남아있는 모든 기운을 다리 근육에 집중시켰다. 지겹도록 해온 스쿼트와 런지와 레그 프레스와 오르막 달리기가 헛일이 아니었음을 증명해야 할 순간이었다.

근육이 아파요? 잘됐군요. 통증이 느껴진다는 건 몸에서 나약함이 떨어져나간다는 증거예요. 딱 한 라운드만 더 해볼까요? 도움이 된다면 노래를 따라 불러도 좋아요.

루미키는 뚜껑 밑면을 다시 힘껏 밀어보았다. 그녀의 사두근이 후들거렸고 허벅지가 뜨겁게 달아올랐다. 굳게 닫힌 눈꺼풀 뒤에서는 요상한 패턴이 연신 떠올랐다.

문이 조금씩 들썩였다. 그녀는 포기하지 않았다. 아직은 과로에 허덕이는 근육에 자비를 베풀 때가 아니었다. 밖에서 요동치던 상자들이 마침내 완전히 기울어져 냉동고 밑으로 우수수 떨어졌다. 냉동고 밖에서 유리가 깨지는 요란한 소리가 들려왔다.

그것은 마법을 풀어주는 동화 속 종소리만큼이나 반가운 소리였다. 세상에서 가장 아름다운 소리.

그녀가 몸을 일으키고 문을 열어젖혔다. 춥고 지친 몸이 덜덜 떨렸다. 바닥은 레드 와인과 유리 파편들로 엉망이었다. 루미키는 하이힐을 찾아 신고 냉동고를 빠져나왔다. 하이힐은 바닥에 디디는 면적이 적다는 장점이 있었다. 그녀는 유리 파편을 요리조리 피해 문 앞으로 다가갔다.

큰소리로 도움을 요청해볼걸. 누군가가 듣고 달려와줬을지도 모르잖아.

하지만 냉동고 안에서는 미처 그 생각을 못했었다. 어려운 일도 아니었는데.

보리스 소콜로프는 긴장이 풀린 사람들을 지켜보았다. 그는 자신이 가장 좋아하는 위스키, 잭 대니얼스를 홀짝이고 있었다. 북극곰이 그걸 기억하고 있었던 것이다. 일을 마친 소콜로프는 위스기와 멋진 풍경에만 집중하고 싶었다. 특히 아름다운 여인들에게. 하지만 그의 눈빛에는 서글픔이 담겨 있었다. 그들의 아버지뻘 되는 자신의 많은 나이 때문이었다. 그들 중 하나와 며칠 재미를 보는 건 가능하겠지만 진지한 관계로의 발전은 꿈도 꿀 수 없었다. 소콜로프는 이미 오래전에 장기적이고 평범한 연애에 대한 환상을 버린 상태였다. 수십 년간 외롭게 살아온 그에게 오직 잭 대니얼스만이 유일한 벗이 되어주었다.

북극곰은 그 어떤 불법적인 것도 파티에 들이고 싶어 하지 않았다. 매우 타당한 예방책이었다. 경찰이 불시에 들이닥친다 해도 전혀 긴장할 필요가 없었다. 술이 넘쳐나는 이곳에서는 모든 게 합법적으로 행해졌다.

소콜로프는 마약을 즐기지 않았다. 좋은 동네의 좋은 집. 아무도 무시 못할 영향력. 여자들. 마약 덕분에 편히 먹고 산다는 건 부정할 수 없었다. 가끔 분위기에 따라 최고급 코카인을 흡입할 때가 있었지만 정맥 주사에 관심을 가져본 적은 없다.

마약은 그에게 적지 않은 스트레스를 안겨주었다. 주문한 물건이 핀란드에 무사히 도착했는지, 그것이 무탈하게 유통되고 있는지, 딜러들이 문제를 일으키지는 않는지, 더 개척할 판로가 남아 있는지, 과거 고객들이 입을 함부로 놀리고 다니지는 않는지, 그 모든 걸 그 혼자서 챙겨야 했다. 일이 너무 많다보니 문제도 많을 수밖에 없었다.

과거에는 자신의 구역에서 알짱거리는 수많은 세르게이, 호르헤, 마흐무드, 페테르 같은 이름을 가진 자들을 쫓아내기만 하면 되었다. 하지만 지금은 닷컴들과 무슨무슨 @핫메일 같은, 인터

넷 상의 이름을 가진 상대들과도 경쟁해야 하는 처지가 되었다. 이 바닥에 합성 마약이 판을 치기 시작하면서부터는 컴퓨터와도 친해져야 했다. 언제부터인가 네덜란드의 불법 웹사이트들을 들락거리며 주문을 넣고, 물건이 배달되기를 기다리는 게 그의 주 업무가 되어버렸다.

북극곰은 부유하고, 아름답고, 성공한 이들을 표적으로 삼았다. 하지만 그들을 끌어들이는 건 생각처럼 쉽지 않았다. 그래서 그들은 밑바닥 인생들에게까지 손길을 뻗치게 되었다. 이미 노트북 컴퓨터를 팔아치워 헤로인과 맞바꾼 사람들. 정부 보조금으로 간신히 살아가는 것으로도 모자라 가석방 담당관들의 감시까지 받아야 하는 사람들. 온라인 주문이 불가능한 사람들.

위험한 사업이 아니었다면 소콜로프는 나탈리아를 죽이진 않았을 것이다. 솔직히 그도 그녀에게 마음이 아주 없지는 않았다. 나탈리아와 배이새넨이 붙어 다니며 위험을 초래했을 때도 그는 일부러 모른 척했다.

그런 보리스의 관용에는 타당한 이유가 있었다. 배이새넨과 나탈리아의 관계는 나중에 그를 협박할 때 유용하게 쓰일 무기였기 때문이다. 어리석은 형사 놈이 손을 씻겠다고? 어디 그렇게 되는지 한번 두고 보자고. 보리스는 조만간 배이새넨이 다시 돌아와 함께 일하게 해달라고 애원할 거라 확신했다. 그때가 오면 보리스는 몇 가지 조건을 내걸 생각이었다. 우선 마약 단속반 끄나풀에게 지급되는 보수부터 줄여야 했다. 돈을 받지 못했다고 주장하는 배이새넨의 표정은 상당히 진실해 보였다. 어쩌면 그것은 사실인지도 모른다. 그의 주장대로 누군가가 뜰에 던져진 돈 봉지를 챙겨 달아났을 수도 있었다. 하지만 보리스는 상관하지 않았다. 그들은 분명히 배이새넨에게 돈을 배달했으니까. 배이새넨도 단념하는 모습이었다. 앞으로 그는 지금처럼 두둑한 보수를 챙기지 못할 것이다.

경거망동만 하지 않아도 나탈리아에게는 안정적인 미래가 보장되었을 것이다. 보리스의 심복 자리에 오를 수 있었을지도 모른다. 하지만 그녀는 한껏 들떠 백일몽에 빠져 살기 시작했다. 보리스는 그녀의 바뀐 표정과 목소리만으로 무언가 심상치 않은 일이 벌어지고 있음을 감지했다. 그래서 그는 모스크바로 돌아갔고, 그곳에서 나탈리아의 오빠를 통해 그녀의 계획을 들었다.

보리스는 집에 돈을 두지 않는 것으로 충분히 나탈리아를 저지할 수 있었다. 하지만 그는 그녀를, 그녀의 충성심을 시험해보고 싶었다. 결국 게이지는 마이너스 쪽으로 기울고 말았다. 마지막 순간까지 제정신으로 돌아오기를 간절히 바랐지만 그녀는 그의 기대를 매몰차게 저버렸다. 그는 나탈리아를 죽일 수밖에 없었다. 안타까운 일이었지만. 보리스는 다른 사람은 몰라도 나탈리아만큼은 자신을 실망시키지 않을 거라 믿고 있었다.

　잭 대니얼스가 그의 목구멍을 타고 흘러 들어갔다. 언제나 그렇듯 부드럽고 따뜻했지만 보리스는 쉽게 넘기지 못했다.

　날이 밝으면 시체를 처리하러 나가자고 그는 생각했다.

　오늘밤 이런 분위기에는 어울리지 않는 일이었다.

26

　자정은 빠르게 다가오고 있었다. 파티는 점점 요란하고 과격해
져갔다. 음악은 마치 우레 같았다. 술은 어느새 와인에서 증류주
로 바뀌어 있었다. 여자들의 얼굴에는 화장이 번졌고, 남자들은
넥타이를 풀어버렸다.

　완전히 긴장을 풀기에는 아직 일렀다. 예의를 무시하고 공짜
술에 취해 싸우거나 '휴식'을 핑계로 위층으로 사라지는 사람은
없었다. 모두가 곧 찾아들 밤의 클라이맥스를 기다리고 있었다.

　북극곰.

　루미키가 아직 파티장에 남아있는 이유였다. 냉동고에서 가까
스로 탈출한 루미키는 곧장 여자 화장실로 들어갔다. 그곳에서
드레스를 벗고 따뜻한 비데 물로 팔과 다리를 적셨다. 손과 발에
서서히 감각이 돌아왔다. 그녀는 작은 수건으로 몸을 말린 후 다

시 드레스를 걸치고 화장을 고쳤다. 놀랍게도 화장의 번짐은 거의 없었다. 엘리사는 미용업에 뛰어들어도 크게 성공할 것 같았다. 엘리사의 화장품은 식사와 음주와 빙점에 가까운 온도까지 완벽히 버텨냈다.

화장실 밖에는 성난 여자들이 길게 줄을 서 있었다. 그녀는 아무 말 없이 눈썹만 살짝 추켜세웠다.

루미키는 그냥 집으로 돌아갈까도 생각했다. 이미 임무는 완수한 상태였으니. 그녀는 엘리사의 아버지가 보리스 소콜로프라는 마약 딜러와 오랫동안 함께 일해왔음을 알아냈다. 그는 소콜로프에게 돈을 받고 내부 정보를 제공해왔다. 또한 그녀는 보리스 소콜로프가 나탈리아라는 젊은 여자를 살해해 냉동고에 넣어두었다는 사실도 알게 되었다. 소콜로프를 교도소로 보내기에 충분한 정보였다. 물론 엘리사의 아버지도 곤란해지겠지만 그건 그녀가 신경 쓸 부분이 아니었다.

그럼에도 불구하고, 루미키는 파티장을 나오지 않았다. 모두가 두려워하는 가공의, 그리고 전설적인 인물을 눈으로 직접 확인하고 싶었기 때문이나. 그녀는 환상적으로 꾸며진 방들을 차례로 둘러보며 시간을 죽였다.

사방이 분홍색으로 뒤덮인 방도 있었다. 엘리사가 보았더라면 분명 마음에 들어 했을 거야. 잠깐, 아닐 수도 있겠는데. 단 몇 초

만에 그녀의 생각이 바뀌었다. 마시멜로, 일각수, 장미꽃 봉오리, 그리고 주름장식 많은 베개들의 틈마다 숨겨진 분홍색 섹스토이들이 눈에 들어왔기 때문이다. 우아해 보이는 채찍부터 커다란 딜도까지. 이 방의 테마는 성인을 위한 동화인 듯했다. 한 커플이 비틀대며 들어왔고, 루미키는 잽싸게 자리를 비켜주었다.

자정이 가까워지면서 파티 분위기가 점점 무르익었다. 모두가 바짝 긴장한 채 '그 순간'을 기다리고 있었다. 10초를 남겨두고 카운트다운이 시작되었다. 손님들 모두가 2층의 넓은 무도회장에 모여 있었다. 그들은 좋은 자리를 맡기 위해 몸싸움까지 불사했다.

열.

루미키는 초조한 얼굴로 빈 유리잔을 만지작거리는 테르호 배이새넨을 보았다.

아홉.

음악 소리가 점점 낮아지더니 마침내 뚝 멎어버렸다.

여덟.

불이 꺼졌다. 천장에 투사된 별들이 유일한 조명으로 남겨졌다.

일곱. 여섯. 다섯. 넷. 셋.

루미키는 자신에게 벌어진 황당한 상황들을 곱씹어보았다. 하마터면 웃음이 터질 뻔했다. 최악의 타이밍에 운명적으로 들어갔던 학교 암실. 그리고 이런 자리에 스스럼없이 들어온 십 대 소녀.

둘.

이제 사람들은 숫자를 큰소리로 세지 않았다. 그냥 차분하게 읊조릴 뿐이었다.

하나.

무도회장에 완전한 어둠이 내려앉았다. 아무도 입을 열지 않았다. 어딘가에서 썰매 방울을 연상시키는 은은한 딸랑거림이 들려왔다. 순간 천장에서 눈송이 같아 보이는 조각들이 뿌려지기 시작했다. 루미키는 그것 하나를 받아 만져보았다. 정체 모를 조각은 이내 가루가 되어버렸다.

갑자기 눈부신 스포트라이트가 무도회장 중앙에 쏟아졌다.

눈의 여왕으로 분장한 두 여자. 눈의 여왕이라는 이름은 꽁꽁 얼어붙은 가엾은 나탈리아보다 그들에게 훨씬 잘 어울렸다. 두 여자는 일란성 쌍둥이였다. 대체 어디서 나타난 여자들일까? 루미키는 그들의 나이를 가늠할 수 없었다. 스무 살 같아 보이기도 했고, 쉰 살이라 해도 수긍이 될 것 같았다.

무도회장 곳곳에서 요란한 박수갈채가 터져 나왔다. 여자들은 장엄한 모습으로 손을 흔들어 화답했다. 루미키는 그들 중 하나가 목에 걸고 있는 눈결정 모양의 은제 펜던트를 유심히 바라보았다. 또 다른 여자의 펜던트는 곰 모양을 띠고 있었다.

얼음과 곰. 얼음 곰. 북극곰. 두 명이지만 단수형으로 불리는 이유를 알 것 같았다.

두 여자는 군중이 잠잠해질 때까지 기다렸다. 박수와 환호가 멎자 마침내 두 여자가 입을 열었다. 그들은 정해진 순서에 맞춰 물 흐르듯 연설을 이어나갔다. 루미키는 그들을 유심히 지켜보았다. 하지만 누가 어느 부분을 맡아 이야기하는지 통 구분이 되지 않았다.

"겨울은 황홀한 계절입니다. 그래서 오늘 테마를 동화로 정해봤어요. 꿈, 판타지, 그리고 악몽. 동화의 재료들이죠. 오늘 여러분을 초대한 건 감사의 마음을 전하기 위해서입니다. 여러분은 꿈을 만드는 데 힘을 보태주셨습니다. 우아하고 효율적이고 결의에 찬 세상 말입니다. 한계는 뛰어넘으라고 있는 것이고 규칙은 바꾸라고 있는 것이며, 규범은 무시하라고 있는 것입니다. 자, 우리 축하합시다! 바깥세상의 편협한 시선과 기대는 잊어요. 이건 여러분을 위한 자리입니다. 마음껏 즐기세요."

대체 무슨 소리인지 루미키는 이해가 되지 않았다. 여자들은 완벽한 발음의 영어를 구사했다. 녹음해서 반복해 듣는다 해도 흠을 찾아낼 수 없을 것 같았다. 대체 뭐하는 여자들이지? 이 많은 사람들을 어떻게 구워삶아온 거지? 불법적으로 벌여놓은 사업이 과연 몇 개나 될까?

루미키는 흠모의 눈빛으로 두 여자를 바라보는 군중을 찬찬히, 눈으로 훑었다. 북극곰의 실제 활동은 천장에서 떨어진 가짜 눈 같았다. 움켜잡아보면 금세 해체되고, 또 사라져버렸다.

그녀가 맞설 수 있는 상대가 아니었다. 어쩌면 쌍둥이는 그 누구도 건드릴 수 없는 허울에 불과한지도 몰랐다.

루미키가 할 수 있는 건 보리스 소콜로프를 감옥으로 보내는 것뿐이었다. 그렇게만 된다면 암실의 피 묻은 돈에서 시작된 모든 사건들은 깔끔하게 정리될지도 몰랐다. 루미키로서는 더 바랄 게 없었다.

그녀는 빨리 집으로 돌아가고 싶어졌다.

27

"마법 거울이 없어도 알 수 있어요. 이 파티에 초대된 여자들 중 당신이 가장 아름답다는 걸."

루미키의 귀에 뜨거운 입김이 느껴졌다. 갑자기 누군가의 손이 그녀의 허리를 꽉 움켜잡았다. 루미키는 속으로 욕을 내뱉었다. 그 남자가 용케도 그녀를 찾아낸 것이었다. 홀가분한 마음으로 파티장을 나서려던 그녀는 꼼짝없이 그에게 붙잡혀 있게 되었다. 그에게서는 역한 코냑 냄새가 풍겼다. 루미키는 그의 억센 손에서 벗어날 방법이 없다는 걸 깨달았다. 필사적으로 몸부림쳤다가는 사람들의 불필요한 주목만 끌 것이다.

"당신이 사라진 줄 알고 걱정했잖아요. 그건 절대 용납할 수 없죠. 아까 그렇게 헤어지게 돼서 유감이었습니다." 남자가 육중한 몸뚱이를 루미키의 등에 밀착시키며 속삭였다.

90킬로그램은 족히 되겠는데. 루미키는 생각했다. 그를 자극했다가는 더 거세게 나올 것 같았다. 다른 전략이 필요했다.

"설마 나에 대한 관심이 식어버린 건 아니겠죠?"

다행히 그건 아니야. 루미키는 속으로 대답했다.

루미키는 돌아서서 남자의 얼굴을 보았다. 그의 눈은 심하게 충혈된 상태였다. 턱시도 재킷은 어딘가에 버려두고 온 모양이었다. 그의 연한 청색 셔츠 겨드랑이 부분은 땀으로 진하게 물들어 있었고, 넥타이는 느슨하게 풀어져 있었다. 그녀는 애써 당돌한 표정을 지으며 그의 넥타이를 움켜잡았다. 그리고 그의 귀로 입을 가져가 속삭였다. "나랑 같이 위로 올라가요. 우리 이야기가 어떻게 끝날지 궁금하다면."

그녀는 남자의 귓불을 살짝 깨물었다. 역겨웠지만 꾹 참았다.

남자의 얼굴에 만족의 표정이 떠올랐다. 그가 혀로 입술을 핥았다.

"빨리 올라갑시다." 그가 말했다.

계단을 오르는 내내 남자의 시선은 루미키의 등에서 떨어지지 않았다. 탈출 시도는 무의미했다. 그녀는 다리의 후들거림을 무시하고 일부러 엉덩이를 크게 흔들었다. 사랑하는 남자를 이끌고 방으로 들어가 문을 걸어 잠그는 기분은 과연 어떨까? 자외선 차단제 향기와 따뜻한 피부. 부두의 나무 계단을 오르는 내내 터지는 웃음. 착실하게 따라오는 발소리. 설렘에 따끔거리는 가슴.

그런 회고는 이제 무의미했다. 지난 여름은 영원보다 더 오래되었으니까.

지금은 눈앞의 문제에만 집중해야 했다.

루미키는 남자를 이끌고 빈 방으로 들어갔다. 커다란 방 중앙에는 연철로 된 침대가 덩그러니 놓여 있었다. 그녀는 남자를 매트리스 위로 떠밀었다. 대담함을 유지하는 게 중요했다.

"역시 거친 타입이었군! 하지만 괜찮아요. 내가 잘 길들이면 되니까." 남자가 침대에 누워 바지를 벗기 시작했다. 루미키는 잽싸게 문을 걸어 잠그고 남자에게 돌아갔다. 남자의 축축한 손이 그녀의 몸을 더듬기 시작했다.

"그보다 먼저 할 게 있어요." 루미키가 남자를 다시 떠밀며 말했다.

술에 취한 남자의 눈이 번뜩였다. 루미키의 모든 지시에 따를 준비가 되었다는 의미였다. 적어도 당분간은. 루미키가 다리를 벌리고 남자 위에 올라탔다. 남자의 손이 그녀의 허벅지를 탐욕스럽게 문질러댔다.

"이게 뭐지?" 남자가 미간을 찌푸리며 물었다. 그의 손에는 GPS 추적 장치가 쥐여 있었다.

오, 젠장. 루미키가 남자의 두 손을 움켜쥐고 침대의 헤드보드

쪽으로 쭉 잡아 올렸다.

"착하게 굴어야죠." 그녀가 속삭였다. 그녀는 왼손으로 남자의 손목을 붙잡은 채 오른손을 분주히 놀려 핸드백에서 분홍색 솜털로 덮인 무언가를 꺼냈다.

"오, 이런 걸 좋아하는군요." 남자가 씩 웃으며 말했다. 루미키는 남자의 손목에 채운 수갑을 강철 침대틀에 단단히 고정시켜놓았다.

"아뇨." 그녀가 몸을 일으키며 말했다. "그래도 당신은 좋아해 줄 수 있죠?"

순간 남자는 깨달았다. 루미키가 침대로 돌아오지 않을 거라는 것을. 술이 확 깨버린 남자의 입에서 고함이 터져 나왔다. 루미키는 개의치 않고 밖으로 나와 태연하게 문을 걸어 잠갔다.

그녀는 복도 끝 창문 앞으로 다가갔다. 창문을 열고 방 열쇠와 수갑 열쇠를 밖으로 던져버렸다. 그것들은 수북이 쌓인 눈 속으로 사라졌다. 이로서 집으로 돌아가는 데 장애물이 하나 사라진 셈이었다.

테르호 배이새넨은 커다란 창문 밖으로 어둠을 내다보았다.

그는 모든 걸 포기했다. 북극곰으로부터 돈을 뜯어내고 나서 이 바닥을 뜨는 건 점점 더 불가능해 보였다. 그들을 만나는 것부터가 쉽지 않았다. 그들의 경호원에게 자리를 마련해줄 것을 부탁했지만 거절당했다. 북극곰을 만날 수 있는 특별한 초대장을 받았다고도 해보았지만 경호원은 냉담한 반응만 보일 뿐이었다. 북극곰이 테르호 같은 타입에 관심을 가질 리 없다면서.

그는 다른 손님들을 찬찬히 둘러본 후에야 비로소 경호원의 말을 이해할 수 있었다. 북극곰에게 그와 보리스는 각다귀나 파리 정도에 불과했다. 큰물에서 노는 피라미들 같은 존재.

이제 테르호가 할 수 있는 일이라고는 꼬리를 내리고 물러가는 것뿐이었다. 그는 집에 돌아가 딸을 안아주고 아내에게 보고 싶다는 이메일을 쓸 생각이었다. 큰 수입원이 사라졌으니 당장 먹고 살 걱정부터 해야 했다. 심각하게 절망적인 상황은 아니었다. 비록 빚은 있었지만 그에게는 아직 든든한 직장이 있었다. 아내도 착실히 직장에 다니고 있고. 앞으로 그들은 지출을 조금씩 줄여나가야 할 것이다. 물론 그도 도박에서 완전히 손을 떼야 할 것이고. 그거야말로 불가능에 가까운 일이겠지만. 더 이상 나탈리아에게 돈을 쓰는 일도 없을 것이다. 죽은 나탈리아가 머릿속에 떠오르자 테르호의 손이 바르르 떨렸다. 다시 속이 메슥거렸다. 어떻게 해서든 기억에서 그녀를 지워야 했다. 이제는 고통을 묻어두고 이성적으로 행동할 때였다. 현실적으로 생각할 때. 그의 딸도 사치스러운 생활을 포기해야 할 것이다. 생활이 간소해지면 자연스레 부녀가 함께하는 시간도 늘어나겠지. 그렇게 되면 가족 모두에게 좋은 일이 될 것이다. 남들처럼 평범하게 살 수 있을 테니까.

평범한 사람들은 경찰의 급습 계획을 범죄 조직 보스들에게 미리 흘리지 않는다. 어떤 딜러가 경찰 끄나풀인지, 어떤 트럭이 국경에서 검문을 받게 될 것인지, 마약 밀매를 뿌리 뽑기 위해 경찰이 어떤 캠페인을 준비하고 있는지 같은 것들. 또한 평범한 사람들은 숨겨진 마약의 위치나 소콜로프 사람들이 포기한 삼류 사기꾼의 비리에 대한 정보를 제공받지도 않는다. 지난 수년간 테르호는 소콜로프의 도움으로 엄청난 수의 사건을 해결해왔다. 양측 모두에게 큰 도움이 되는 거래였다.

소콜로프는 탐페레의 마약 시장을 독점하고 싶었고, 테르호는 위험천만한 마약을 유통시키는 딜러들을 모조리 잡아 감옥에 처넣고 싶었다.

그는 소콜로프가 과잉 투여로 응급실에 실려 올 리 없는, 그런 자제력 있는 사람들에게만 약을 팔고 있다며 자신의 양심을 달랬다. 대부분 유흥으로만 가볍게 마약을 즐기는 사람들이라고. 하지만 그것은 사실이 아니었다. 소콜로프의 단골고객 중에서는 아이들에게 빵과 우유조차 사서 먹일 능력이 없는 사람들도 대거 포함되어 있었다. 테르호는 그 사실을 알면서도 지금껏 외면해왔었다.

암울한 눈앞의 현실도 외면해버리고 싶었다. 갑자기 온몸에서 기운이 쫙 빠져나갔다. 그는 서둘러 이곳을 벗어나고 싶었다.

그때 테르호의 눈에 빨간 드레스가 확 들어왔다. 아까 그의 시선을 잡아끌었던 바로 그 젊은 여자였다. 그녀의 손에는 그가 잘 알고 있는 하얀 핸드백이 쥐여 있었다. 수백 유로짜리 에르메스 오리지널. 엘리사에게 생일 선물로 사준 가방과 똑같은 것이었다. 엘리사는 그걸 사달라고 꽤 오랫동안 아버지를 달달 볶아댔었다.

눈에 익은 드레스는 우연의 일치일 수 있었다.

눈에 익은 핸드백 역시 마찬가지였고.

하지만 한 여자가 그 둘 모두를 걸치고 있는 건 결코 우연으로 볼 수 없었다.

테르호는 그녀에게 성큼 다가가 팔뚝을 움켜쥐고 어떻게 된 일인지 따져 물었다.

테르호 배이새넨과 젊은 여자가 언쟁을 벌이는 광경을 목격한 보리스 소콜로프는 호기심이 발동했다. 그는 그들 쪽으로 슬그머니 다가가 대화를 엿들어보았다. 배이새넨은 여자의 드레스와 핸드백과 하이힐이 자신이 산 것들이라고 주장했다.

보리스가 피식 코웃음을 쳤다. 나탈리아 외에도 배이새넨이 챙겨온 여자가 한둘이 아닌 모양이었다. 이제 그 짓도 더 이상 못하게 되었지만. 보리스가 돌아서려는 찰나 거슬리는 단어 하나가 그의 귀를 스쳤다. '딸'.

순간 보리스가 움찔했다. 갑자기 그의 머리가 시속 백만 킬로미터로 돌기 시작했다. 만약 빨간 드레스의 여자가 테르호 배이새넨의 딸이라면 그녀 역시 너무 많은 것을 알고 있다는 뜻이었다. 숲속의 추격자들은 물론, 나탈리아와 돈에 대해서도 알고 있을지 몰랐다. 그게 아니라면 그녀가 파티장에 나타날 이유가 없지 않은가.

그는 그녀에게도 입단속 잘하라는 경고가 필요하다고 판단했다. 그녀 아버지에게 한 것처럼.

루미키는 엘리사의 아버지로부터 벗어나려 안간힘을 썼다. 하지만 소용 없었다. 형사인 그는 비협조적인 상대를 다루는 데도 전문가였다. 그의 손은 무쇠처럼 억셌다.

"대답해! 네가 왜 엘리사의 핸드백을 갖고 있지?" 루미키는 천천히 다가오고 있는 보리스 소콜로프를 흘낏했다. 그의 야릇한 눈빛이 그녀를 두렵게 만들었다.

배이새넨은 그녀에게 착 달라붙어 있었다.

그가 잠시 코를 쿵쿵거렸다. "개 향수까지 뿌렸잖아!" 그가 신경질적으로 말했다.

소콜로프는 세 걸음 정도 떨어져 있었다.

루미키는 빨리 그곳을 벗어나야만 했다.

그녀는 핸드백으로 배이새넨의 가슴을 힘껏 떠밀었다.

"알았어요. 돌려주면 되잖아요. 미안하지만 향수는 돌려줄 수가 없네요."

당황한 배이새넨의 손에서 힘이 살짝 빠졌다. 그 정도면 충분했다. 루미키는 자신의 팔을 확 비틀어 그에게서 떨어져 나왔다. 그리고 곧장 계단을 향해 내달렸다. 소콜로프가 러시아어로 무언가를 외치며 달려왔다.

이상한 나라의 앨리스로 분장한 웨이트리스가 음료를 들고 계단을 올라오고 있었다. 화이트 러시안*인 것 같았다. 루미키는 속으로 사과한 후 여자의 손을 힘껏 내리쳤다. 그 바람에 쟁반이 떨어지고 술과 유리 파편이 사방으로 튀었다. 뒤에서 소콜로프가 미끄러지는 소리가 들렸다.

덕분에 루미키는 몇 초의 소중한 시간을 벌게 되었다. 그녀는 하이힐을 벗어 쥐고 현관을 향해 내달렸다. 문을 박차고 나오자 촛불로 밝혀진 길이 나타났다.

불이여, 나와 함께 걷자. 이 모든 상황이 〈트윈픽스〉를 연상시켰다. 여기서 빠진 것이라고는 난쟁이뿐이었다.

소콜로프가 경비들에게 소리쳤다.

"저 여잘 잡아!"

남자들이 돌아서서 그녀 앞을 막았다. 냉장고처럼 육중한 두 남자를 뚫고 나가는 건 불가능했다.

루미키는 방향을 틀었고, 소콜로프는 계속해서 그녀를 맹렬히 추격해왔다. 건물은 높은 담으로 둘러싸여 있었다. 루미키는 가장 멀리 떨어진 구석으로 달려갔다. 그곳은 어두웠다. 얇은 스타킹만 신은 그녀의 발바닥이 눈 위에서 따끔거려왔다.

루미키는 높은 돌담을 손으로 더듬어보기 시작했다. 붙잡을 만

---

* 블랙 러시안에 생크림을 띄운 칵테일

한 곳은 보이지 않았다. 아무리 원숭이라 해도 오를 수 없는 담이었다. 미친 듯이 벽을 더듬어대던 그녀의 눈에 작은 구멍이 들어왔다. 그녀는 하이힐의 뾰족한 앞부분을 구멍에 찔러 넣고 담을 오르기 시작했다. 조바심을 내자 중심 잡기가 더 어려워졌다. 소콜로프는 어느새 벽 앞으로 바짝 다가와 있었다.

그녀가 다른 쪽 굽을 벽에 꽂아 넣고 힘껏 뛰어올랐다. 소콜로프의 손이 그녀 드레스의 단을 움켜잡았다.

순간 밑단이 쭉 찢어져버렸다.

하이힐에서는 굽이 부러져나갔다.

벗겨진 구두가 눈 위에 떨어졌다. 루미키는 디딜 곳이 없어진 두 발을 동동 굴렀다. 그녀는 담 꼭대기를 붙잡고 무거워진 몸을 가까스로 끌어올렸다. 다시 뻗은 소콜로프의 손이 그녀의 발을 스치고 지나갔다.

루미키는 담 반대편 눈더미 위로 툭 떨어졌다. 소콜로프는 담 넘기를 포기하고 정문을 향해 달려갔다. 루미키는 종아리까지 오는 눈을 헤치고 달려나가기 시작했다. 드레스 밑단이 뜯겨나간 쪽에는 허벅지가 훤히 드러나 있었다.

잘됐군. 전력으로 내달리며 루미키는 생각했다. 덕분에 덜 거추장스러워.

눈 위를 뛰는 건 쉽지 않았다. 냉기가 날카로운 이처럼 그녀의 몸을 깨물었다. 숲은 칠흑 같은 어둠에 파묻혀 있었다.

소콜로프와의 거리가 조금씩 늘어가고 있었다. 루미키는 더 속도를 내보았다. 추운 눈길에서 누군가에게 쫓기는 건 지난 나흘 동안 이번이 세 번째였다.

세 번째 시도. 동화 속 주인공들에게는 항상 세 번의 기회가 주어지곤 한다. 처음 두 번의 기회는 실패, 세 번째는 성공. 그것이 틀에 박힌 공식이었다. 이번엔 저들에게서 완전히 벗어날 수 있다는 뜻인가? 아니면, 저들에게 결국 붙잡히게 될 거라는 뜻?

삼세 번의 행운. 혹은 삼진 아웃. 어느 쪽이 맞지?

그때 루미키는 무언가가 자신의 허벅지를 스치고 지나는 걸 느꼈다. 많이 아팠지만 그녀는 꾹 참고 계속 달렸다. 추격자들의 소리가 점점 멀어졌다.

루미키는 손가락으로 허벅지를 더듬어보았다. 따뜻하고 축축한 무언가가 만져졌다. 피. 소콜로프의 총에서 날아든 총알이 그녀의 허벅지를 훑고 지나간 것이었다. 상처에서는 연신 피가 배어나왔다.

루미키는 통증을 애써 무시했다.

그녀는 멈추지 않고 계속해서 달렸다. 숲이 검은 물처럼 그녀를 꼭 품어주었다.

하지만 이제 가엾은 소녀는 숲속에 홀로 남겨지게 되었답니다. 소녀는 두려웠어요. 하지만 돌아서서 도움을 요청할 수는 없었죠. 소녀는 날카로운 바위들을 뛰어넘고 가시덤불을 헤쳤습니다. 무시무시한 야수들이 달려들었지만 소녀를 해치지는 못했어요. 소녀는 최대한 빨리 다리를 움직였고, 그러는 동안 숲에는 어느새 땅거미가 내려앉았습니다.

28

아주 먼 옛날, 다리가 풀릴 때까지 뜀박질을 멈추지 않은 소녀가 살았답니다. 소녀는 계속 내달렸어요. 머릿속에서. 꿈속에서. 소녀의 호리호리하고 억세고 날렵한 다리가 발자국 하나 찍혀 있지 않은 부드러운 눈 위에서 맹렬히 움직였죠. 소녀는 알 수 있었습니다. 자유가 코앞으로 바짝 다가왔다는 것을. 누구도 자신을 따라잡지 못하리라는 것을.

루미키는 의식과 무의식의 경계에 위태롭게 서 있었다.

그녀는 더 이상 춥지 않았다. 오히려 온기가 느껴졌다. 불길한 기분이 찾아들었지만 그녀는 개의치 않았다. 그녀는 눈밭에 드러

누워 있었다.

그녀는 눈 위에 뿌려졌을 자신의 피를 생각했다. 허벅지에서 배어나온 빨간 피는 하얀 눈으로 덮인 숲 곳곳에 매혹적인 소용돌이 패턴들을 남겨놓았으리라.

그녀는 10미터쯤 붕 떠올라 눈밭에 누운 자신을 내려다보았다. 하얀 눈 위에서 그녀의 검은 머리가 꼭 후광처럼 보였다. 갈가리 찢긴 드레스는 빨간 루비처럼 빛을 발했고, 피로 그린 소용돌이 패턴들은 살아 숨 쉬듯 꿈틀거렸다.

모든 게 아름다웠다. 흉측하기는커녕.

못생긴 얼굴. 뚱뚱한 몸. 깡마른 몸. 흉측한 덧니. 짜증나는 목소리. 기름이 좔좔 흐르는 머리. 더러운 신발. 털로 뒤덮인 팔뚝. 바보. 얼간이. 괴짜. 나쁜 년. 창녀.

그 옷은 어디서 났지? 쓰레기통에서 꺼내왔나?

보나마나 너희 부모님도 너랑 같이 다니기 싫을걸.

내가 너처럼 생겼으면 집에서 한 발짝도 나오지 않았을 거야.

너 혹시 입양된 거 아니야?

누구도 너랑 입맞추려 하지 않을 거야.

너 같은 앨 사랑해줄 사람은 아무도 없어.

왜 울지? 아프면 아프다고 해. 흥, 이게 아파? 닥치지 않으면 정말 펑펑 울게 해줄 거야.

너같이 못생긴 애는 멍자국이 좀 있어야 그나마 봐줄만 해.

말, 말, 말, 말, 말, 말, 말, 말. 구(句), 문장, 질문, 고함. 꼬집기, 할퀴기, 때리기, 질질 끌고 다니기, 잡아당기기, 떠밀기, 걷어차기.

넌 그런 것들이 아니야. 넌 고함도, 이름도 아니야. 넌 단물 빠진 껌처럼 뱉어내진 그런 끔찍한 것들이 아니야. 넌 주먹질도, 그것이 남겨놓는 멍자국도 아니야. 넌 코에서 터져 나온 피가 아니야. 넌 그들의 소유물도 아니고, 그들의 지배를 받지도 않아.

네 안은 누구도 건드릴 수 없는 너의 일부야. 언제나 그랬다고. 너는 너일 뿐이야. 네 주인은 바로 너고, 네 안에는 우주가 담겨 있어. 넌 네가 원하는 무엇이든 될 수 있어. 누구라도 될 수 있다고.

겁내지 마. 이젠 두려워하지 않아도 돼.

"이젠 두려워하지 않아도 돼." 루미키가 속삭였다.

그녀의 입에서 뜨거운 입김이 뿜어져 나왔다.

그녀는 아직도 그들의 얼굴을 생생히 기억하고 있었다. 그들의 앳된 목소리와 학교 복도를 쩌렁쩌렁 울려대던 웃음소리도 마찬가지였다.

특히 그들의 냄새는 잊을 수가 없었다. 향기 나는 지우개 냄새. 쉬는 시간에 몰래 먹은 간식 냄새. 산딸기 하드 캔디와 감초사탕. 달콤 짭짤한 입김. 토피 사탕*, 망고, 그리고 페퍼민트 립글로스. 엄마들이 학교에서 뿌려도 된다고 처음으로 허락해준 바디샵 바닐라 향수. 그리고 날짜와 기분과 옷과 유행에 따라 바뀌는 진짜 향수들. 계절마다 바뀌는 에스카다의 신상품들.

그녀는 그것들을 신속하고 정확하게 짚어낼 수 있는 경지에 올랐다. 냄새만으로 그들이 언제 모퉁이를 돌아 나타날지 미리 알 수 있었다. 그런 능력은 때때로 유용하게 쓰일 때가 있었다. 그 덕분에 무사히 몸을 숨긴 적도 있었지만 그러지 못한 경우가 압도적으로 많았다. 그들은 그녀에게 욕지기나는 향수가 땀 냄새와 만나면 얼마나 더 지독해지는지, 지저분한 남자 화장실 소변기에 얼굴을 처박고 있으면 어떤 역겨운 냄새를 맡을 수 있는지 가르쳐주었다.

그녀는 그들의 이름도 똑똑히 기억했다. 영원히 잊지 못할 이름들.

안나-소피아와 바네사.

1학년 때 시작된 그들의 괴롭힘은 9학년 때까지 이어졌다. 시

* 설탕, 버터, 물을 함께 끓여 만든 것

간이 흐를수록 그들의 손은 더 억세졌고, 조롱은 더 잔인해졌으며, 주먹질은 더 고통스러워졌다. 루미키는 그 애들이 자신을 표적으로 선택한 이유를 알지 못했다. 미소가 기분 나빴나? 아니면 잘 웃지 않아서? 어쩌면 그녀의 목소리 톤이 문제였는지도 몰랐다. 하지만 그런 건 아무래도 상관없었다. 어차피 그녀는 바뀌지 않을 테니까. 설령 바뀐다 해도 안나-소피아와 바네사는 달라지지 않을 테니까.

루미키는 그 사실을 누구에게도 털어놓지 않았다. 그걸 생각해 본 적도 없었다. 침묵은 집안 철칙이기도 했다. 묻지도, 답하지도 말 것. 나쁜 소식을 끄집어내지 않으면 집은 평화로웠다. 타박상, 찰과상, 삐끗한 손목, 찢어진 옷. 모든 건 설명이 가능했다. 물론 설명이 필요하다면. 학교는 전쟁터였고, 루미키는 누가 아군이고 누가 적군인지 알지 못했다. 그녀의 전략은 오랜 숙고를 필요로 했다. 무엇보다 피해를 줄이는 데 중점을 둬야 했다. 선생님들에게 일러바치는 건 문제를 더 악화시킬 뿐이었다. 선생님들이 그녀를 믿어줄지도 미지수였다. 어른들 앞에서 펼쳐지는 안나-소피아와 바네사의 연기는 언제나 완벽에 가까웠다. 그들은 자신들의 순진하고 천사 같은 미소로 어른들을 살살 녹이는 법을 알고 있었다.

폭력, 고문, 그리고 정복. 루미키는 자신이 겪은 일들을 '괴롭

힘'으로 여기지 않았다. 너무 작고, 하찮고, 단순하게 들리기 때문이었다. 장난과 농담처럼. 그냥 재미삼아 가볍게 떠민 것처럼. 그냥 장난치다가 혼자 넘어진 것처럼.

8학년 때 루미키는 아무도 모르게 운동을 시작했다. 조깅도 하고, 역기도 들었다. 그녀의 머릿속에는 체력을 키워 도망쳐야 한다는 생각뿐이었다. 덕분에 상황이 조금씩 나아지기는 했지만 그렇다고 악몽이 완전히 끝나버린 건 아니었다.

어느 겨울날의 늦은 오후, 해가 저문 지 얼마 되지 않은 시간이었다. 학교 운동장은 텅 비어 있었다. 루미키는 퇴비 통 뒤에 숨어 바네사와 안나-소피아가 집으로 돌아갈 때까지 기다렸다. 바나나 껍질과 먹다 남은 완두 수프의 역겨운 냄새와 퇴비가 뿜어내는 열기를 견디는 건 쉬운 일이 아니었다. 하지만 그녀는 완전한 정적이 찾아들 때까지 꾹 참고 기다렸다. 마침내 운동장에 푸르스름한 땅거미가 내려앉았다. 평화.

루미키는 그제야 은신처에서 나올 수 있었다. 그녀는 회색 그림자에 파묻힌 채 소리 없이 움직였다. 밟아 뭉개진 눈 위로 바람이 잔잔히 일었다. 몇 블록 떨어진 도로에서 교통 소음이 들려왔다. 공원 쪽에서는 개가 짖고 있었다. 그녀는 학교 지붕에서 흘러내리는 눈 소리도 놓치지 않았다. 하지만 바네사와 안나-소피아의 발소리는 너무 늦게 감지하고 말았다. 그녀는 전력으로 내달리기 시작했지만 그것으로는 충분하지 않았다. 소녀들은 그녀를 벽돌담이 우뚝 선 운동장 뒤편으로 몰고 갔다. 담 앞에 멈춰선 루미키가 벙어리장갑을 벗어 주머니에 쑤셔 넣었다. 그리고 손가락으로 거친 벽돌을 짚어 담을 기어오르기 시작했다. 하지만 그녀의 발은 디딜 만한 곳을 찾지 못했다. 찬 공기에 얼어붙은 손도 더 이상 말을 듣지 않았다. 또다시 함정에 빠지고 만 것이었다.

루미키는 돌아서서 벽돌담에 등을 붙이고 구타를 받아들일 준비에 들어갔다. 그녀는 맞을 때 충격을 최소화하는 방법을 알고 있었다. 스스로 방패가 되는 방법. 그녀는 언제 숨을 들이쉬고 내쉬어야 하는지, 언제 근육을 긴장시켜야 하는지, 언제 긴장을 풀어야 하는지, 이런 것들을 모두 알고 있었다. 그저 구타가 오래 이어지지 않기를 바랄 뿐이었다. 그녀는 춥고, 화장실이 급했다. 빨리 집으로 돌아가 아빠가 살짝 태웠을 피시 스틱*을 먹으며 숙제를 하고 싶었다.

안나-소피아와 바네사가 점점 다가왔다. 그들은 아무 말이 없었다. 침묵은 모욕이나 협박보다도 가혹했다. 최악의 상황을 예상한 루미키의 입 안에서 쓰디쓴 담즙이 느껴졌다. 소녀들은 늑대처럼 움직였다. 루미키는 차라리 그들이 굶주리고 성난 늑대들

* 가늘고 긴 생선 토막 튀김

이면 좋겠다고 생각했다. 어스레함 속에서 두 소녀의 머리가 반짝였다. 그들의 입술은 새빨갛게 칠해져 있었다. 그들은 늑대보다도 훨씬 위험했다. 그들의 심장에서는 뜨거운 피 대신 얼음이 들락거렸다.

루미키는 손찌검이 시작되기를 기다리며 10부터 천천히 카운트다운을 시작했다. 어깨부터 살짝 떠밀까? 복부에 발길질부터? 아니면, 박하 맛이 나는 침부터 얼굴에 뱉을까?

열, 아홉, 여덟, 일곱……

순간 루미키는 몸속에서 뜨겁고 시뻘건 무언가가 끓어오르는 게 느껴졌다. 묘한 기분이었다. 분노. 격노. 더 이상 두려워하고 싶지 않다는 강렬한 소망. 숫자들과 잡념들이 차례로 사라졌다. 시간과 장소도. 그녀는 그날 무슨 일이 있었는지 기억하지 못했다. 기억의 한 조각이 어디론가 떨어져나간 것이었다. 연대표 한복판에 뻥 뚫려버린 커다란 구멍.

안나-소피아는 눈밭에 누워 있었고, 루미키는 그 위에 올라타 그녀의 얼굴을 내리치고 있었다. 그녀의 손가락마디에 짙은 색의 따뜻한 무언가가 느껴졌다. 안나-소피아의 코에서 터져 나온 피였다. 바네사는 친구에게서 그녀를 떼어놓으려 안간힘을 다하고 있었다. 루미키는 팔꿈치로 바네사의 복부를 힘껏 내리찍었다. 그제야 바네사가 루미키에게서 떨어져나갔다.

루미키는 자신이 얼마나 오랫동안 안나-소피아를 두들겨 팼는지 몰랐다. 그녀는 멀리 떨어져서 자신의 모습을 지켜보고 있었다. 소녀의 얼굴은 눈물과 콧물로 범벅이 되어 있었다. 그녀가 주먹을 휘두를 때마다 몸에서 기운이 조금씩 빠져나갔다. 저게 정말 나야? 거꾸로 된 게 아니고? 안나-소피아는 두 손으로 얼굴을 감싸 쥔 채 훌쩍거리고 있었다. 바네사는 가격당한 복부를 붙잡고 비명을 질러댔다. 왠지 바뀐 것 같은데? 잠시 후, 루미키는 다시 자신의 몸속으로 되돌아갔다. 그녀는 밑에 깔린 안나-소피아의 순종적인 몸뚱이를 내려다보았다. 신기하게도 분노가 눈 녹듯이 사라져버렸다.

그녀는 천천히 몸을 일으켰다. 다리가 후들거렸고 두 팔이 축 늘어졌다. 냉기가 그녀의 손가락을 깨물어댔다. 안나-소피아는 구부정한 자세로 앉아 축축이 젖은 얼굴을 훔쳤다. 바네사는 그녀 옆에 무릎을 꿇고 앉아 있었다. 그들은 루미키의 눈을 똑바로 보지 못했다. 루미키도 그들의 눈을 보지 않았다. 세 사람 중 누구도 입을 열지 않았다. 하지만 침묵은 말보다 더 큰 소리를 내고 있었다.

루미키는 지치고 떨리는 다리를 힘겹게 움직여 집으로 향했다. 소녀들이 보복을 하겠다며 따라올지도 몰랐지만 그녀는 두렵지 않았다. 이제 그녀는 아무것도 무섭지 않았다. 아무 감정도 느껴지지 않았고, 아무 생각도 나지 않았다. 집까지 반쯤 왔을 때 그녀가 길가에 멈춰 서서 속을 비워내기 시작했다. 쏟아져 나온 완두 수프의 상태는 먹기 전과 놀라울 정도로 흡사했다.

집에 도착한 그녀는 부모님에게 들키기 전에 황급히 화장실로 들어갔다. 거울 속에 보이는 소녀는 무척 낯설었다. 소녀의 볼에는 피가 묻어 있었다. 루미키는 흠칫 놀라며 그것을 만져보았다. 거울 속 소녀도 그녀를 따라했다. 피는 그녀가 흘린 게 아니었다. 그것은 안나-소피아의 피였다. 루미키는 뜨거운 물로 한 번, 두 번, 세 번, 네 번에 걸쳐 얼굴을 씻었다. 손도 따끔거릴 때까지 비누로 박박 문질렀다.

그날 밤, 그녀는 침대에 오르자마자 깊은 잠에 빠져들었다. 평소와 달리 꿈은 찾아들지 않았다. 다음 날 아침, 휴대폰 벨소리에 눈을 뜬 그녀는 마음이 불편했다. 흠씬 두들겨 맞고 왔을 때보다도 기분이 좋지 않았다.

루미키는 전쟁이 이렇게 끝나지 않을 거라는 걸 알고 있었다. 안나-소피아와 바네사는 어제 일을 결코 잊지 않을 테니까. 결국 그녀는 그들에게 보복을 당하게 될 것이다. 어떤 방법으로든. 정식으로든 아니든. 그들은 절대 복수를 잊지 않을 것이다.

그렇게 하루가 지나갔다. 그리고 이틀, 사흘, 일주일, 한 달. 루미키에게는 아무 일도 일어나지 않았다. 안나-소피아와 바네사는 더 이상 그녀를 괴롭히지 않았다. 그녀는 여전히 외톨이 신세였지만 더 이상 폭력과 조롱에 시달리는 일은 없었다. 또한 죽여버리겠다는 협박 문자도 더 이상 오지 않았다.

모든 게 딱 멎어버린 것이다.

루미키는 서서히 변화에 적응해나갔다. 숨도 한결 편히 쉴 수 있게 되었다. 봄이 되자 해가 길어졌고, 휴일이 늘어났다. 모두가 졸업식 노래인 〈꽃피는 시절이 오네〉를 목청껏 부르는 동안 루미키는 자신의 몸에서 묵직하고 새까만 무언가가 떨어져나가는 걸 느꼈다. 9학년 수료증을 손에 쥔 그녀는 눈부신 햇살과 여름과 자유가 기다리는 바깥세상으로 유유히 걸어 나갔다.

눈은 노란색을 띠고 있었다. 잠시 후, 주황색으로 바뀌는가 싶더니 이내 초록색으로 둔갑해버렸다. 루미키는 펑 소리와 함께 터져 나온 불빛을 물끄러미 바라보았다. 하늘에서 금빛 별들이 우수수 쏟아지고 있었다. 한쪽에서는 거대한 장미들이 봉오리를 터뜨렸다. 활짝 펼쳐진 꽃잎들은 서서히 녹아내리다가 금세 자취를 감춰버렸다. 일각수는 허우적대며 달을 향해 달려나갔고, 행성들은 신나게 춤을 추었다. 불꽃놀이.

북극곰에게 경의를 표하기 위함일 것이다.

12시 30분쯤 되었을 것 같았다.

루미키는 허벅지에 붙은 작은 위치 추적기를 떠올렸다. 그녀는 엘리사에게 자신이 자정까지 돌아오지 못할 경우 해야 하는 일들을 알려주었다.

그녀는 자정이 되기 전 파티장을 나서야 했다.

그건 다른 이야기였던가? 신데렐라?

탁탁 소리는 계속 이어졌다. 루미키는 울긋불긋한 파도에 실려 둥둥 떠다니고 있었다. 기분은 나쁘지 않았다. 그저 피곤할 뿐이었다.

"매일 저녁 램프가 꺼지면 진짜 밤이 찾아든다."

이렇게 부르는 자장가였나?

원래 파란 꿈이 이렇게 시작되지 않았나?

파랑, 파랑, 반짝이는 파랑.

루미키는 불꽃놀이가 언제까지나 계속되기를 바랐다. 하지만 폭죽은 더 터지지 않았다. 그때 어딘가에서 누군가의 울부짖음이 아득하게 들려오기 시작했다.

하얀 벽. 소독약 냄새. 눈부신 조명.

기분 나쁘게 진동하는 통증이 아련하게 느껴졌다. 루미키의 입
에서는 항생제 맛이 났다.

똑, 똑, 똑. 무언가가 그녀의 팔뚝으로 흘러 들어오고 있었다.
그녀의 몸은 무언가에 고정된 상태였다. 그녀는 이 모든 것들에
이름이 있다는 걸 기억해냈다. 하지만 그것들을 떠올릴 만큼의
기운은 남아 있지 않았다.

불빛 앞에서 많은 수치들이 휙휙 지나쳐갔다.

눈에 익은 얼굴들.

엄마. 아빠.

유리 뒤에서, 수면 위에서, 벽 너머에서, 아주 먼 곳에서 들려
오는 소리들.

"의사가 고비를 넘겼다고 했잖아. 이제 울지 마. 아무 일 없을
거야. 원래 강한 아이잖아."

"자꾸 불길한 생각이 들어요. 이 애마저 잃게 된다면 난 못 살
것 같아요."

"그런 일은 없을 거야. 쉿, 흥분하지 말고."

이 애마저? 엄마와 아빠가 누굴 또 잃었었나? 루미키는 묻고

싫었지만 말이 나오지 않았다. 입을 조금 여는 것조차 엄청난 기운을 필요로 했다. 조금 더 자고 싶다. 궁금한 건 나중에 물어보면 될 것이다. 백 년의 잠에서 깨어난 후에.

하지만 그건 다른 이야기잖아. 잠자는 숲속의 공주?

루미키는 폭신한 침대 속으로 쏙 빠져 들어갔다. 마치 구름으로 만든 매트리스에서 떨어져 하늘을 날고 있는 기분이었다.

4개월 후

엽서에는 근육질 남자의 흑백 누드 사진이 붙어 있었다. 남자의 교묘한 위치에 새끼 고양이가 놓여 있었다. 루미키는 한눈에 누가 보낸 엽서인지 알았다.

안녕!

여긴 별일 없어. 엄마는 예전처럼 초조해하지 않으셔. 나도 밤에 잘 자고. 밖에서 걸어 다닐 때 뒤를 살피는 버릇도 없어졌어. 모든 것에서 벗어나 자유 시간을 깃길 잘한 짓 같아. 난 익기 있는 미용 학교에 다녀볼까 해. 올 가을부터 말이야. 내 적성에 잘 맞을 것 같지 않아?

엔나

ps 벌써 새 이름에 적응이 됐어. 이젠 거리에서 누가 내 옛 이름을 불러도 돌아보지 않아.

pps 아직 아빠를 보러가지 못했어. 나중에 기회가 오겠지 뭐. 아직도 이 모든 게 실감이 나지 않아. 넌 내 마음 이해하지? 그 생각만 하면 눈물부터 터져 나온다니까.

ppps 너 주려고 장갑을 짰어. 곧 우편으로 받아보게 될 거야. 너무 오래 걸렸지? 미안. 겨울이 다 가버렸어. 아쉽지만 장갑은 가을부터 또 끼고 다니면 되니까 너무 서운해 하지 마.

루미키의 얼굴에 미소가 떠올랐다. 그녀는 창밖을 내다보았다.

엘리사, 아니, 옌나의 말이 맞았다. 어느새 6월 말이었고, 당황스럽게 무더운 나날이 이어지고 있었다. 모든 게 만발했고, 빛이 났다.

엘리사가 잘 지내고 있다니 다행이었다. 그녀 아버지는 보리스 소콜로프와 함께 교도소에서 복역 중이었다. 그들은 초고속으로 기소되었다. 경찰은 신속한 이미지 쇄신을 위해 무척 신경 쓰는 눈치였다. 두 사람 모두에게 중형이 선고되었다. 소콜로프의 에스토니아인 똘마니 린나르트 카스크 역시 교도소 신세를 지고 있었다. 엘리사와 그녀 어머니는 다른 도시에서 다른 이름으로 살고 있었다. 그들에게는 그게 최선이었을 것이다. 엘리사는 아동 보호 서비스의 담당자에게 두 번 다시 약에 손을 대지 않겠노라고 굳게 약속했다. 루미키는 그녀를 믿었다. 엘리사는 그렇게 두 번째 삶을 시작하게 되었다. 전혀 나쁠 게 없었다.

루미키의 왼손이 다시 짧게 깎은 머리로 올라갔다. 아직은 어색했지만 긴 머리로부터 해방된 기분이 나쁘지 않았다. 검게 염색한 머리 밑으로 금발 뿌리가 드러나기 시작했을 때 그녀는 과감히 결단을 내렸다. 당분간은 염색을 하지 않기로. 창백한 피부와 검은 머리, 거기에 루미키라는 이름까지. 그녀는 그 조합이 영 마음에 들지 않았다. 짧게 친, 타고난 색 그대로의 머리. 이 심플한 새 스타일에 정을 붙여볼 참이었다.

무엇보다도 그녀는 거울 속 소녀가 북극곰의 파티에 참석했던 소녀의 모습과 딴판이라는 사실이 마음에 들었다. 그렇다고 해서 파티 참석자 중 누군가가 거리에서 자신을 알아볼까 두려운 건 아니었다. 원래 맥락에서 시각적 인상을 걷어내는 순간, 사람들은 눈 뜬 장님이 되어버린다. 화장도 하지 않은 채 낡은 컴뱃부츠와 초록색 재킷 차림으로 거리를 활보하는 그녀를 보고 누가 북극곰의 파티에 참석했던 여자라고 믿겠는가. 인간의 정신은 그토록 단순했다. 아니, 미련했다. 루미키에게는 여간 다행스러운 일이 아닐 수 없었다.

지난 두 달간 엘리사/옌나는 루미키에게 엽서를 몇 차례 보내왔다. 루미키는 그것들을 모아 자신의 옛 방 서랍장에 보관해두었다. 맨 윗서랍 이중 바닥 밑에.

그녀는 다시 고향으로 돌아왔다. 유년기를 보낸 리히매키로. 지난겨울, 한바탕 폭풍이 휩쓸고 간 후 루미키는 경찰과 부모의 심문을 차례로 받아야 했다. 그녀는 최소한의 사실만을 밀렜다. 부모님은 당분간 고향에서 지내라며 딸을 설득했고, 루미키는 못 이기는 척 옛 추억으로 가득한 작은 방으로 돌아오게 되었다. 탐페레의 학교까지는 기차를 이용했다. 이른 새벽에 일어나야 하는 것만 빼고는 특별히 불만은 없었다.

루미키는 예전처럼 탐페레에서 혼자 살게 해달라고 올 여름 내내 부모를 설득해볼 참이었다.

학교에서 그녀를 이상하게 보는 사람은 아무도 없었다. 누구도 그 일에 대해 알지 못했으니까. 카스페르와 투카는 마약 사용과 학교 불법 침입을 이유로 퇴학당했다. 모든 게 신속하고 조용히 처리되었다. 학교 내에서도 많은 소문이 돌았지만 누구도 루미키를 그 사건과 연결 짓지 못했다. 황당한 소문도 몇몇 있었지만 그 어느 것도 엄청난 진실에 근접하지 못했다.

테르호 배이새넨은 교도소에 있다. 보리스 소콜로프도 마찬가지였고. 하지만 북극곰은 아니었다.

루미키는 그들에 대해 일절 발설하지 않았다. 심지어 경찰에게까지도. 입을 잘못 놀렸다가는 그녀가 큰 화를 입게 될 수도 있었다. 그녀는 쌍둥이 자매에 대해 아는 게 없었다. 그들이 불법으로 사업을 벌여왔다는 증거도 없었고.

경찰도 그들에 대해 묻지 않았다. 파티가 벌어진 저택은 보리스 소콜로프의 명의로 되어 있었다. 북극곰은 공식적으로 존재하지 않는 인물이었다. 그, 혹은 그녀, 혹은 그들을 보았다는 사람도, 그들에 대해 들었다는 사람도 없었다.

루미키는 엽서의 가장자리를 만지작거렸다. 신기하게도 엘리사는 이메일보다 엽서를 선호했다. 그녀의 화려한 이미지에 감춰진 또 하나의 별난 점이었다. 루미키는 그런 재미있는 친구가 생겼다는 사실에 흐뭇해졌다. 〈여자친구들〉이라는 삭품의 하난에 작은 분홍색 장미를 그려 넣으며 루미키는 내내 엘리사를 떠올렸다. 그 꽃은 유심히 들여다보지 않으면 절대 찾을 수 없을 만큼 작았다.

루미키는 서랍을 열고 엽서를 넣었다. 서랍 안에는 종이봉투도 하나 보관되어 있다. 퇴원한 그녀가 집으로 돌아오자마자 받은 것이었다. 봉투에는 5백 유로 지폐 두 장이 들어 있었다. 천 유로. 주인 잃은 3만 유로의 아주 작은 일부였다. 엘리사와 투카와 카스페르가 각각 얼마씩 챙겼는지는 알 길이 없었다. 알고 싶지도 않았고.

천 유로만으로도 그녀는 충분히 부담스러웠다.

루미키는 비밀에 익숙했다. 늘 크고 작은 비밀을 간직하며 지금껏 살아온 그녀였다. 서랍을 닫는 순간 그녀가 증명하지 못한 다른 비밀들도 돈, 그리고 엽서들과 함께 봉인될 것이다.

북극곰, 그리고 루미키가 그들을 두 눈으로 똑똑히 보았다는 사실.

안나-소피아와 바네사, 그리고 초등학교와 중학교에서 그들이 저질러온 악행들.

그리고 엄마와 아빠가 잃었다는 아주 중요한 사람. 그녀는 그게 누구냐고 따져 묻고 싶었지만 차마 용기가 나지 않았다. 집 전체가 이미 수많은 금기들로 얼룩져 있기도 했고.

그리고 또 하나의 비밀. 바로 루미키의 손에 쥐여진 문제의 사진. 이 사진이야말로 피사체가 실재한다는 물리적 증거였다. 하지만 그것만으로는 루미키가 그를 사랑했고, 그도 루미키를 사랑했다는 증거가 될 수 없었다. 루미키는 그게 사실이라고 믿고 싶었다.

그녀는 엄지손가락으로 사진을 쓰다듬었다. 밀 같기도 하고, 개암나무 같기도 한 짧은 담갈색 머리. 볼과 어깨와 팔뚝. 그녀는 또다시 순종 시베리안 허스키를 연상시키는 그의 파란 눈에 흠뻑 빠져버리고 말았다. 어떤 이들은 그 눈을 보고 날카롭다고, 또 경멸적이라고 했다. 하지만 루미키에게는 깊고 따뜻하고 불안해 보였다. 환희가 살짝 엿보이기도 했고.

어느 때보다도 뜨거운 갈망이 루미키를 엄습해왔다. 세월이 흐르면 나아질 줄 알았는데. 그녀가 크게 잘못 짚은 것이었다.

입술에서 그 이름이 맴돌고 있다. 그녀가 숱하게 속삭이고, 또 울부짖던 이름. 아직은 그를 잊을 준비가 되어 있지 않다. 어쩌면 영원히 이렇게 살게 될지도 모른다.

그냥 닫아만 놔도 안전했지만 루미키는 서랍을 걸어 잠갔다. 변색된 작고 평범한 열쇠가 그녀의 손 안에서 어슴푸레 빛났다.

옛날 아주 먼 옛날, 그 어떤 자물쇠도 열 수 있는 작은 열쇠가 있었습니다.

동화는 그렇게 시작되지 않는다. 다른 밝고 유쾌한 이야기들은 어떤지 몰라도.

THE SNOW WHITE TRILOGY 2

눈처럼 희다
As White As Snow

2권에서 계속

붉고 어둡고 센

《피처럼 붉다》는 살라 시무카의 '스노우화이트 트릴로지'를 여는 첫 작품이다. 고등학교를 배경으로 진행되는, 그럼에도 청소년 시절의 순수함이나 풋풋함과는 거리가 먼 이 '범죄 스릴러'는 놀랍게도 북유럽에서 시작되어 전세계인들에게 친숙한 구전동화 '백설공주' 이야기를 교묘히 변주한 것이다. 작품을 번역하기로 계약하던 당시 36개국에 판권 계약이 되어 있던 이 소설은 번역을 끝마친 지금은 48개국에 수출되어(그 숫자는 지금도 조금씩 늘어나고 있다) 가히 '스노우화이트 신드롬'을 일으키고 있다. 사실 비영어권 작가가, 그것도 첫 장편소설로 이 같은 성과를 낸다는 것은 불가능에 가깝기에 살짝 고개를 갸웃했지만, 책을 받아들고 눈으로 확인하니 이유를 알 것 같았다.

YA 독자들을 위한 '밀레니엄 3부작'이라 불릴 정도로 시무카의 스타일에서는 스웨덴의 작가 고故 스티그 라르손의 향기가 진하게 묻어난다. 실제로 그녀는 《피처럼 붉다》에서 라르손이 창조한 히로인, 리스베트 살란데르에게 오마주를 바치기도 한다.

《피처럼 붉다》는 속도감 있는 전개와 생생한 배경묘사 덕분에 한 편의 영화를 보는 듯 시각적인 독서가 가능하다. 살라 시무카는 장황한 설명 없이도 이야기에 충분한 재미와 긴장감을 불어넣을 줄 아는 작가다. 젊은 작가답지 않게 군더더기 없고, 담백하며, 경제적인 글쓰기에 능하다. 핀란드 현지에서는 YA 소설로 뜨거운 사랑을 받았지만, '어둡고 센' 스칸디나비아 스릴러를 좋아하는 성인 독자도 충분히 즐길 수 있는 소설이다.

터프하고 총명한 우리의 히로인 루미키는 무척이나 매력적인 캐릭터이다. 하지만 작가 살라 시무카는 영리하게도 첫 작품에서 그녀에 대한 모든 걸 드러내놓지 않는다. 감질나게 야금야금 소개되는 루미키의 과거는 이어지는 속편,《눈처럼 희다》와《흑단처럼 검다》에 대한 독자의 기대감을 크게 높인다. 옛 남자친구와의 비극적인 실연에 대한 루미키의 회상이 특히 인상적인데, 당장 그 디테일을 알 수 없어 더 아련하고 절절하게 다가오는 느낌이다. 참고로 루미키의 남자친구가 누구였고, 또 두 사람 사이에 어떤 일이 있었는지는 후속작에서 상세히 밝혀지므로 기대하셔도 좋겠다.

 아직은 접하기 힘든 핀란드산 스릴러가 궁금하다면, 북유럽 소설을 좋아한다면, 그리고 진짜 재미있는 책을 찾고 있다면 '스노우화이트 트릴로지'를 자신 있게 권한다.

2015년 겨울을 앞두고

최필원

피처럼 붉다

1판 1쇄 발행 2015년 11월 20일 **1판 2쇄 발행** 2015년 11월 21일

지은이 살라 시무카 **옮긴이** 최필원
펴낸이 김강유
책임편집 이승희 **편집** 장선정 김은영 박정선
책임디자인 안희정
저작권 차진희 박은화
책임마케팅 김용환 김새로미 이헌영
마케팅 김재연 백선미 고은미 정성준 **홍보** 최정은 박은경 함근아
책임제작 김주용 박상현 **경영지원** 양종모 김혜진 송은경 한주임 오세란
제작처 재원프린팅 금성엘엔에스 정문바인텍

발행처 비채
주소 경기도 파주시 문발로 197(문발동) 우편번호 10881
등록 1979년 5월 17일(제406-2003-036호)
주문 및 문의 전화 031)955-3200 **팩스** 031)955-3111
편집부 전화 02)3668-3292 **팩스** 02)745-4827 **전자우편** literature@gimmyoung.com
비채 카페 cafe.naver.com/vichebooks
트위터 @vichebook **페이스북** facebook.com/vichebook

ISBN 978-89-349-7172-6 04890 책값은 뒤표지에 있습니다.

비채는 김영사의 문학 브랜드입니다.
이 도서의 국립중앙도서관 출판예정도서목록(CIP)은 서지정보유통지원시스템 홈페이지
(http://seoji.nl.go.kr)와 국가자료공동목록시스템(http://www.nl.go.kr/kolisnet)에서
이용하실 수 있습니다.(CIP제어번호: CIP2015030452)